U1076256

有爱的青春陪伴者

周辰，我可以
朔歌 著
天津出版传媒集团
天津人民出版社

图书在版编目（CIP）数据

周辰一，我可以 / 朔歌著. -- 天津 : 天津人民出版社,2023.2
ISBN 978-7-201-19082-2

Ⅰ. ①周… Ⅱ. ①朔… Ⅲ. ①长篇小说－中国－当代 Ⅳ. ①I247.5

中国版本图书馆CIP数据核字(2022)第235304号

周辰一，我可以

ZHOUCHENYI,WOKEYI

朔歌 著

出　　版　天津人民出版社
出 版 人　刘 庆
地　　址　天津市和平区西康路35号康岳大厦
邮政编码　300051
邮购电话　（022）23332469
电子信箱　reader@tjrmcbs.com

责任编辑　玮丽斯
特约编辑　张 磊
装帧设计　Insect　姜 苗
责任校对　彭 佳

制版印刷　长沙鸿发印务实业有限公司
经　　销　新华书店
开　　本　880毫米×1230毫米 1/32
印　　张　9
字　　数　242千字
版次印次　2023年2月第1版 2023年2月第1次印刷
定　　价　39.80元

目录

/contents

Chapter 01
还是熟悉的配方 /001

Chapter 02
自作孽迟早得还 /019

Chapter 03
没关系是心动呀 /040

Chapter 04
三十六计攻为上 /056

Chapter 05
你是命中的克星 /078

Chapter 06
男人心，海底针 /104

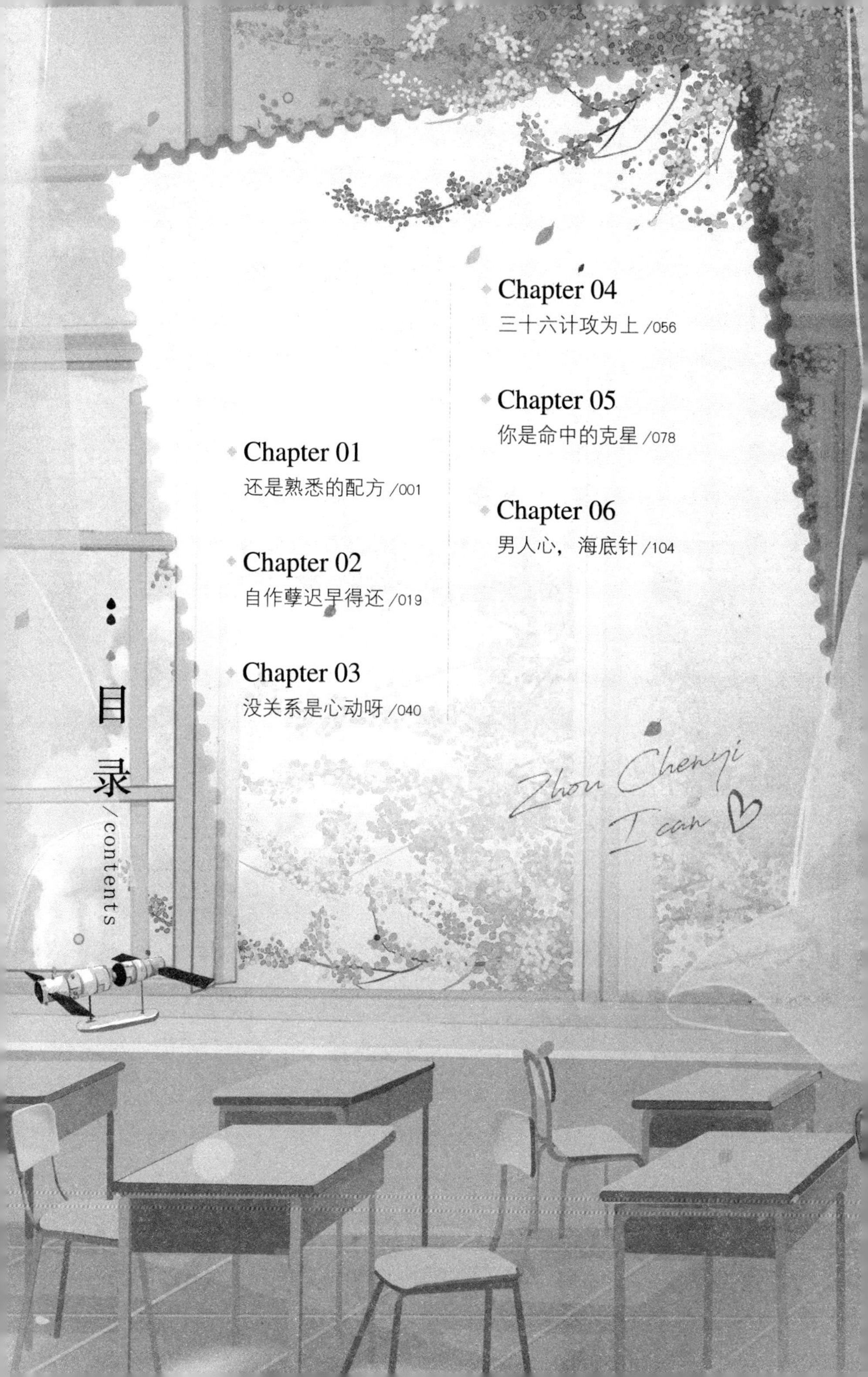

目录

/contents

Chapter 07
步步为营步步赢 /122

Chapter 08
该出手时就出手 /144

Chapter 09
那个他竟回来了 /167

Chapter 10
这颗糖甜掉牙了 /187

Chapter 11
周辰一，我可以 /212

Chapter 12
相伴是此生皆你 /240

Extra 01
一封小情书 /277

Zhou Chenyi
I can

Chapter 01
还是熟悉的配方

人若做了亏心事，难免夜长梦多。

瞿恬幻想过一百种相逢的场景，却从没想过命运会对她如此“独辟蹊径”。

旁边三方队的教官刚下了一个向后转的命令，趴在地上的瞿恬眼前豁然出现一双白球鞋，她顺势抬眼一看，差点儿心脏骤停。时隔多年，她仍能在人群中一眼认出他——周辰一，这个让她亏心的、难忘的、还欠着五百块债务的超级讨厌鬼。

由于昨晚又做了那个怪梦，精神恍惚的瞿恬被教官单拎出来罚做俯卧撑。她自小是运动神经和智力双发达的“怪人”，惩罚并不难，难的是被烈日暴晒的同时还要承受内心的煎熬。

头顶灼灼烈日，面前昔日旧人，念念不忘，终成噩梦，未想噩梦成真的第一秒便让她伏倒在周辰一的“石榴鞋”下，何其不公。

“起立！”

听到自家教官的命令，瞿恬慌忙从地上起身，与周辰一相对而站。他比以前更标致了，好看得让瞿恬快要骤停的心脏自动复跳。然而，周辰一只是轻扫她一眼，神色漠然疏离。

“站好了！”教官悠悠走到瞿恬身侧，顺着她的视线瞧了一眼，问道，“三方队里的哪位帅哥，让你看得下巴都快搁地上了？”

教官话落，引得同学们一阵哄笑。

瞿恬耳根一热。

三年没见面，她有话难言，当初年少无知，现在后悔得要死。如果时光能倒退，她发誓一定不会对周辰一说出那么刻薄的话。

瞿恬和周辰一从小认识，帅气的长相让周辰一自小学开始便备受关注，瞿恬顺理成章当起了“护草使者”。后来高一新入学，两人因事大吵一架，从此分道扬镳。

“瞿恬！”

“到！”思绪被拉了回来。

教官板着脸：“大声一点！”

瞿恬拔高了音调：“到！”

“我在跟你说话呢。”教官压低了声音，充满了危险信号，“你忙着看谁？”

在整个训练场上，四方队的龚教官最为严苛，据说在队里就是个一等一的狠角儿，一米八的大个儿往操场一站，不是风便是雨。瞿恬所属的区队在他手上已经吃了不少苦头，连训练场对面的方队也时不时跑来看热闹。

飞院的军训很严格，白天高强度，晚上查手机，一天下来学生们都在斗智斗勇中度过。

三方队的教官见状走过来，几日的训练让他们嗓子有些沙哑，喉咙里噎着一句问：“龚班长，有事儿？”

龚教官不客气道：“瞿恬，你前天集队迟到，昨天在训练中偷吃零食，今天踢正步时又走神，罚你俯卧撑态度都不端正，你一个姑娘家脸皮能不能薄一点？”

瞿恬抿抿唇，想要跟教官辩解，又担心自己会因此受罚耽搁吃饭，只能冷着脸把话咽下。

龚教官见她一副天不怕地不怕的表情，继续追问："你刚才在看谁？"

离今天训练结束还有一个小时，饥饿的肚子早已提出抗议，瞿恬咬咬牙喊道："报告！我在看三方队周辰一！"

三方队教官愣了一下，瞄了一眼脸色越来越黑的龚教官，把牙缝里跑出来的笑硬生生憋住了。

龚教官脸色可不是一般的难看，他大喊一声："周辰一！"

"到！"

"出列！"

大家抬起头，一个男生从方队里迈出步子。

瞿恬看戏的舍友不由得"呀"一声尖叫，连旁边空乘学院的训练方队也乱了脚步，随后便是窸窸窣窣的讨论声。

果然，太惹眼了……和曾经无数次情况一模一样。

午后的微风袭过酷热的训练场，树影婆娑，梧桐枝叶在树梢摇曳，同样摇晃着人的心弦。

穿着迷彩的周辰一从队里走出，笔直地站在瞿恬对面。他身形朗朗，有着精致的五官，下颌线条非常漂亮，是造物主有意无意的偏心。

瞿恬不禁想起中学时某暑假，她化身成周辰一的贴身保镖，仅仅是因为在他去学吉他的路上总会被女生组团拦截索要QQ号。后来实在没办法，她索性给周辰一申请了一个小号，由她来保管，那年夏天瞿恬在QQ空间里读完了徐志摩的所有情诗。

见两人一直四目相对，龚教官发话："看什么？"

"仇人。"两人异口同声道。

短短二字已经足够让人脑补无限可能，瞿恬明显看到教官脑门的青筋跳了跳，她吞了口唾沫，等待着宣判。

"我知道你们女飞是稀有物种，但这并不代表你们就可以无视纪律！"整个飞院一千二百多名学生，只有十九个女生，被院长宝贝得不行。可龚教官眼神犀利，一挥胳膊指着八百米跑道下令，"三圈。"

没有丝毫怜香惜玉。

哪料瞿恬还真就不是块玉坯子，眼睛一眨巴，反问道：“三圈够了？”

龚教官满脸问号，他不知道瞿恬从初中开始一直保持着全校1200米赛跑冠军的成绩，并且每年都在刷新纪录。不想再跟她多说，他转而看向了站在一旁不动声色的周辰一，补充道：“两个一起。”

周辰一微微皱了皱眉，蹲下身子重新系了下鞋带，从瞿恬身旁擦肩而过。

看着周辰一的背影，感受到来自四面八方的目光，瞿恬干笑了两声，跟教官打了个招呼跟了上去。

“就没什么能把这丫头镇住的吗？”

龚教官摘下帽子捏成一团想要扔出去，立时被三方队的教官制止：“班长！班长！消消气！年轻人嘛！跟你一样是个刺头！”

龚教官转头问：“你什么意思？”

“班长……我不是那个意思……”

糟糕，说错话了。

瞿恬快步追上周辰一，耳畔除了偶尔轻掠的风声，便只有两人微微的喘息声。她侧头偷瞄了他一眼，发现他只是目视前方，对她丝毫不在意。

瞿恬性子急，憋了800米实在是忍不住了，主动开口道：“你怎么在这里？”话问出来又怕他误会，便补充道，“我的意思是……没听说你也考上这里。”

周辰一稍微偏头看了她一眼，神情淡然，刚毅的脸庞上挂着汗珠，脸颊两侧因为跑步而微微泛红。

时光磨平了少年脸上的稚气，他的轮廓分明，鼻梁英挺，眼神深邃，宛如幽潭。瞿恬不太能形容此刻的周辰一，依旧延用小时候的精辟总结：祸害。

“瞿恬，你找仇家寻仇之前会提前知会吗？”周辰一终于开口。

瞿恬站在原地愣了几秒，追上去说：“你真的是来找我寻仇的？”

周辰一无语地叹了口气，不再搭理她。

两道身影绕着生满嫩绿青草的球场慢跑，这样的场景亦是久别重逢。初中每次运动会比赛，周辰一都会在场外陪着瞿恬，包括那次关系破裂的吵架，也是发生在球场边。瞿恬惊叹这样的巧合，可是又为这样的巧合感到心烦意乱。

由于被电影《壮志凌云》中汤姆·克鲁斯所扮演的空军飞行员吸引，瞿恬高一入学时便定下目标，要成为一名飞行员，而她同周辰一关系崩裂，仅仅是因为周辰一也想当飞行员。瞿恬一万个不理解，周辰一没有自己的目标吗？为什么连这种事情都要跟风……后来她才意识到，自己是多么幼稚可笑。

在与周辰一关系破裂分道扬镳后，瞿恬经常梦见他。

罚跑快结束时，前面的周辰一突然停下脚步，瞿恬有些疑惑地看着他的背影。

周辰一霍然转身问：“瞿恬，你现在是不是特别恨我？”

瞿恬心头一慌，语气却不依不饶：“哈哈！真有自知之明！我刚刚对我所有的好心情 say goodbye（说再见）！”

闻言，周辰一神情复杂地凝视着她，想说什么终究是没再开口。

晚上八点多结束了一天的军训，瞿恬到小卖铺买了盒绿豆冰。一个半小时没进食，她饿得心口发慌。舍友阿青在门口等她，他们这一届总共只招了四个女飞，还有一个至今未露面。

沿着小道朝宿舍走，瞿恬远远地看到一抹熟悉的身影，站在街灯下打转儿，她脚步一顿，心跳不由得漏了一拍。

距离慢慢拉近，瞿恬酝酿了十几米的话特别欠揍：“啧，碰上一只迷路的小狗。”

周辰一皱皱眉，没想到在这里碰到了她。

初到学院不太熟悉，周辰一已经在教学楼和图书馆之间来来回回绕了好几圈，正寻思着在小卖铺门口等等同院的学生。

“巧。”他看似十分吝啬地答了一个字。

阿青上下打量一番，凑近瞿恬耳根，小声嘀咕道："你前男友真的很帅。"

瞿恬惊呼一句："谁说他是我前男友！"

声音不大不小，正好够对面的人听到。

阿青补刀："不是你抛弃了前男友吗？大家都在说。"

这种离谱的剧情究竟是哪位大神的杜撰？！瞿恬一口气憋在胸腔里，感觉像烤箱里的热狗肠，快要炸开："我……"

周辰一轻咳一声，缓和了一下气氛，说："要回宿舍吗？"

"回。"瞿恬咬住嘴唇，敌对的眼神十分不友善，"但请你别跟来！"

昏黄的路灯下三人并排而行，瞿恬和周辰一中间大概隔了一米的距离。记忆中，他们从来都没有这么疏离过。

瞿恬上下学的路途中必须有零食为伴，为了防止被父母发现，快到家门口前通常一口往嘴里全部塞满，然后偷偷把零食袋塞在周辰一的衣服口袋或是卫衣帽子里。不过令她意外的是，周辰一从没为此找过她的麻烦，好像也从不知道谁是始作俑者一般。

走到一半，瞿恬的绿豆冰吃完了，周围没有垃圾箱，拿着个空盒子感觉手特别痒。她侧头瞟了一眼周辰一，他比记忆中高了许多，想和以前一样把零食袋塞给他显然没有那么容易了。

"那些年我一共收到过868个辣条包装袋，240个棒棒糖糖纸，103个奶宝巧克力包装袋和49个干脆面包装袋……其他一些杂乱的暂且不说。"周辰一打破了寂静，侧头凝视着瞿恬，语调不疾不徐。

对阿青来说周辰一的话来得莫名其妙，可落在瞿恬耳里如同钉子似的，硬是逼得瞿恬把手里的盒子捏到了宿舍楼下。这人出现在这里，绝对是来寻仇的！

"男生宿舍在那边，好走不送！"瞿恬冷冷道。

周辰一默不作声地上前一步，拉近了两人的距离。

阿青见状，赶紧识趣地离开，不料被瞿恬反手拉住。

"等等我啊。"

阿青蒙了，周辰一嘴角却扬起了一抹笑。

瞿恬仰头看着他，面上不动神色，心底大浪滔天。冷静了几秒，她开口问："你有何贵干？要说什么快说，我跟你之间没什么别人不能听的事！"

她太着急了，急于在别人面前证明他们之间没有关系。她想要否认，藏匿起她和周辰一的渊源，可她不知道，有些事情越是想要划清界限，越是牵扯不清。

周辰一淡笑着扬起嘴角，对着她伸出手问："瞿恬，你欠我三年的五百块钱什么时候还？"

瞿恬："……"

"奸诈小人，小肚鸡肠，斗筲之人……"瞿恬进到宿舍之前，嘴里的成语就没停过。

推开宿舍门，宿舍里播放着萧敬腾的歌，门口两人大惊，急切道：

"昕薇，你在做什么？"

"被听到可是要收手机的！"

"嘘——别打扰我，我在求雨神保佑！"昕薇用床单和枕巾给自己搞了个造型，手里还捏着一只雨天娃娃，"天气预报说明天有雨。"

没有经历过飞院军训的人，不会理解新生对一场降雨的执着。

"下雨的话就休息，休息的话是可以外出的。"

昕薇的话让另外两人立刻双手合十，开始虔诚祈求雨神的垂怜。

晚上，瞿恬躲在被窝里玩手机，打开微信发现有一条好友申请，原本睡意蒙眬的她看到对方的验证信息立马精神了。

"我是周辰一。"

瞿恬从床上翻身而起，再次确认是周辰一发来的好友申请，嘴一撇直接点了关闭，打开了手机小游戏。可还没过十秒，一通电话打断了在玩糖果消消乐的瞿恬，眼看就要过关，来电将瞿恬惹恼了。她摁断了电话，没想到电话竟然接二连三地打了过来。

“谁啊！”她彻底火了。

“瞿恬，你要是不通过我的好友申请，我现在就报告带班去收你手机。”

“呀——”她一声尖叫赶紧挂掉了电话。

“怎么了瞿恬？”舍友声音迷糊地问。

“没、没事……做噩梦了……”瞿恬紧紧捏着手机，觉得自己今晚要失眠了。

犹如昨夜心境，窗外风雨大作，别人在原地欢呼雀跃，瞿恬打着哈欠睡眼惺忪。风夹杂着细雨扑了一脸，让她稍微清醒了几分。

大家讨论着要去校外，只有瞿恬裹着被子回了屋，倒头大睡。

“瞿恬，你不出去吗？”阿青唤了一声，发现她在睡觉，可是耳朵里还挂着耳机，“睡觉还听什么呢……”

“别动，我在听早间新闻。”阿青刚把耳机摘下来，瞿恬眼睛勉强撑开一条缝。

阿青听了一下，发现居然是英语新闻。

一个随身听里永远播放着英语早间新闻的人，传说在睡梦中都能背完形填空。

昕薇进了屋，好奇地问：“阿青，你们在干吗呢？”

阿青托住自己的下巴，认真地说：“我在想我有可能成为我们宿舍学习最差的人。”

“你说对了。”一个陌生的声音打断了她们的谈话，湿冷的风随即涌进了原本暖和的宿舍。

门口，旅行箱上坐着的人起身，脱掉透明的雨衣，抖掉上面的雨水，摇头甩了一下干净利落的短发。她露着一口洁白贝齿，把雨衣搭在旅行箱的拉杆上，径直走到了瞿恬的床边。

“你好，我叫皇甫云霞。”她友好地伸出了手，“你就是我们这届女飞入学成绩最高的瞿恬吧？”

瞿恬呆了几秒，伸出手捏了一下她的指尖，说：“你好，上铺同学。”

一直迟迟未曾露面的第四位舍友气场很强，她对着瞿恬说："那以后我只跟你玩。"

身后的阿青和昕薇蒙了一下。

气氛顿时变得有些尴尬，瞿恬摘下耳机想说什么，皇甫云霞却转头跟身后的两人说："走，我带你们出去吃东西。"

后来，每到考试前后阿青和昕薇都庆幸，幸好没有跟皇甫云霞一起"玩"，整个宿舍确实只有瞿恬能跟她"玩到一块去"。

皇甫云霞之前在新加坡读书，由于家里有事耽搁才一直没有来报到，今天才到校就拉着舍友出去吃火锅。

她没来过，倒显得对这很熟悉。从校门口开始，把一路好吃好玩的地方都介绍完了。

"我来之前做了攻略。对了，我想知道军训还剩几天？"

海底捞人山人海，等候的队伍排得很长，几个人找到沙发休息。瞿恬看了一眼手表，仰头靠上闭目养神："应该过半了吧……"说着说着，声音便小了下去。

皇甫云霞戳了戳她，喊了一声："瞿恬？"

"你别喊她了，她到点了。"低沉的男声突兀地响起。

阿青抬头看到周辰一和院里两个男生站在她们面前，对方继续道："没位置了，可以坐你们旁边吗？"

然而三个姑娘还没说话，敌方便已经占领了剩余的空地，周辰一顺势坐到了瞿恬身边。

瞿恬作息很有规律，她可以不按时吃饭，但是必须按时睡觉。正午一点和晚上十一点是两个重灾区，哪怕发生天大的事她都能倒头就睡，雷打不动。

她一只手插在放满零食的外衣兜里，另一只手上还捏着半截没啃完的米老头。

"你们舍友心可真大。"杨靖宇跟周辰一是舍友，标准的东北爷们儿，热情直爽，可惜却不喜欢大葱蘸酱，反而对南方的小米辣有一种执着，"她这样都能睡着？"

闻言，周辰一想了一下说："那是因为你没见过她站在公交车站台睡觉的场景。”

这话一出，在场的人面面相觑，除了皇甫云霞，谁不知道昨天操场上发生的事情？

杨靖宇试探道：“辰一，你确定你们俩是……仇人关系？”

周辰一淡笑：“大概吧。”

他为再续前缘而欣喜，她却强硬地将他当作孽缘。

记得上小学时有一次瞿恬因为上课打瞌睡被老师罚站，她索性站着睡着了，让老师哭笑不得。

小瞿恬：“周辰一，你不知道，其实我是属牛的。”

“你属猴。”小周辰一纠正道。

“不是，我属牛。”小瞿恬再次强调，“因为我妈妈说了，只有牛才会站着睡觉。”

嘈杂的环境中，大家谈笑聊天，周辰一静静看着熟睡的瞿恬，嘴里不由得小声说了一句：“也许真的是属牛吧……不然当初怎么那么倔，连我都不要了呢……”

小憩期间瞿恬做了一个梦，梦的内容记不太清楚了，醒来时感觉旁边坐了一个人。她揉揉惺忪睡眼，却看到舍友已经在跟别人吃火锅。

什么情况？

“醒了？”

瞿恬从沙发上跳了起来，转过身一脸惊讶地看着周辰一。

“你怎么在这里？”

周辰一耸耸肩：“吃火锅。”他跟着从沙发上起身补充道，“座位不够，所以我们俩被单独分出来一桌。”

瞿恬傻眼，跟谁分一桌不好，非要跟他一桌。这几个舍友也太不厚道了……

“我不想跟你一起吃火锅。”瞿恬扯扯嘴角。

“为什么？”周辰一好看地蹙了下眉，调侃说，“莫非是以前吃的次数太多，腻了？”

这话听着扎耳，瞿恬有些不乐意：“周辰一，你说话的时候怎么跟带刺似的？”

瞿恬有些心虚，总感觉对方只言片语都在控诉她曾经所犯下的过错。她敏锐地感觉到他们时隔三年的再次相逢，昔日的朋友真的变得很不客气。

“周辰一，你不就想报复我吗？我接受，你尽管放招。”瞿恬挽起袖子冷冷放话。

没料到她的气急败坏换来的是周辰一含笑的注视：“我请你吃火锅，单独的。”

气球泄气后也没有她这般窝囊。

明明眼前是最爱的火锅，瞿恬却如坐针毡，没心思好好享受美食。红油锅底扑通扑通翻滚着，周辰一把烫熟的毛肚夹到了瞿恬的碗里。

人为刀俎我为鱼肉，毛肚于他们，仿佛她于周辰一。

他们两的座位恰好被安排在了角落，无人打扰，连服务员有时候也会忽略掉。周辰一往锅里涮好了肥牛卷，又夹到了瞿恬的碗里。

“现在没人打扰了，我们可以认真说说话？”他淡淡开口，打破了沉寂。

瞿恬闻言瞬间攥紧了筷子，动动身子，紧张地抿了抿唇，而他居然正低着头怡然自得地吃火锅。他这样的漫不经心，让心脏已经快到嗓子眼儿的瞿恬很是生气。

“我没话说。”

“没话说？”周辰一纳闷道，“我以为你是碍于情面，念着旧情才没当场跟我翻脸。”

瞿恬放下筷子，端坐好身子，一本正经道：“你已经来了这个学校，难道我还能让你走不成？”

周辰一学着她放下筷子，顺着她死要面子的口气道：“我来这个学校，你是欣喜大于失望，还是失望大于欣喜？”

瞿恬愣了一下，哈哈干笑两声：“失望，特别失望！一想到未来几年还要跟你在一个学院里生活，人生都被黑暗笼罩了！”

“不会。”周辰一简明地打断了她，“等考完了理论分院后，说不准就分开了。”

瞿恬又愣了愣，听他继续说：“所以瞿恬，我们既是久别重逢，相见也别太眼红了。”

锅里的热汤依旧在沸腾，白色的热气萦绕在眼前，让周辰一的脸庞看上去有些不真切。瞿恬心头突然涌出一种失落的情绪，是那种欣喜之后的乍然失落。

他们分别的那几年，瞿恬很想念周辰一，她知道自己犯了错，可如今在周辰一面前却仍旧拉不下老脸承认错误。周辰一看似亲和，但瞿恬感觉到了他们之间那条鸿沟，那份疏离感。

她不喜欢这样。

周辰一深深叹了口气，重新拿起筷子，提醒道：“都是你爱吃的，不吃要凉了。”

“我错了。”她突兀地扔出一句话。

周辰一涮着鸭肠的手一抖，筷子间的美食顿时了无踪影。他没有在意，定格了动作，深邃的眼眸直勾勾地看着瞿恬，对她说的话充满了不可思议。

见到他满脸难以置信的神情，瞿恬咬牙道：“怎么，难道我不会知错就改？”她顿了一下，有些心虚，“当初……少不更事……算我错了。”

她说着，脸颊有些烧疼，仿佛火锅里煮的不是菜，而是她。

周辰一见她目光游移躲闪，脸蛋通红，沉默两秒，又重新夹了根鸭肠在锅里游动，好像什么也听不见似的。

瞿恬半晌不听动静，刚想对他发作，只见周辰一又给她夹了菜，说：“吃。”

敢情她专程道歉，周辰一还不领情？！

周辰一语气淡淡地催促：“快吃吧，吃完返校，群里通知各区队要去自习室集合。”

瞿恬彻底不乐意了，用自己的筷子牵制住周辰一夹菜的筷子，俯身靠近他低喝道：“我说我错了，你没听见？”

周辰一觉得好笑，第一次见人道歉还这么张狂霸道的。他感觉到瞿恬不想跟他有牵扯，好像认错就能让他们两清，划清界限。

周辰一脸上神色不变，黑眸对上瞿恬的眼睛，沉声问：“若我不接受道歉，你打算把我怎么样？”

“你……”瞿恬气急败坏。

“咳咳！”有人轻咳提醒，阿青拧着眉道，“瞿恬……你们在……谈判？”

“在寻仇。”

又是一次异口同声的标准答案。

旁边皇甫云霞轻笑一声，双手环抱在胸前，措辞很是拆台：“哦……你们寻仇的样子很像在打情骂俏。”

瞿恬立马放开手，用纸巾擦擦嘴丢下一句“我吃饱了”，然后头也不回地逃走了。

“欲盖弥彰。”皇甫云霞补充一句，转头对周辰一说，“我想这姑娘喜欢你。”

脑子缺根筋才会和周辰一道歉，谁读书时候没干过点傻事，为什么他能记到现在？

回到宿舍，大家都心照不宣地对火锅店的事避而不提，瞿恬不是心里能放下事儿的人，于是道：“我问你们个事儿。”

舍友齐齐转头。

瞿恬双臂搭在椅子靠背上，咬牙切齿道：“你们有没有那种特别讨厌，恨得牙痒的人？”

皇甫云霞搬了个椅子坐下：“你在说周辰一？”

瞿恬顿了一下，没想到皇甫云霞这么直白地戳穿。

“为什么讨厌他？”皇甫云霞追问。

瞿恬思忖片刻，敷衍说：“就……挺讨厌的。”

听薇插嘴道：“我可听说你讨厌的这个人，照片经常被人在朋友圈刷屏，学姐们都堵在厕所门口要他微信。”

瞿恬耳朵动了动，好像捕捉到了什么不得了的讯息。她凑了点脑袋过去，试探性地问："真的？什么时候的事儿？"

"就前两天。"昕薇对瞿恬接受信号的速度有点无语，"带班也在朋友圈发过啊，你没点开看？"

"呃……"

瞿恬对需要加载的图片和小视频是最没有兴趣的，就算只需要几秒，她也懒得等。

阿青整理着床铺，想了片刻，问道："瞿恬，你们真的没有过一段？"阿青依然坚信他们有过一段历史，而且还是瞿恬抛弃了周辰一，虽然是小道消息。

瞿恬哈哈干笑两声："我……我怎么可能跟他有一段！"她火速拿上座子上的零钱包，"我出去买点零食！"

看着她仓皇的背影，皇甫云霞忍不住咋舌："又是欲盖弥彰的逃离。"

瞿恬爱吃零嘴的习惯一开始是源于社交恐惧，刚上小学那会儿她杵在班级门口不敢进，周辰一带了满书包的零食给她，说吃完这些就能放学回家了。后来随着零食数量减少，瞿恬也慢慢适应了环境。

"不然买袋薯片吃吧……"她还在犹豫，周围突然围上来了四五个女生，来势汹汹，势不可挡。

由于在发校服前两个月只能穿军训服，校园里的大一新生十分好认，一身绿色的"青蛙皮"，区别开了初来乍到的青铜和拨云见日的王者。

"你就是瞿恬吧？"瞿恬被团团围住，她们双手环抱在胸前，眼眸里折射出锐利的冷光，"周辰一你认不认识？"

瞿恬被这阵势吓了一跳："不太……熟。"

个子最高的女生说："你前面还跟他在运动场上跑步了。"

"呃……"这种场景瞿恬还真不陌生。自她当周辰一的"护草使者"开始，什么样的追求者没见过，可那些只是年幼时的小打小闹，跟眼前四面楚歌之景天差地别。

“去。”那姑娘仰了一下头，周围的人立刻压上来了。

瞿恬惊慌叫道：“啊！学姐！我其实跟他……”

脑袋里想着可能要被揍一顿了，杀千刀的周辰一怎么竟给她招惹麻烦。瞿恬迈脚准备逃走，不料被人轻轻挽住了手臂。

“学妹要吃什么随便拿，学姐请你！”学姐甜软的声音快要腻死人。

“咦？”瞿恬蒙住。

学姐笑嘻嘻道：“你有周辰一的微信吧？”

原来是为了爱情前来套近乎的。

瞿恬心中松了口气，舔了一下唇说：“学姐为什么不直接去问他？”

闻言，学姐立刻转变成“忧郁风”，眼眸颤动：“他不给。”

“那……”

瞿恬还在迟疑，没想到对方直接扔来一个惊天滚雷。

“听他跟舍友说，你因为太恨他了，以前还把他的QQ号拿去卖给追求者对不对？你真是个人才！”学姐一脸甜笑，问道，“可不可以卖给学姐？”

瞿恬表面上笑呵呵，心里已经把周辰一骂了一百遍。她吐了口气，缓和了一下说：“你给我这个数吧。”

看她比出一个“耶”，学姐眉眼一跳，兴奋道：“两百就行吗？”

瞿恬摇摇头，一板一眼：“二十。”

夜风徐徐。

从洗手间冲澡出来的周辰一边擦头发边走进宿舍，杨靖宇正在举哑铃，裸露的上半身肌肉线条优美。毕绍诚看着手里的单词本，一边在草稿纸上记一边缓缓说：

“辰一，你的手机从十分钟之前就一直狂响。”

“？”周辰一走到书桌前拿起手机，他手一抖，面色凝重。

杨靖宇看出端倪，放下哑铃，凑到周辰一身边，不由得轻哼一声：“可以啊，一百二十多个好友申请，还都是女的。”

周辰一抿抿唇，转而问：“有人跟你们问过我的微信号吗？”

两人摇摇头。

周辰一薄唇抿成一条线，眼底略过的寒光让人明白他已经想到谁是始作俑者。他毛巾往椅子上一搭，拿出衬衣穿上。

“你要出去？”杨靖宇有些惊讶，“还有半个小时就要查寝了。”

周辰一转了下脖子，淡淡道：“报复一个人只需要十分钟。”

话落，他大步出了宿舍。

从男寝到女寝不到五分钟的路程，瞿恬接到电话下楼，便看到周辰一穿着一件白衬衫站在路灯下等她。

学生时代女孩子总对男孩子带着皂香味的白衬衫充满幻想，初中毕业那年，别人都在校服上写满了离别赠语，唯有瞿恬要了周辰一的一件白衬衫。

少年懵懂的内心如同夏日午后微风中婆娑的树影，瞿恬站在阴影中把一件白衬衫剪成了很多块，少女们蜂拥而至，瞿恬成功用一件白衬衫换得了一百零八张周杰伦的稀有画帖。

周辰一曾经对此咆哮：是什么蒙蔽了你的双眼！

那时候在场人多，瞿恬的理解是少女的爱慕蒙蔽了她们的双眼，她对周杰伦的追崇令她全然不顾，却不知道周辰一从始至终只给过一个女生他的白衬衫，而那个人却看不明白。

瞿恬慢慢地走到他跟前，没等周辰一发问，直接招供：“不要在意，我把你的微信号贱卖了。”

虽然早已猜到是她做的好事，可是周辰一还是怀揣着最后一丝忍耐跟她交谈。

“你卖了我的微信号？”

“对啊。”

“卖了多少？”

“二十。”

“你……”

难道在她眼里，他只值二十块钱？！

最后一丝忍耐也消失殆尽。

瞿恬看到他黑下去的俊脸，心头涌出一阵畅快，笑道：“哈哈哈，周辰一，你不是要报仇嘛，那我不也可以选择继续反击？”

“你以为我当真不会报复你吗？”周辰一眸色一沉，突然压低嗓音，一步步靠近瞿恬，还在发笑的瞿恬笑容一僵，嗅到了危险。

“你……你想干什么？”

周辰一微微眯起眼眸，每迈进一步瞿恬就后退一步。瞿恬的身后有一棵高大的松树，据说是创校初期的校长亲自赴云南深山取来的苗，现在已经长成了一棵苍天巨木。

喜剧之王的树下“壁咚”是周辰一最喜欢的一幕，他起初也没这个心思，突然看到了身后的树，脑子里不由自主地想起了那个场景。想要吓唬瞿恬的心思瞬间变了味，不禁紧张起来。

瞿恬见他靠得越来越近，后背也靠上了树干，生怕他下一秒会对她痛下杀手。

“周辰一，我就是开个玩笑……”瞿恬开始眨眼卖可怜，“你能不能别这么……看着我？”

昏黄的光晕在周辰一的脸庞上，投上一道阴影，唯有那双深邃的眼眸点着光，宛若夜空中最亮的星子。夜风中涌动着说不清道不明的情绪，像有什么趁着夜色悄然发酵。

他步步紧逼，她无路可逃，气氛顿时变得紧张起来。

周辰一紧抿着唇靠近她，手指不自觉地在掌心摩挲。

瞿恬被这股气势压制得不敢呼吸，那双黑色的瞳眸映着她的手足无措，她心猿意马地联想起电视剧里某些情节，心跳也乱了节奏。

沉暗的天色里，松树脚跟有一棵长满刺的秘鲁天轮柱，在黑夜里也保持着尖锐锋利。

“瞿恬……”他低声唤道。

瞿恬脑袋嗡嗡作响，这一喊让她腿脚发软，她的心和太阳穴突突直跳，不敢直视他的眼睛。

突然耳边劲风一过，她真的被人锁在了臂膀间，周辰一温热的气息扑面而来，她贲张的血液也撞击着血管，呼之欲出。

周辰一咬着牙，红着脸一言不发。此时，他的手心捏着仙人掌的头，痛得他眉心拧成了疙瘩，然而他却意外地保持着这个姿势。

瞿恬察觉到了异样，瞥眼一看，良久道："周辰一，你的手……不痛吗？"

周辰一嘴角抽搐，勉强挤出一个笑，说："你看这棵仙人掌，多壮。"

"我怎么觉得你手痛？"瞿恬自顾道。

哪壶不开提哪壶，周辰一心虚地放开仙人掌，随即抬手在她的脑门狠狠地弹了一下。

他们距离不过几寸，扑面而来的温热气息，好像阳春三月微风拂过桃花瓣，有意无意地撩拨着人心。

瞿恬默默往后缩了缩，做好心理建设。

"周辰一……这三年……你过得好吗？"

周辰一微微眯起眼眸，趁她不备靠近她的耳际，一字一句道："放心，这三年，我从来没想过你。"

Chapter 02 自作孽迟早得还

这夜瞿恬失眠了，困扰了她三年的罪魁祸首竟然从没想起过她，整个夜晚她的脑海被一个字占据——孽。

由于日程被耽搁两天，就算天赐小雨，军训也照旧进行。昕薇的雨天娃娃被带班没收了，还罚写了五百字的检讨。

瞿恬发达的运动神经很快在院里出了名，教官总算是看出“体罚”对她而言，并没有什么效果。于是，让她把运动场上黑石头堆里的白石头捡出来，捡不到规定的数，便不准去食堂抢饭。

瞿恬自小是急性子，做这种跟绣花一样磨性子的事情，简直是要命。

看着不远处训练的方队，她感觉自己像只落单的松鼠，在地上捡着不能吃的过期坚果。

“咕噜——”肚子又不争气地饿了。

“给。”

瞿恬正叹气，一个熟悉的声音从头顶砸了下来。

她抬眼先看到一包海苔脆，随即对上了周辰一墨色的眼眸。

瞿恬自觉地顺过零食揣进了口袋，表情淡漠：“你来干什么？”

周辰一有些好笑，反问她：“你在生气？”

“并没有。”她微笑挂在嘴边，完全就是收了别人好处又过河拆桥的样子。

仿佛回到了很多年前，周辰一看着瞿恬气圆的脸，伸手戳了下她的脸颊。

瞿恬立时像触电了似的瞬间跳开几米远：“你搞什么？”

周辰一半眯起眼睛，调侃道：“你这样子特别像河豚。”

瞿恬闻言顿时心生不悦，以前生气像膨化食品的真空包装袋，现在直接升级成带刺河豚了，这个人的嘴巴果然十分令人讨厌啊。

“瞿恬！”此时不远处教官一声令下，“归队！”

瞿恬看着周辰一没有说话，转身头也不回地跑了。

周辰一站在原地看着她的背影，无奈“啧”了一声。

瞿恬归队时发现两个方队正在比赛单杠。《士兵突击》里许三多那三百个腹部绕杆，让瞿恬深受影响，可毕竟是女生，手臂力量和男生天差地别。

看着下属得意扬扬的表情，龚教官的脸色也是风起云涌，即使是十比一的“让利”，女生方队愣是没一个人上得了单杠。

此时吊在单杠上满脸涨得通红的阿青，看到瞿恬眼光一亮，求救道：“瞿恬快救我！”

瞿恬嘴里叼着一块还没吃完的海苔，试探性地看了一眼教官犀利的面庞，不由得一哆嗦，生怕再让她去操场捡石头。

她索性嘬嘬手指，拉了拉衣服，站在单杠下面做准备。

秦教官笑道：“班长，不然咱算了吧，回队里我也不会跟别人说。”

“我跟你赌了三天的鸡腿，你现在跟我说算了？”龚教官走到瞿恬跟前，指着头顶上方的单杠道，“瞿恬，你今儿要是能给我在上面待个一分钟，我就认了。以后要有人敢欺负你，先过我这关。”

瞿恬一听，立马来了精神。她拍了拍双手，在万众瞩目下，向上一跃抓住了坚硬的铁杆，一个翻身双腿倒挂在单杠上，下一秒却差点碰上某人的唇。

淡淡的呼吸轻轻扑在瞿恬的脸庞上，像微风吹过耳际搔弄发丝，撩云拨火。瞿恬瞪大眼睛看着近在咫尺的俊朗容颜，一个不稳，差点从单杠上摔下来。

周辰一看着瞿恬在单杠上倒挂金钩，淡淡启唇挑衅道："腹部绕杆，我十你五，输赢分晓？"

瞿恬落在地上，重新抬起双手抓住单杠，冷冷道："要是你输了，给我们方队一人买一个冰激凌。"

微风四起，树影婆娑，周辰一停了片刻，启唇应道："可以。"

知道瞿恬强，没想到她能强成这样。

秦教官惊愣地回过神，嘀咕道："班长……这瞿恬究竟啥来头？"

看着在单杠上划出一个又一个漂亮弧度的瞿恬，秦教官抬起手掌遮住嘴，凑近龚班长耳根道："连长不一直在寻这种好苗子，动员一下，让她进咱队里多好。"

龚教官双手环抱在胸前，原本带笑的嘴角立刻拉了下来，叱道："一边去！"

"十二……十三……十四……"

同学们拍着手掌在数数，终于在快要数到十五的时候，周辰一手臂一软，从单杠上落了下来，引来一阵欢呼，而满头大汗的瞿恬咬着牙，薄唇紧抿，仍然在单杠上支撑着。

"瞿恬……"阿青担忧地喊了一声，"可以了，我们已经赢了。"

瞿恬没有吱声，双手撑在单杠上，用腹部艰难地卡住身体。

周围静得不像话，连风也避开瞿恬，从树梢钻入了天际，生怕一吹过，女孩就会从单杠上摔下来。

瞿恬看着地面有些发晕，极力稳住心神，试图调整好呼吸，汗珠从鼻尖滚落，她的手依然没有松开一寸。终于，她再次提起从单杠上翻完了一个动作，才松开手落在了地上。

“瞿恬！”

皇甫云霞迎上去，将瞿恬摇晃着身子架住不让她跌倒。

瞿恬对周辰一说：“你输了。”

这一瞬让周辰一有些恍惚，瞿恬还是和以前一般执拗，无论同他比什么，一定要分清输赢。他苦笑着耸耸肩，认命道：“我认了。”

“好哇！”

女孩们欢呼雀跃。

龚教官站在一旁，唏嘘道：“年轻真好。”

秦教官抬手挠了挠鼻尖，问道：“我们老了吗？”

龚教官微微一笑，不置可否。

宿舍里，杨靖宇看到洗漱回来的周辰一，絮叨道：“还说不是旧情人，你要不念旧情，单杠你是什么水平我不知道？”

杨靖宇前些日子跟周辰一打过球，顺便也一起在操场上玩过单杠，周辰一水平如何他心里清楚得很。一想到故意输给女队，爷们脸上总是没有面子的。

“嗯。”周辰一淡淡应了一声，“顶多能比她多做一个而已。”

杨靖宇气急飙出一句东北方言：“那你干哈不整？我们准赢！”

周辰一沉吟半晌，默默抬头看了一眼上铺兄弟，问：“靖宇，你还是单身吧？”

杨靖宇一愣，一时半会儿竟不知道该接什么。

周辰一笑着去洗衣服了。

杨靖宇坐在床上寻思了半天，终是忍不住问道：“他干吗突然转移话题？”

旁边的毕绍诚取下耳机，摇头说：“你是直男思想，不懂这里面少一个单杠的意义。”

“什么意义？”杨靖宇一脸茫然，“啥意思啊你们都……说清楚！”

毕绍诚翻了个白眼，戴上耳机，不再搭理他。

“少一个不就输了吗？”杨靖宇一头雾水地端坐在床上，想不明白。

直到军训结束，龚教官再也没有为难过瞿恬，还请她吃过两个鸡腿，离别时也一再叮嘱，若是有人欺负她，一定要告诉他。

瞿恬表面冷淡没说什么，可看着那一抹抹背上行囊离去的笔直背影，心头生出的愁绪与秋天十分搭调。

在学院里瞿恬已是小有名气，学校贴吧的八卦集中营也经常出现她的名字。可令瞿恬不爽的是，她的名字几乎都是同某个人的一起出现。

夜晚云层遮住了月光，宿舍里烛火摇曳，昕薇看着桌上的星盘面露难色，周围人的心也跟着悬了起来。

昕薇修长的手指点着桌上的一角道：“真是厄运。”

阿青被她严肃的神情吓得愣住，战战兢兢地问：“什么意思？”

“这个星象预示的是爱情啊！”昕薇双手环抱在胸前。

皇甫云霞把手里的高数题放下，有点疑惑：“爱情不好吗？”

昕薇深深吸了口气，两手一摊：“可惜我是个无情的人。”

“对，你整天冷冰冰地帮人分析，也不关心一下自己的终身大事。”瞿恬嘴里叼着辣条，又顺手拆开一袋干脆面如是道。

昕薇生活中看着普通，其实家中有马场、靶场、酿酒厂，骑马射击不在话下，但总被家里人安排相亲。

“哎，我好歹也有几百万粉丝啊，释放感情太多我怕分摊不均。”昕薇避重就轻故作无奈地耸耸肩，“不过这又不只说我一个，你们桃花运也爆棚。”

皇甫云霞的笔“吧嗒”一声掉在地上，瞿恬也愣住了，除了阿青露出兴奋的表情，其余两个人神情好像要大限将至。

皇甫云霞手指搭着下巴，皱眉思索了半晌后，幽幽应道：“抱歉，我认知范围内没有可以参考的男人。”

瞿恬跟着道：“我也没有。”

“你有周辰一。”没想到皇甫云霞打了个急转，狠狠回戳了瞿恬一刀。

瞿恬闻言，急忙反驳："才不是！"

"区队里都这么传。"

瞿恬脸颊有点烧疼，心虚地解释道："我跟他只是从小认识而已。"

午后秋海棠在风中摇曳，淡粉色的花朵坠在枝梢。

军训结束后有一个周末的休息日，瞿恬打算出门去趟图书馆，路过男寝时发现周辰一正在院子里晾床单。

她走过去打招呼，不料劲风疾驰，掀起的床单糊住了她的脸，她踉跄一步，险些栽倒，幸好腰被一只有力的手臂紧紧环住，稳住了重心。

"你比之前胖了一点儿。"低沉的嗓音响起。

瞿恬掀开床单对上了周辰一的眼眸。

他眼底含笑，午后的阳光懒懒散散，不骄不灼，却把瞿恬的心搅得有些烦躁。

瞿恬呆了一下才回过神，猛然推开他："关你什么事！"

"你要去哪儿？"周辰一上下打量她一番，背包、雨伞、耳机……出行装备齐全。

"图书馆。"她戴上耳机，准备离开。

话到这里，周辰一眉眼一弯，手指钩住瞿恬双肩背包的扣子："一起吗？"

瞿恬定住脚步，无情地拒绝："我并不想跟你一起。"

带路痴上路是一件非常头痛的事情，瞿恬有时候想像周辰一这种从小就带点路痴的，以后开着飞机会不会在天上迷路。

庆幸现在科技发达，地图导航架不住的估计只有重庆的盘龙立交。

两人站在公交站台，周辰一看着手上的地图皱了皱眉。

瞿恬嚼着口香糖，斜视了他一眼，用弯钩伞把钩住周辰一卫衣的帽子，语气带了几分嫌弃："走这边。"

两人一直沉默不语地走过几条街。感觉气氛有点尴尬，周辰一侧头看了一眼瞿恬，沉吟片刻说：“不然……我帮你背包吧。”

“不用！”瞿恬突然迈开一步，伸手护住自己的双肩背包，样子像极了护食的猫仔。

“呵！”周辰一忍不住轻笑一声，没说什么继续向前走。

瞿恬站在原地有点纳闷，他刚才是在嘲讽她吗？耳机、长柄弯钩的雨伞和双肩背包里塞满的零食，是瞿恬出门的标配，按她的话来说便是晴雨无妨，无聊不慌，饿了不急。

“瞿恬，这么多年你还是没变。”

她得意地挑挑眉：“那可不，这么多年始终如一。”

“不见得。”周辰一话锋一转，对上瞿恬疑惑的眼，缓缓道，“曾经无论何时何地，你都会带上我。”

见她微微蹙眉，周辰一勾勾唇角，轻描淡写地补上一句：“这么些年你只把我丢了。”

瞿恬听完，心里突然很不是滋味。

图书馆碰巧这周有活动不对外开放，两人只能转站到附近的书店。

这家书店有些年头了，除了一进门的书架摆台是玻璃的，其余的是棕红色的木架子，看店的也是一个戴着老花镜头发苍白的老爷爷。

“请问您这里有军事杂志吗？”

老爷爷闻言拉下半截眼镜，指了指玻璃架说：“在那边。”说完，又继续低头看报，不再搭理他俩。

周辰一看瞿恬翻开几本军事杂志，靠在旁边的木书架上启唇问：“你们女生不是喜欢看言情小说吗？”

瞿恬白了周辰一一眼，绕到周辰一对面没应声。

周辰一顺手从书架上拿下一本书，淡笑道：“《我有繁星还有你》，一场梦幻甜蜜的星空逐爱之旅……或许你应该换换这种口味？”

瞿恬眨巴了两下眼睛，手肘搭上身后的书架，指头随便点了一下说："不，我喜欢看这种。"

周辰一眉头微微一蹙，轻笑一声："你的爱好还挺别致的。"

尚以为自己还在军事类的瞿恬，回头一看血气上涌，"如何养好土鸡"几个大字砸得她脸颊一热："要你管。"

她沉默了一下，走到他跟前问："那你喜欢看什么？"记忆里这个人似乎就没什么喜欢看的书，由于周辰一的父亲是一名律师，从小到大他们家书架上最多的就是法学书。

起初瞿恬以为周辰一会受到父亲的影响，后来才发现事实并不像她所想的那样。

见周辰一一直不答，瞿恬又重复问了一遍："你喜欢看什么书？"

周辰一侧头垂眸，顿了顿说："看看如何养好小仙女吧……"话落，他抬手轻轻在她脑门弹了一下，绕到书架另一侧去了。

阳光从书店的门窗透进来，能清晰地看见飘浮在空中的尘埃，瞿恬伸手去捉，反而带起急流扰乱了光束。凝望着光晕里周辰一的背影，她有些恍惚，茫茫人海中他们微如轻尘，却穿越人潮再次相逢，心头竟衍生出一种庆幸。

瞿恬抬手捏了捏眉头，叹了口气，冤家宜解不宜结，她不想以后睡觉都梦到周辰一。

于是她凑过去，顺着他的视线在书架上游移："你挑一本书，我送你吧。"

周辰一停顿了一下，说："稀奇。"

"在你眼里我很抠门吗？"

周辰一微微一笑，深以为然。

瞿恬漫不经心地冷嗤一声："随你挑，我绝不食言。"

话如覆水难收，没想到周辰一居然选了一套四大名著，她明明只打算送他一本！

她一脸不悦地拎着书去结账，周辰一淡笑问："你的手那么小，拿得了吗？"

瞿恬伸出修长的手指，冷笑一声："我这还算小？"

“不小吗？”话音刚落，温厚的手掌贴上了瞿恬微凉的手心，她的指尖恰巧达到周辰一的第二段指节，只要他稍稍弯曲手指，手掌便能将她的手轻易包裹。

两人双手相贴，瞿恬一颗心怦怦乱跳，轻声问：“周辰一，我们……算冰释前嫌了吗？”

未料到下一秒指节传来一阵钝痛，周辰一与她十指相扣，却毫不客气地加重力道：“你在我心里垒了一万座珠穆朗玛，一本书就想冰释前嫌？”

这难道不是四本？！

瞿恬百口难言，实在想不出周辰一究竟在盘算着什么，果然是时隔三年的报复啊！

想起了昕薇口中的恋爱警告，她禁不住打了个寒战。

离开书店后，两人在商贸中心随便逛了逛。在看电影和吃西餐之间，瞿恬比任何女孩还要不解风情，她选择了第三者——打游戏。

如愿去网吧开黑了几把，瞿恬终于心满意足地踏上了回程。

公交车上人满为患，周辰一故意抬高胳膊隔开人群，让瞿恬不要被挤到。他抬眼看着倒映在车窗玻璃上恬静的脸庞，闭目享受耳机里的声音，一定是在听英语新闻。

心里这么想着，周辰一微微靠近她，在她耳畔低声道：“瞿恬，这么多年你一点都没变……可是我变了。”

他苦涩一笑，叹口气说：“你一定会说我变得更讨厌了。”

窗外车水马龙，暮色渐沉，星星点点的灯光照亮城市的夜。女孩依旧沉浸在耳机带来的愉悦里，周辰一颇为无奈，可眸子深处的宠溺却好似沉下来的夜色浓得化不开。

“我变得更加喜欢你了。”

缱绻的暮色里，他如是说。

当看到桌上堆成山的课本，众人才明白，飞院严苛的军训只是学飞道路上一个不起眼的石子。

“这都什么……”阿青目瞪口呆地看着桌上的书，“《飞行原理》《航空气象》《飞行英语》……还有《高等数学》，啊！”

皇甫云霞随手翻阅了几眼，转而道：“阿青，你高考时候数学成绩是不是最差的？”

阿青像泄了气的皮球般，绝望道：“你们谁来救救孩子……”

瞿恬伸手戳了一下阿青的眉心：“打起精神。”

趴在桌上的阿青突然想起了什么，立时坐直了身子：“我们跟他们在一起上课吗？”

“他们？”瞿恬蒙了一下。

“男飞啊！”

皇甫云霞轻笑出声，把厚厚的课本往背包里一塞，淡淡道：“我们就四个人，难道还要单开一个班？”

闻言，阿青脸上一扫阴霾，一边收拾一边嘀咕：“那人生应该不会太无聊。”

“速度，我不想第一节课就迟到。”

皇甫云霞催促着出门，却被昕薇挡住了去路，三人瞧见她手里拿着的东西，疑惑地皱皱眉：“薇薇这是……”

“这是我给你们准备的，人手一个。”昕薇把小玩偶挂件直接扣在三人的背包上，十分有成就感地说，“我新研发的——恋爱劝退玩偶。”

“……”

飞院男女比例七比一，四个国宝级人物才探头，教室里黑压压响起一片掌声。

“单杠女神来了，快请入座。”

不知谁调侃了一句，周辰一抬眼见到瞿恬，不经意地扬了扬嘴角。

到底是孽缘扯不清，瞿恬正好坐在了周辰一的前面。杨靖宇见状凑到他耳根，悄声道：“区队里传你们俩是前任关系？”

见某人正竖着耳朵偷听，周辰一轻笑一声，不置可否。

此时一双银色的高跟鞋出现在门口，来人身形高挑，长发飞扬，红唇点缀，气势逼人。

“大家好，从今天开始，我是你们飞行英语的老师。”

“绍诚，你这情报有误啊。”杨靖宇眼睛瞪得离不开讲台，用胳膊肘拐了下身边的毕绍诚，笑道，“不是说教民航英语的是个老教授？”

毕绍诚皱紧眉头，很是费解：“不应该啊……”

阿青压低声音，跟舍友嘀咕道：“老师也太美了吧。”

昕薇叹了口气：“自古以来美丽的东西都很危险，阿青，也许她比高数更可怕。”

阿青难以置信地看着站在讲台上的女人，一颦一笑撩人心魄。

“我姓魏，大家可以喊我 Danger，意思也很明白，遇上我，很危险。”

未料想台下一阵哄笑，昕薇一抬手，意思是“等着看吧”。

魏老师脸上保持着微笑，不紧不慢地蹦出两个字：“嘘我？”她淡笑着，从讲台上走下来，拿着手里的课本翻了两页，“考上飞院从来都不是万事大吉，每年从这个专业里转走的也比比皆是。”

倏地，她眼底的笑容一冷，像一颗寒冰凝结的钉子，瞬间扎进了人的心窝：“民航英语三、四级补考两次不过的——淘汰！

“每学年挂三科以上包含三科的——淘汰！

“每科只能补考一次，若不过——淘汰！”

教室里鸦雀无声，大家的呼吸都变得小心翼翼，可是她只是站在那里，笑着翻开了几页课本，陈述了一个在飞院里亘古不变的事实。

“都打起精神，遇上我……”魏老师抬高了音调又突然压低，“超有趣的。”

不知道为什么，在座的同学们不约而同地吞了口唾沫。

“好，我们开始上课，希望学期结束，你们仍会好好地……坐在这里。”她笑了笑，摄人心魄。

天气渐渐转凉，冷空气却好像成了补给药品，从教室里走出来如获大赦的飞院新生站成一排，仰头深深吸了口凉气。

杨靖宇歪头看着天，无奈唏嘘：“人啊……为什么总要作践自己。”

阿青学着他歪头看天，叹息道：“我觉得我的飞行征途一片黑暗。”

“你们两个能不能别杵在那里跟复制粘贴似的。”毕绍诚抱着一个玩偶在手里，一脸幸福，“人生不如意十有八九，幸好我有小粉兔陪我。”

“毕绍诚，这组合新出的周边你就有啦？”阿青转头道，“限量中的限量……你是魔鬼吧！”

见阿青把手伸过来，毕绍诚立马后退几步：“干吗？多少钱我都不会卖的！”

阿青无视他的反抗，手速飞快地抢过玩偶：“借我拍照发个朋友圈。”

毕绍诚还没反应过来，心爱之物便已落入他人之手。

一旁，瞿恬侧头瞄了一眼周辰一，却发现他正在看自己，心头猛然咯噔一下。最近总会突然心跳加速，瞿恬开始怀疑自己是不是心脏出了问题。

“去食堂吗？”周辰一看了下表，“到饭点了。”

看她不回答，周辰一稍微弯下身子。突然拉近的距离吓得瞿恬向后一缩，暗自攥紧了拳头，脑袋一片恐慌。他澄澈的眼眸中透出几分认真，缓缓开口：“要不要共进午餐？”

两人离得很近，瞿恬皱紧眉头，不敢呼吸，看着周辰一棱角分明的脸庞，不禁回想起了那个梦，立时抿紧了嘴巴。

“一起呗。”没等瞿恬回答，皇甫云霞一只胳膊搭上了她的肩，捏了捏她紧绷的身子笑道，“杨靖宇说他请客。”

杨靖宇蒙了几秒：“我说了吗？”

皇甫云霞反问：“你没说吗？”

“啊……这不重要，我只想要你书包上挂着的那个娃娃。”

他手一摊开，很是厚脸皮。

闻言，皇甫云霞顺势踢了个足球："你可以跟昕薇要，据说这个娃娃招桃花。"

昕薇："……"

食堂人山人海，下午一点还有课，照目前的速度，除去排队后剩下的时间只够吃一碗面。瞿恬习惯性地打开一包零食，这是在食堂里的求生之道，免得半路阵亡。

眼看就要排到窗口，身旁掠过一道疾风，一个黑影插队到了她前面，而且后面还跟着很多女生。瞿恬半眯起眼睛，抬手戳了戳对方："别插队。"

男生转过头，居高临下地看着她："新生？"

瞿恬面无表情地看着他，一双眼睛透着冷淡："是的。"

对方轻笑一声，上下打量了一番："空乘？"

瞿恬继续面无表情："飞行。"

"哦，三轮车司机。"他友好地伸出手，"我叫唐鑫，是你未来指路的明灯。"

看他伸出来的手，瞿恬表情淡漠地抬手挡开："黑灯瞎火看不到。"说罢，直接站到唐鑫前面去了。

"喂，新生。"唐鑫伸手准备去拉瞿恬。

"喂，学长。"低沉声音响起的同时，唐鑫的肩膀被人摁住，他侧过头对上一双没有丝毫善意的眼眸。

周辰一看着他，气氛冷凝，却突然倏地笑出了声："学长，让着点吧，我们吃完还得赶课。"

虽然每一届都有刺头，可这一届的似乎特别有趣，唐鑫笑道："今年的新生都很有脾气啊。"

两人正四目相对，瞿恬却已经买了两碗面条，递给周辰一，眼底闪过一抹嘲弄："放调料了，你对着空气发什么呆？"

唐鑫愣了愣，没想到看上去挺文静一女生脾气可真不小。

唐鑫刚想开口，有人叫住了他："会长，都教授让你现在过去找他。”

“啊……”感觉麻烦要来了，唐鑫眉毛一扬，“算了。我们以后再见吧，新生们。”

此情此景不由得令杨靖宇咋舌：“什么年代了，整得跟校园小说似的。”

瞿恬没再说话，找了个位置自己坐下来吃面。

昕薇沉吟了两秒问：“杨靖宇，你从小到大是不是只看《七龙珠》？”

杨靖宇一惊：“你怎么知道？”

众人皆摇头。

杨靖宇一脸疑惑，认真思索了一下又说：“我后面还看了《海贼王》！”

众人皆唏嘘。

昕薇摇摇头道：“我觉得你可以把那个娃娃还给我，桃花已经离你很远了。”

杨靖宇立刻摆出一张黑人问号脸：“我说错什么了？”

进食堂前还阳光普照，转而却闷雷滚滚，豆大的雨珠一滴一滴地砸向地面，很快，眼前的景色湮没在雨幕中。

几人被堵在了食堂门口，一脸愁容。

“昕薇，你是不是又做雨天娃娃了？”杨靖宇抬手接着雨水，叹息道，“老天都快哭瞎眼了。”

昕薇侧头，狠狠剜了他一眼。

瞿恬不知从哪里摸出一把彩虹伞，唰一下打开，挡开了雨珠：“有跟我一起的吗？”

阿青连忙迎上去：“我一起！不过……瞿恬，你这把伞刚刚藏在哪里？”

“腰上。”她淡淡应道。

皇甫云霞也惊愣了半晌，缓缓道：“方便的话……捎上我。”

周辰一静静地看着那把彩虹伞，思绪有了一瞬间的恍惚。

那日雨下得很大，雨珠砸在地上的声音很响，少年气喘吁吁地在雨幕中奔跑，浑身湿透，手里却捏着一把伞不曾打开。他一刻也没有停留，看到不远处站着的身影，更是加快了步伐。

“你去哪里了？”

“去找伞。”说着，他将手里的伞递给少女，“跑了好几条街才买到，然后又……迷路了。”他眼底染上愧疚，“让你等了好久。”

少女沉默了片刻说：“以后我会买一把弯柄的彩虹伞。”

少年不解：“为什么是弯柄的彩虹伞？”

“很显眼，又可以遮雨，还可以钩住你。”说着她笑着撑开了伞，弹开连成线条的雨幕，“这样你就不会走丢了。”

……

“周辰一？喂，周辰一！”杨靖宇一脸急切。

周辰一缓过神，转头问：“哦……叫我？”

“她们都走了，我们怎么办？”

看着早已远去的背影，周辰一淡笑着摇摇头，把外套往头上一顶，冲入了雨帘。

“这么刺激？”

杨靖宇跟着冲进雨中，留下毕绍诚站在原地发呆，他不允许自己身上任何一处地方淋雨。

这场雨连续下了三天也没有停，与此伴随的是大幅度的降温，冷空气来得毫无预兆，哪怕缩在宿舍的被窝里也会瑟瑟发抖，被前辈们吐槽许久的航空体育课也因此一再推迟。

周六，瞿恬裹着被子坐在床上刷剧，手机时不时传来消息，但她没有在意。

阿青挤在昕薇的床上，目瞪口呆地看着地上穿着背心的人：“云霞，你每次都练这么长时间？”

“你说马甲线？”皇甫云霞轻轻舒了口气，如山峰般岿然不动练着平板支撑，汗珠从她的下巴滑落，配上身体完美的曲线，迷人眼目。

“还好。”她调整呼吸，微微抬头看了一眼上铺的瞿恬，“瞿恬，你能不能稍微处理一下你的消息，手机一直在响。”

一到晚上，瞿恬的反射弧似乎比白天更长，隔了半天她才幽幽回头：“嗯……我在看剧。”说罢，她拿起手机，没想到碰巧有一个电话打进来，是周辰一。

她轻轻蹙眉，不耐烦地接起电话：“说。”

那边声音一如既往地好听，沉声问：“你现在有时间吗？”

“没有。”瞿恬想也没想地回答。

周辰一跳过了她的回答：“你知不知道哪里卖那种加绒的睡衣？”

瞿恬的耐心被耗尽了：“周辰一，我又不是百度导航。”

那边沉默下来，也没有挂断电话，等了片刻，他才应道：“打扰了。”说罢，听筒那头传来了嘟嘟的忙音。

看了一眼手机，瞿恬有些郁闷。她本不想理会，可是心里没有由来的烦躁让她根本无法继续看剧，只能把耳机一摔，躺在床上看着天花板。

“周辰一的电话？”皇甫云霞起身擦了擦汗问道。

“嗯。”瞿恬叹息一声，“男人心，海底针，我实在不懂他究竟想怎么样。”

皇甫云霞笑着摇摇头，问：“难道你和杨靖宇一样，从小到大只看《七龙珠》？”

瞿恬侧头看了她一眼:“别贫嘴,我听出来了你在说我情商低。”

皇甫云霞走过来，趴在床沿的栏杆上淡笑着问她：“我一直很好奇，你跟周辰一仅仅是认识的关系？”

瞿恬表情有点不自然，没有回答。

冷风嗖嗖往脖颈里钻，宿舍的路灯下，周辰一戴着卫衣的帽子，冷得在原地跳脚，灯下影子被拉得很长，呼吸变成一团团热气，瞿恬远远便看到了他。她从来没有告诉周辰一，印象里他总如星光般璀璨。

“叮咚——”微信响了一下，瞿恬拿出手机，是皇甫云霞发来的消息。

皇甫云霞：见到人没有？

瞿恬迟疑了一下，打开摄像头，给云霞拍了一张照片。没想到周辰一恰好抬头，镜头那边和瞿恬对了个正眼。

老天！瞿恬一慌，手机“啪嗒”一声掉在地上，声音几乎被她强烈的心跳掩盖。

见她手足无措，周辰一眼底带笑，问：“冷吗？”

瞿恬故作轻松，回答说：“对，冷得手抖。”

“我也怕冷。”周辰一补充一句。

瞿恬拧眉揶揄道：“我是怕你熬不过这个冬天才出来的。”

周辰一微微一怔，侧头看着瞿恬不动声色。

“怎么了？”瞿恬有些诧异，“我脸上有什么吗？”

气氛僵了几秒，瞿恬不自在地移开目光，却听周辰一笑道：“没事，我只是在你眼睛里看到了我，还蛮帅的。”

或许自恋有毒。

雨后的夜晚，天空中星子明亮，城市的灯光倒映在离观河里，也荡开一片星光。

两人坐地铁去了附近的街市，这个点街市人很多，大部分都是在校学生，有很多都是因为突然降温出来买衣服。街市小吃摊琳琅满目，香气逼人，这才是瞿恬此行的真正目的。

周辰一尚在服装店转了个圈，瞿恬手上已经抱了六个章鱼小丸子和一杯奶茶。

“你可以试试那个加绒的皮夹克。”瞿恬往嘴里塞了小丸子，两边腮帮鼓鼓的，像极了攒食的仓鼠。

军训结束后，他们平日仍然穿着作训服上课，学校的制服也不知什么时候才能发下来。周辰一平日里衣着多为休闲，眼下套了个皮夹克，设计师刻意的小心机将周辰一恰到好处的身形尽显无遗。

笔直的后背，结实的臂膀，下腹部线条收紧，浑身上下没有多余的赘肉。瞿恬甚至可以想象飞院的男生下自习以后，在宿舍聚众练腹肌的画面，脑海里禁不住蹦出皇甫云霞对她刚才偷拍照片的经典评价——很迷人。

“好像还可以。”周辰一嘀咕一句，“你觉得如何？”

“很迷人。”大脑中枢直接传递信号，瞿恬脱口而出的三个字让两人陷入了漫长的沉默。

她……从小到大什么时候说过这么肉麻的话？！

瞿恬扪心自问，自己究竟是不是着了魔。

沉静了半晌，周辰一才缓缓回头看着试衣镜前的自己，嘴里说道：“就这件吧。”

瞿恬嚼着口香糖在门口等周辰一付款，一旦和他有眼神接触，心就莫名跳得很厉害，她移开视线让自己冷静下来，没想到十分钟之内便换了三块口香糖，更暴露了焦灼的内心。她索性去隔壁的超市买了瓶冰镇的矿泉水，如此寒风，冰水下肚，透心的凉。

出来得仓皇没有和周辰一说，前后不过差了短短几分钟，他竟然已经在马路对面的喷泉广场上胡乱瞎绕。

“哎……”瞿恬无奈地叹了口气，过个马路就分不清东西南北，说实话她比较担心他以后驾驶飞机在天上迷路。

太耀眼的人总会不自觉地吸引别人的目光，以至于短短片刻，便有姑娘上前同他搭话。

他不知道说了什么，惹得人家笑靥如花。瞿恬一抿唇，快速走到马路对面，正巧那两姑娘已离开，她把手里的彩虹伞一伸，周辰一卫衣的帽子被稳稳钩住，他猛然回头，眼前出现一张清秀的面庞。

“你们在聊什么？”瞿恬眼底透出不悦。

周辰一淡淡道：“她们问我是不是飞院的，要不要一起拼车回学校。”他把伞柄从卫衣帽子上拿下来握在手里，看着瞿恬的眼睛笑了笑，“我说不用了，在等女朋友。”

刹那间，风停了，空气凝滞了，时间好像也停止了。

身后喷泉的水柱随着音乐呈现出不同的形状，闪烁的灯光照应着波光粼粼的水花，倒映在周辰一深邃而黑亮的眼眸中。

瞿恬呼吸一滞，如同触了电，一股莫名的灼热从耳根蔓延到全身。

彩灯迷离，水花散落，竟然还配着应景优柔的BGM（背景音乐）。

隔了半晌，她才红脸怒道："这是什么烂借口！"

周辰一眯眼一笑，看了看表说："还早，要不要去……"见她从包里拿出一副耳机，他转而问，"你换了副耳机？"

瞿恬说："嗯，上次那副我们去图书馆的时候坏了。"

"坏了？"周辰一讶然，想起上次公交车上贴着她耳畔诉说的那些话……周辰一心头五味杂陈。

瞿恬不解地问："怎么了？"

"问问而已。"说着，他指着身后的电玩城问，"投篮玩一把？"

瞿恬眉眼一弯，挽起袖子："输的买串。"

那年两人刚上初一，周五放学后新开的电玩城成了两人的根据地，由于周末周辰一很少有时间能出门，能放松的时间更是屈指可数。他们总会到小区外的烧烤摊买三串牛肉串。有一次两人忘了看时间，十一点还在外面游荡，以至于翻小区大门时被门卫养的黄狗追了三栋楼。

回忆总想哭，所以生活经常旧事重演。

两人蒙圈地站在十字路口，看着空荡荡的街道，红绿灯按部就班继续工作，偶尔才遇上一辆配合它工作的车。冷风嗖嗖地从离观河岸那头涌过来，河边的温度比室内要低很多。

周辰一有点尴尬，轻咳一声："呃……我们今晚可能回不去了。"

瞿恬捏捏额头，似在竭力隐忍："时间都能看错，难道以后要整架飞机等你这个驾驶员？"

话刚说完，手机嗡嗡振个不停，听筒那头阿青声音急切，小声道："喂，瞿恬你在哪里？宿管阿姨来查寝！"

瞿恬心头一颤，慌了神："我马上回去。"

“还回来做什么，你人才到学校大门区队长就得知道。”皇甫云霞抢过手机，“你跟周辰一在外面待着吧，这边我想办法。”

待……着？

夜晚很安静，听筒里的声音清晰可闻，瞿恬抬头的瞬间对上周辰一沉静的眼眸，心头不由得一缩，胸腔里失了节奏的跳动像草原疾驰奔腾的骏马。

氤氲的灯光渡满了城市的夜，离观河上水波泛起的颜色，宛若他眼中的那道光。

见她如此瞧自己，周辰一微微蹙眉：“你怎么了？”

瞿恬警惕地向后挪了一步：“没事，就最近……心脏不太舒服。”

“哪里不舒服？”他平静的脸庞立时慌了，“我带你去医院。”

“啊……不用。”瞿恬搪塞说，“女生总有那么几天。”

“是吗？”周辰一微微半眯起眼睛，冷笑道，“你的生理期应该刚过。瞿恬，你故意这么说，是怕我对你做什么？”

言多必失，她忘记了周辰一从初二开始便记得她的生理期。

瞿恬呆愣了片刻，幡然醒悟：“不……我不是那个意思。”她羞赧蹙眉，“你们男生真麻烦！”

周辰一从没想过会有被女生说麻烦的一天，他正思考要怎么回答，又听瞿恬缓缓道：“我不是很懂你。”

她冷静下来，沉静的眼眸里敛着一汪秋水，认真道：“三年前的你没有这么复杂，现在好像初中数学突然跳到大学高数，我不是很能理解。”

周辰一愣住，这是什么比喻？

“以前你话很少，我总能猜到你的心思。”瞿恬看着他如实道，“现在……我猜不到。”

“就像数学题给了很多干扰条件，我分辨不出关于你的必要条件是哪些，不知道你真正想让我得出的答案是什么。”

听完这席话，周辰一沉默不语。夜风四起，扰乱了他的思绪，那些想竭力隐藏起来又拼命想让她知晓的心思从始至终都没有变过，只是……他变了。

有谁会喜欢自卑又敏感的人呢？

当年如实的表达换来了一别三年的苦楚，久别重逢的欣喜，令他变得更加小心谨慎。

“瞿恬，有些事情是我的蓄谋已久。”他叹了口气说，“其实……”

“啊……看吧，我就说这次重逢是一场报复。”瞿恬白了他一眼冷淡道。

她的话让他有些头痛，都说女生心思敏感细腻，眼前这个简直是神经大条，难以沟通。

“我不想跟你讲话，我不想睡大街！”她转身朝着马路的一头走去。

周辰一深深吸了口气，喊道：“去哪里？”

瞿恬背对着他抬手摆摆：“网吧包夜，娱乐又省钱！”

看吧，低情商的网瘾少女。

周辰一叹息着摇摇头，追上去。瞿恬不知道何时掏出一包薯片边走边说：“我一直有个想法。我以后如果结婚生小孩，一定要带手机进产房开黑。”

周辰一有些好笑：“转移注意力？”

“不是！”瞿恬侧头看他，神情无比认真，“我想让我儿一出生就知道他妈妈是个王者。”

“……”

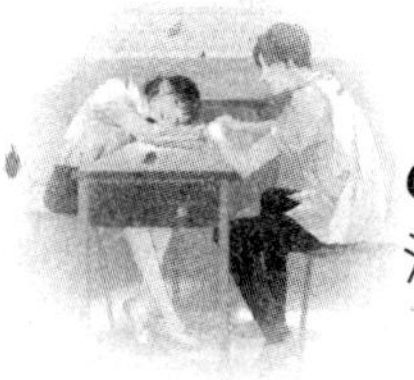

Chapter 03
没关系是心动呀

说好的通宵开黑，而瞿恬仍到点便睡，刺激的战场叫不醒沉睡的王者。早上匆匆赶回学校，幸好周末不跑操，瞿恬回到宿舍补了个回笼觉。

然而，霉运总是接踵而至，吃晚饭时，瞿恬在食堂遇到了一个煞星。

“喂，新生。”那人迎面而上，挡住了瞿恬的路，“我喊你呢！”

“有事？”她反问。

“我知道你。”唐鑫咧嘴笑笑，样子有点痞，“你是瞿恬，前个星期在操场腹部绕杆的那个。”

他突然弯下腰，影子黑漆漆地挡住了光亮：“当时……吐得爽吗？”

这副笑脸阴险狡诈，瞿恬不由得警惕起来。

“我本来想过去看看你的，没想到你连你舍友都没让过去。”他不疾不徐道，“想必你特别爱面子。”

这人说话很犀利，也特别不讨喜，瞿恬看了他几秒，说：“学长没事儿的话可以让道吗？”

“哦……”唐鑫礼貌地让开路并绅士地比了个请的手势，“我喜欢你的性格……像一头倔牦牛。”

瞿恬看了他一眼，一言未发地走了。

阿青看到瞿恬刚才同那人说话，启唇问：“瞿恬，他跟你说什么？”

“说看到了我的狼狈不堪。”瞿恬在馒头的中心抠了一个洞，挖了一大块自带的油腐乳进去，端在手上从外往里吃。

“这人名字叫唐鑫，在学校里有点名气，据说父母都是航空公司里很有头面的人物。”八卦传播器阿青上线。

瞿恬惊愣：“是个二代爷？”

“听说脾气超差，人缘却很好。”阿青总能够通过各种渠道了解到学校各种最新的热门资讯。

“云霞打电话来说去游泳馆了，让我们不用等她。”昕薇端着饭过来，凑上一句，“那人什么专业？”

“空中管制。”

昕薇惊叹：“你怎么知道得这么清楚？”

阿青嘿嘿一笑，样子十分得意：“我不制造八卦，我只是八卦的搬运工。”

瞿恬塞了一块腐乳馒头在嘴里，淡淡道：“以后真不想在频率里听到他的声音。”

“这种机会比较小。”瞿恬感觉肩膀被人拍了拍，说话之人带风而过，不忘留下一个非常不友好……警示的眼神。

阿青：“瞿恬，他这样子太吓人了！眼神有点像准备拆家的哈士奇！”

“噗！”昕薇忍不住笑出了声，“阿青，我觉得他可能在警告你。”

阿青闻言一脸惊恐：“怎么办！万一他以后在频率里用英语骂我，我岂不是连话都说不利索！”

昕薇想了一下，说："没关系，你只需要回他 F 开头的那个词就可以了。"

阿青："Father？"

两人："……"

一套军训服穿了两个月，终于等来了制服，阿青站在镜子前面试装，表情难掩兴奋。

"这衣服版型太好了，显得我很瘦。"

"你本来就不胖。"瞿恬撕开一包薯片，咔嚓咔嚓地嚼，"辅导员在群里通知，从明儿开始，都得穿制服去上课。"

阿青从镜子里看到身后只有皇甫云霞没换衣服，疑惑道："云霞，你不试试吗？"

"不用。"她蹦出两个字，拿起桌上的水壶出了宿舍，"我去打热水，顺便去食堂帮你们买饭。"

阿青不明所以："她怎么了？"

"云霞那性子，一定觉得太拘谨。"昕薇啧啧道，"她什么样儿，单手开啤酒，自拍不用美颜，脱了衣服就能下海游泳。"

"随心所欲爱自由，干什么全看心情，典型的射手座。"

瞿恬听完，忍不住说了一句："说得我超想看她穿制服的样子……"

周一的天气还算不错，校园大部分绿植已经染成了金色，衬着一望无际的蓝天。六点半起来晨跑，吃个早饭，整理内务，换上制服整队去上课。

皇甫云霞神色淡漠，浑身上下透着一股冷气。

"我觉得……很帅啊。"阿青小心翼翼地吞了口唾沫说。

昕薇看得目不转睛，喋喋不休："我觉得我快恋爱了。"

皇甫云霞冷着脸，拍了昕薇一巴掌："排好队。"

感觉身边传来的炙热目光，皇甫云霞烦躁地回头，没想到瞿恬正看着她笑。

“笑什么？”她有点无措。

瞿恬嚼着口香糖，把耳机一挂，转头看向前方却是轻声夸道：“很精神。”

皇甫云霞愣了几秒，倏地笑出了声，摇头道：“真服了你们三个了。”

晴空万里，秋风恰迎，瞿恬抬手把吹到脸颊的发丝别到了耳后，目光对上了不远处走来的周辰一。

“瞿恬……周辰一这身材是专门为制服量身定做的吧？”阿青用胳膊拐了下瞿恬，感叹一句，“你看隔壁学院的队伍，眼睛都看直了。”

来人像光一般耀眼，一身制服显得清洁规整，透着一种沉郁紧绷的气质。

阿青拧紧眉头，上下打量一番，唏嘘道：“人靠衣装马靠鞍，周辰一你有毒啊！”

周辰一勾勾唇角：“可惜想毒的不是你。”

见状，杨靖宇挺了挺胸膛，侧头问阿青：“咋样？带劲不？是不是贼拉帅？”

阿青白了他一眼，毫不客气地拆台：“令人眼瞎。”

“啧。舍不得夸你别说违心话啊，我瞧着你们穿上也蛮俊的。”杨靖宇胳膊拐了下周辰一，“怎么样哥们儿，给句话呗。”

周辰一打量了一下瞿恬，缓缓道：“很精神。”

“你们两夸人的用词都一样的吗？”皇甫云霞眼底含笑，一副了然于心的样子，“真是令人嫉妒的默契。”

瞿恬一听，连忙用手戳了戳皇甫云霞，让她别再调侃。

皇甫云霞话音一转，说：“一秒接过制服，一生志在蓝天，现在算是上道了。”

是啊，他们离期盼已久的蓝天，算是更近一步了。

大学生活开始变得枯燥且乏味，每天四点一线：教室、食堂、图书馆和宿舍。

男生宿舍里几人正准备去上体育课，门“嘎吱”一声被人推开。

大眼瞪小眼，来人手提大包小包的行李，一边哈腰一边往里进：“你好，我是隔壁楼转来的。我叫霍小东。”

杨靖宇愣愣问：“怎么不在隔壁住？”

霍小东无奈一笑：“重新整合住不下了，床少了两张。辅导员说你们这儿有空床，所以……”

“新舍友呗！”杨靖宇迎了上来，顺势接过霍小东手里的东西。

“呃……也不算。”霍小东挠了挠头，“就……暂住。”

宿舍静默了几秒，又被杨靖宇爽朗的笑声打破：“暂住也是舍友！来来来，把你东西都搁这儿。”

“你们要去上体育课？”霍小东看着他们穿好的球鞋，咧嘴笑笑，“3000 米，希望你们能如愿跑及格……”

深秋下午的风透着点不太浓郁的热意，阳光照在身上暖暖的，这种天气里人总想犯懒，享受光影稍纵即逝的舒适。

3000 米考核为这个学期的必过项目，没有人想要挂科，如果不过将会影响到下学期的分班。

瞿恬换了身舒适的运动装。作为运动神经和智力双发达的“怪人”，她的存在让一群人变成了“柠檬精”。

“瞿恬……我想问……你怎么就……这么能跑？”跑道上阿青在背后气喘吁吁地追赶，说话好像短路似的，一会儿蹦出几个字。

瞿恬转身，脸不红气不喘，淡笑道：“跑步很简单啊！”话落，便扬长而去。

“我为什么要问她这种问题……”阿青语调带了哭音，“真要命！”

豆大的汗珠从皇甫云霞的下巴滑过，她平时体能并不差，可碰上长跑也远不及瞿恬。

“她是魔鬼吧……”

“云霞……我要憋死了……我觉得我浑身肌肉都在报警……特别是我的呼吸肌……”阿青红着眼眶，明明已经上气不接下气，嘴上仍旧喋喋不休。

皇甫云霞一把抹掉脸上的汗珠，提醒道：“我劝你少说两句节省体力，前面男飞比我们快了半圈。”

耳根嗡嗡作响，周围除了自己沉重的呼吸，似乎什么也听不清楚，看着远处的人影，周辰一微微眯起眼睛。

“辰一，瞿恬还站在那里做准备运动呢。”杨靖宇步态狼狈倒也不忘调侃两句。

周辰一吸了口气，道：“她已经跑完了。”

“什么？！”

没等杨靖宇反应，周辰一也加快步伐冲刺终点。

“没及格。”瞿恬看了一眼表，眼底带了点嘲笑的意味。

她也没抬头，未曾想某人一个手臂扬起，整个人便靠了上来，像秤砣一样挂在了她身上。

耳根充斥着浓重的喘息声，温热的气息喷洒在她的脖颈。瞿恬僵住了身子，加速的心跳和屏住的呼吸令她大脑开始缺氧，浑身都酥软起来。

周辰一将头埋在她的颈窝里，隔了半天才缓缓抬头，那因运动泛红的脸庞上，眼眸透亮。

他嘴唇翕合，调整着气息，忽地露出一颗虎牙：“借个支点呗，长跑冠军。”

这个笑让瞿恬心头一颤，她清晰地感觉到一股热血涌上头。她的唇抖了抖，伸手推上周辰一的肩膀，没想他如此结实，抑或是自己手上已没什么力气，一推一搡，竟有几分欲迎还拒的感觉。

杨靖宇眼看快要到达，机体早已乳酸泛滥，浑身肌肉酸痛，没想这一幕竟让他心头也泛起了酸。旁边阿青一个步伐超越他，杨靖宇想也没想，伸手拽住阿青的手。

一个受力不稳，惯性让阿青向后栽倒，反而跟杨靖宇撞个满怀，后背把杨靖宇妥妥帖帖地压在了地上。

“咳咳——”

“你……你有病啊！”阿青跌忙起身，骂道，“你拽我干吗！”

杨靖宇抚了下胸口，抬手指着阿青，呵呵一笑：“我的骄傲只能容许一个女生……跑到我前面去！”

话音刚落，皇甫云霞和昕薇先后从他身旁略过，扬起的风将男人最后的骄傲碾作一粒尘。

杨靖宇表情僵住，颤颤巍巍从地上起来，气势磅礴道：“我的自尊让我势必超越你！”

阿青追上前去，不屑道：“就你也想跑赢我？”说着，她也抬手拽住了杨靖宇的胳膊。

“你给我放开！”他大吼一声，用力甩着胳膊。

“我不放！”阿青死死拽住杨靖宇，最后索性一蹬腿，向上一跳，双腿一缠，整个人骑在了杨靖宇的身上。

东北小哥的身上挂了一个娇小的妹子，跑道上的众人瞠目结舌。

皇甫云霞和昕薇先后到了终点，周辰一这才依依不舍地放开瞿恬，顺手把她脸颊的发丝别到了耳后，动作亲昵，毫不突兀。

昕薇紧紧皱着眉，自顾道：“难道我的恋爱劝退玩偶真变成招桃花的了？”

皇甫云霞双手叉腰，一边调整呼吸道：“没准是恋爱招揽玩偶……”她话还没说完，阿青和杨靖宇撕扯着跑到终点，眼神恨不得把对方吃了。

“呃……”停顿了片刻，皇甫云霞转头看着脸色铁青的昕薇，“也许我说得没错。”

“绍诚呢？”周辰一侧过头问。

杨靖宇扶着膝盖，上气不接下气，拇指向后一比画：“后……面吧……”

毕绍诚步履艰难地在跑道上前行，感觉眼前一片模糊，挣扎向前，哪知还没到终点，整个人栽倒在地。

“绍诚！”

几人跑上前去扶他：“绍诚，你没事吧？”

毕绍诚微微摇头却翻了个白眼。

“别让他躺下，扶他起来走，不然心脏受不住。”皇甫云霞提醒道。

周辰一没多想，架起毕绍诚从地上起来：“走。”

“我……是不是倒数第一……”毕绍诚气若游丝，微微睁开眼眸问。

“先别管这个，走两步缓一缓。”周辰一轻声说，“这种耐力是可以慢慢练的。”

闻言，毕绍诚叹了口气，抬眼望着宽阔的操场，长长的塑胶跑道，眼神有些空洞：“飞行这条路……我可能……不太行。”

这句话理解起来不复杂，可一整天周辰一都在思考着毕绍诚的话。

从招飞考试到入学，层层突破，明明站在飞院的土地上，为何却能轻而易举地说不行。

他侧头看着蓝天，似是想起什么，拿出手机拨了个电话。

“对不起，您拨打的电话暂时无法接通，已为您转接语音信箱，请在嘀声后留言……”

“振轩是我，你在飞吗？西北已经非常冷了吧？我就……想你了，能回电的时候记得给我回电，挂了。”

“啁——啁——”湛蓝的天空上雄鹰盘旋，周辰一坐在操场的栏杆上看着它飞跃高楼林海，消失在了云朵深处。

飞院自习室内灯光明亮，下个月运动会后各种考核便会接踵而来，原以为上了大学是跳过了一道坎，没想到却是跳进了一个坑。

“飞行原理令我感到枯燥。”杨靖宇仰头靠在椅子上，把书往脸上一盖，死气沉沉，“升力、重力、拉力和阻力……会开飞机不就完了嘛，干啥还得记这些。”

阿青回头白了他一眼：“你以为学开车呢，会开就完了。”

杨靖宇嗖一下起身，对阿青嘚瑟道：“哎，我可是已经有驾照的人。”

“有什么可炫耀的，一踏二挂三开四喇叭，最后放个手刹，车子还不能自个儿走？”阿青淡淡道。

“肤浅。”他冷哼一声，“这开车的精髓，在于领悟离合器与刹车之间的那个临界点，不然老熄火，你搁哪儿走？身心领悟的东西，又不是看看书就会。”

阿青嘴角抽了抽，狠狠剜了杨靖宇一眼。

周辰一侧头手杵下巴问：“大雁是怎么飞的？”

“扇翅膀啊！”

阿青抿嘴一笑：“那飞机怎么不扇翅膀？”

“飞机靠发动机啊。”杨靖宇耸耸肩。

阿青故作了然地点点头：“所以飞机为什么不设计成扇动翅膀的？”

杨靖宇哑口无言。

“大雁扇动翅膀的时候产生了升力才能飞，民航客机的翅膀不能上下活动，所以用发动机提供了一个推力，导致上下翼面有压差，才会有一个升力让飞机起飞。”瞿恬手臂搭在座椅靠背上缓缓开口。

杨靖宇一咧嘴：“可以啊，小恬恬。”

瞿恬抬起课本指着说：“书上有写你没看吗？”

“有吗？”杨靖宇低头扫了下手里书，蹙紧眉头，“哪儿有写？”

瞿恬眉眼一弯，手指敲了敲脑袋：“身心领悟啊。”

众人嬉笑。

杨靖宇耳根一红。

瞿恬逗趣他，转头瞧见周辰一正看着自己，心突地跳了一下，连忙垂下眼眸。

周辰一注视着瞿恬眼眸里染了笑，见到她故意回避了视线，转而问：“这周末你们有什么活动？”

“哎，要不要去动物园，我想去看羊驼。”阿青提议。

“羊驼？”杨靖宇来了兴趣，“什么新品种？”

毕绍诚用胳膊拐了他一眼，动动嘴唇没有出声：“草泥马。”

“薇薇去吗？”

“啊……哦。”昕薇的思绪被打断，结巴道，“这周我爸妈来看我，就不和你们一起去了。”说着一个电话打进来，她接起电话起身去了自习室外。

“你们有没有觉得最近昕薇有点奇怪？”阿青手指捏着下巴，寻思着，“是不是又被粉丝催每个月的日程了？”

瞿恬看了下表说：“也许，毕竟月底了。”

“那就说定了，我们周末去动物园！”阿青一脸兴奋地盘算道，“然后我们再一起去吃火锅。”

下自习后超市又挤满了人，瞿恬买了袋盐酥鸡，站在门口等舍友。

晚上气温降了很多，唐鑫却买了冰镇啤酒喝。毕竟是学校里的名人，有他在的地方声音就会比较嘈杂，瞿恬忙着玩消消乐没有去理会，感觉光线被人挡住，她缓缓抬头看到了一张帅气但不算友善的脸。

“有事？”瞿恬眉宇蹙了一下。

唐鑫把喝空的易拉罐扔进垃圾桶，说话时气息里带着几分酒气：“上次食堂一别，我念了你很久。”

瞿恬也把吃完的纸袋揉成团扔掉，停顿了一下才回答说：“想必因为插队的事情记恨我。”

唐鑫哈哈一笑，样子有点痞：“以后进了公司，我来当你的管制员。”

他的话让瞿恬有些奇怪，想也没想应道：“你会是所有人的管制员。”

唐鑫反应了半晌才从鼻腔里憋出一声冷笑，他眼睛半眯起，微微弯下腰，靠近她低声诱惑道：“我可以专属你。”

闻言，瞿恬忍不住打了个冷噤，皱着眉头一本正经：“不想要工作了？这是违规的。”

话音刚落，唐鑫露出了几分不悦，要知道他身边从不乏追求者，也没有人敢如此驳他的脸面。沉默了好一阵子，他才重新开口：“进过驾驶舱没有？”

“没有。”

“想进吗？体验一下。”

这次换瞿恬从鼻腔里哼出一声冷笑：“早点回去睡吧。”

阿青从超市出来看到两人正谈得火热，连忙躲在一旁，掏出手机抓拍一张。

【有情况！快告诉周辰一！】

在微信页面火速打下几个字，阿青嘴里叼着一袋牛奶，二话不说走过去拽起瞿恬的胳膊就走，不忘回头给了唐鑫一个警告的眼神。

“怎么了？”

“你没看出来吗？”阿青眼神犀利。

“什么？”瞿恬不解。

“小唐公子想和你交往！”

“……”

休息日天气晴朗，气温略低。

瞿恬穿了件戴帽子的毛呢外套，顺带把外出标配都放进了双肩包，包括那把彩虹伞。

“我一直以为你这把伞是藏在裤腿里的。”阿青拿起彩虹伞看了看，“原来是收缩的啊……”

皇甫云霞走的是朋克风，皮衣皮裤配一双黑色靴子，身形修长英姿飒爽，把墨镜往领口一挂，拿起瞿恬的耳机问：“新买的？”

“嗯，之前的坏了。”

“是吗？”皇甫云霞有点匪夷所思，“怪不得你天天躲在被子里修耳机。”

“呃……”瞿恬神色有点古怪，低低应了一声。

皇甫云霞道：“干脆让周辰一给你买副新的。”

“耳机容易丢。”

“呵！”皇甫云霞红唇一扬，“看来他经常给你买东西啊，我以为你会说为什么要让他买。”

瞿恬脸一红，竟半天也找不出说辞。

“云霞，你穿成这样……去动物园？”阿青问。

“我要先去别的地方，晚饭再跟你们见。”

走到校门口，一个穿着黑西装，戴着墨镜的男人从一辆摩托机车旁走过来，把怀里的手套和头盔递给云霞，随即转身离去。

皇甫云霞戴上头盔，翻身上车，一气呵成，动作干净利落。

“机车女孩？”

油门一拧，轰鸣声起，将所有的目光汇聚。

皇甫云霞对瞿恬说：“我有个比赛，完事了就去找你们。”话落，她一拧油门，在车流里飞驰而去。

周辰一和杨靖宇从校门口出来，正巧看到她疾驰而去的帅气背影，一脸惊愣。

阿青愣在原地：“太酷炫了……”

“行啊，你们女飞藏龙卧虎啊。”杨靖宇忍不住称赞，“我们院里竟然还有女骑手。”

瞿恬看着皇甫云霞离去的方向，往嘴里塞了一根山楂条说：“生活处处是惊喜。”

动物园休息区。

卖风车的师傅手里一边用糖浆在石板上画糖人儿一边高声吆喝，彩色的风车迎风转动，甜腻微焦的糖香顺着风钻进人的鼻腔里，勾住了魂儿。

瞿恬停住脚步，看着师傅动作娴熟地画好糖人，忍不住舔舔嘴皮：“这个好吃吗？”

老板乐呵道：“不好吃不要钱。”

瞿恬还没开口，周辰一直接付了钱：“老板，会画飞机吗？”

于是，某人捏着一架糖丝飞机边走边吃，顺便给阿青捎了个糖丝蝴蝶。

瞿恬嘬嘬手指：“毕绍诚怎么不一起来？”

"宿舍来了个新舍友，绍诚要去买杂志，他跟着一起去了。"

两人走在小道上，周辰一习惯性地左右看看，瞿恬索性从书包里翻出彩虹伞递给他："不然你牵着点儿？我怕你走丢。"

话音才落，瞿恬又觉得自己有些主动过头，硬着头皮解释道："我不是担心你，动物园走丢的话找人很麻烦。"

停顿了片刻，某人嘴角忽而浮现浅浅的微笑，低沉的嗓音应了一声："嗯。"

可下一秒瞿恬的肩膀被修长的手指摁住，身边的人俯下身缓缓凑近，在她耳畔低语："为什么不能牵手？"

瞿恬一惊，张着嘴半天憋不出一个字。她看着神色淡然的家伙，无法揣测出他的心思。

三年不见，周辰一像换了一个人，不再是表面看上去的冷淡，而是一只任性妄为、拨乱她心弦的妖怪。

"太可爱了……我想养它当宠物。"熟悉的声音打乱了寂静，阿青朝他们这边看过来，招手道，"瞿恬，我们在这边！"

阿青的呼喊让瞿恬求得一线生机，她小步快跑到阿青身旁，终于松了口气。

杨靖宇趴在栅栏外学着羊驼嚼草的样子，样子十分喜感。

"你小心它吐你口水。"周辰一走过来提醒道。

杨靖宇随即向后跳开几步："吐口水就不可爱了，看着它吃东西我也觉得有点饿。"

"附近有一家不错的茶餐厅，不然去那里。"周辰一对瞿恬示意道，"我告诉你名字，你导航吧。"

瞿恬斜视了他一眼，默默点开了手机地图。

午后的名爵咖啡屋，浓郁的咖啡香气弥漫在空气中，落地玻璃窗外几个人惊愣在原地，不敢向前一步。

靠窗的位置坐着一个穿着洋装面容精致的女孩，墨色的长发柔和地垂在肩头，衬着她白皙的皮肤，红唇杏眸，像漫画里走出来似的。

"那不是……薇薇吗？"阿青好一会儿才憋出一句话。

杨靖宇揉揉眼睛，皱起眉头：“你们宿舍到底住了些什么大神？”

“她对面那男的是谁？男朋友？”

果然，昕薇的对面坐着一个身穿西装的男士，虽然背对着他们看不到脸，但举止间皆透露着绅士的优雅。

瞿恬愣了下，小声道：“我记得她单身？”

“啊！难道是在相亲？！”阿青一脸惊奇，八卦戏精上线，一锤定音，“我们必须一探究竟，万一薇薇吃亏怎么办！”

几人猫在花坛旁的雕塑下，阿青化身“狗仔”，掏出手机打开相机，准备记录对方的一举一动。

瞿恬感觉脖颈的衣领被人提起，某人靠近她说：“我带你去个地方。”

她起身回头，看到周辰一对她比画了个噤声的手势，满心疑惑地跟了上去。

“你要去哪儿？”

周辰一低头看了眼手表，语气不疾不徐：“跟来就知道了，快到点了。”

名爵咖啡屋的对面是中心广场，广场的西侧有一片小树林。

树林旁边种着两排银杏，树下还摆放着秋千摇椅。恰是深秋，银杏也已染上了浓郁的金黄色，天空是一望无际的湛蓝，阳光轻洒，布下两道黄金。

瞿恬站在银杏树下，城市清尘车缓缓开过，撩起遍地金色，连同吹落那一树落英缤纷，撼人心魄。

周辰一矗立在原地，漫天金色在他们身侧簌簌而落。

“好看吗？”他扬了扬唇角。

瞿恬看着他带笑的眼睛，神经一紧，手不自然地攥成拳头。

“怦怦——怦怦——”

她抬手抚上自己的胸口。她的心跳得有些乱，宛若弹到高潮处的钢琴曲，每一个节奏和音符，都难以自持。

人的正常心率在每分 60 ～ 100 次之间，如果你突然发现自己的心率在 100 次以上，没有剧烈运动，也没有受到惊吓，那……一定是心动了。

“好看吗？”周辰一又问了一次，打断了她的思绪。

瞿恬抿唇一笑，伸手去接那些飘落的树叶。叶子轻盈地掉在她的手心里，她看着手掌心里叶脉清晰的银杏叶，一瞬间有些失神。

扇形的叶子两边对称，有各自分裂成二，到叶柄处合并成一，这是调和的象征。

“没想到叶子的脱落，不是树的不挽留，也不是风的吹求，是环卫鼓风机的干涉。”瞿恬打趣道。

周辰一仰头看着翩翩飞落的黄叶，淡淡道：“原本是风和叶子的约定，现在叶子不在了，风该伤心。”

看着周辰一轮廓硬朗的线条，她凑过去，表情有点贱贱的：“不吹的话，环卫工人会难过。”

她总是能漫不经心地破坏气氛。

周辰一失笑着摇头。

瞿恬举起手中的叶子对着阳光看了看，转身坐在了旁边的秋千摇椅上：“如果风失约了呢？叶子不也会落。”

周辰一缓缓走到她面前，居高临下地望着她：“也许风觉得只能陪它走过三个季节吧，所以在冬季……把它丢掉了。”

瞿恬心头一颤，听出了其间的意思。心头有一丝歉意划过，她抿抿唇率先打破了寂静：“我错了。”

“错了？”周辰一诧异。

哪知瞿恬立马话锋一转：“嗯，也可能没错。”

她脊背向后一靠，哪知下一秒耳边劲风一闪，她被他困在了手臂与椅子靠背之间。

瞿恬丝毫不敢动弹，她真真切切地感受到周辰一那扑面而来的温热呼吸。

他离她很近，近得让她的心跳快得几乎骤停。

她不敢抬眼，看不到他的表情，无法揣测他的心思。随着越来越近的呼吸声，她紧张得浑身绷紧，忍不住缩起了脖子。

“究竟是错还是对？”他凑近她的耳际低声询问，“又错在了哪里？”

“瞿恬啊，你有时候真的很自以为是呢……让我拿你没有丝毫办法。”他的低语带着几分挑衅、几分怒意和几分宠溺到深处的折磨。

这种姿势，让瞿恬有点上头。他不曾与她太亲密，更不曾如此霸道。

她抬眼静静地注视着他的眼睛，轻轻叹了口气：“周辰一，我听到了。”

他不知所以地问：“听到什么？”

“公交车上，你对我说的那些话。”

周辰一身形一震，神色惊慌失措，但下一秒又立刻恢复淡漠。

“我说什么？”他反问。

瞿恬认真想了一下说：“说你喜欢我。”

他从没想到自己的心思早已暴露无遗，思忖片刻坦然道：“如果我喜欢你，你该如何？”

瞿恬心头凌乱，感觉怎么回答都很矛盾，只能敷衍一句：“我不知道，不知道你说的喜欢是什么意思。”

他放开了瞿恬，站直了身子，墨黑的眼眸危险地眯起，一字一句道：“就是你的错，全是你的错，你活该失去我。”

Chapter 04 三十六计攻为上

回去的路上两人都默契地保持沉默。

走到广场发现阿青双手叉腰神情严肃地看着自己，瞿恬不免有点心虚。

“你们俩……偷偷摸摸去哪里了？”阿青嗅到了八卦的味道，眼底装着不怀好意的笑，“你们是不是都喜欢偷偷约会啊？”

“没有。”瞿恬慌忙否认，脸颊不自觉有些发烫。

周辰一脸上没什么特别的表情，淡淡应道：“稍微叙了一下旧。”

他的话听上去轻描淡写，落在瞿恬耳里有点不舒服，明摆着是在发酸。

“我们现在去哪里？吃晚饭吗？”阿青问。

“我不跟你们一起了。”周辰一突然说，“有点事情要去处理。”

“什么事这么急？”杨靖宇一脸疑惑，“连饭都不吃了？你不能把我一个大老爷们儿丢下啊……”

“就一点事儿。”周辰一看了眼表说，“要去趟机场。”

以往和朋友一起出来他很少中途离场，周辰一突然要离开不免让瞿恬联想到方才在广场说的那些话，难道他是在生她的气？

沉吟片刻，瞿恬试探着开口：“去机场做什么？”

第一次听她主动询问，周辰一有些讶然，停顿了一下才说：“去接我父母。”

“我跟你一起去！”

众人惊异地看着瞿恬。她伸手紧紧拽住周辰一的袖口，惯性让他差点栽倒。

她目光凝聚，神色紧张，周辰一沉默了几秒，撩唇一笑：“好啊。”

地铁有直接通往机场的专线，这个点人不算太多，上了车瞿恬故意坐到了周辰一的对面，想看看他是不是在生气，没想到他只自顾玩着手机。

他半垂着眼眸，手机里的内容好像十分吸引他。他们已经超过半个小时没有说过一句话，总而言之，不符合往日的种种情形。瞿恬十指轻轻敲着膝盖，看着低头玩手机的周辰一时不时扬唇笑笑，莫非……他是在跟某个女生聊天？

她心头涌出少许烦躁，凭多年来对周辰一的了解，他不太可能会跟女生欢乐地聊天。可今夕不同往日，学校里爱慕者比比皆是，禁不住诱惑也不是不可能的事。她冷哼一声，双手环抱在胸前，视线不经意落在了车窗玻璃上，嗖一下坐直了身子。

等、等一下……他、他竟然在看她的朋友圈！

瞿恬紧紧攥着手机，脑子乱作一团。她朋友圈发了什么搞笑的事情吗？有没有什么丢脸的自拍？不对，她很少发自拍，重点是他为什么要看她的朋友圈？！

抓狂之际，瞿恬的目光正好与周辰一对上，凝视着那令人沉沦的双眸，她有点呼吸不畅。

周辰一缓缓起身走到她面前，问：“为什么要跟我来？”

瞿恬移开目光，隐藏住自己的心慌：“我还记得小时候你爸在院子里追着你打。”

“担心我？”周辰一淡笑问。

瞿恬撇撇嘴，冷淡应道：“你多虑了，我只是怕你在众目睽睽之下被揍。”

周辰一凝视着她，沉静的眸子里酝酿着情绪，低声的嗓音带着些许无奈。他伸手在她眉心的位置弹了一下：“虽然表达的方式有点变扭，不过……你的担心我收到了。”

瞿恬挠了挠后颈，撇开了头。

转身在瞿恬旁边坐下，周辰一失笑道：“你知道吗，我一直认为自己是在眼前五米半径范围内追求着梦想的人。”

瞿恬微怔片刻，没有接话。

周辰一的父亲是一位有名的律师，对周辰一的教育十分严苛，以至于他很少有周末，每次瞿恬去找他玩都要事先计划好。除了平时的课业，他还被安排了很多其他课程，甚至年三十大家都在院子里放烟花，他还得趴在窗台上背完二十个英文单词。

“你很幸运，你的任何决定父母都支持你。”他略微低沉的嗓音打断瞿恬的思绪，“我就不一样，我的任何决定都需要得到批准。”

“你没有尝试沟通？”瞿恬想了一下说，“抱歉，我忘了叔叔从不与人沟通，他只下结论。”

周辰一苦笑一声，深深吸了口气：“我瞒着他们报考了飞行学院，他们这是来兴师问罪的。”

瞿恬有些诧异：“搬家之后……你去哪里上学？”

“你想知道？”他嘴角含笑说，“在离你又远又近的地方。”

这算是什么破回答？

“瞿恬，你是不是特别想和我冰释前嫌？”他话锋一转，胳膊搭上瞿恬的肩膀，让她整个人僵住。她想挪开身子，可搭在肩上的手就像东海的定海神针，虽定住了人，却把她的情绪搅得翻江倒海。

沉默了几秒，瞿恬坦白：“是。”

她和从前一样直爽，让人欣赏又让人心伤，如同那年毫不犹豫地推开他，让骄傲的他无处躲藏。

“你要是来辅导我课业，以往所有的不愉快一笔勾销。”周辰一提出要求。

“你一个学霸让我辅导？”瞿恬有点好笑，“怎么，想拿区队第一？”

“对啊。”他饶有趣味地看着她笑道，“你是学神，我期末专业课第一，这样才能报复你啊……”

瞿恬冷笑一声：“要是我不答应你又如何？”

周辰一没说什么，幽幽拿出手机点开朋友圈相册，瞿恬在那里看到了大型灾难现场：上课偷吃小笼包，插队抢鸡排，在楼道偷偷煮鸡蛋等等……居然还设置成了私密照片！

“我很想点公开可见，曝光你。”

居然还想威胁她？

瞿恬眉头一拧，冷淡道：“我不怕！又不是见不得人！”

“是吗？”周辰一无声笑笑。

青阳机场依旧繁忙。

两人到达大厅口，一个中年人向他们走来，西装革履，虽然步履匆忙但丝毫不影响他浑身透着的沉稳气息。

周辰一见到来人还未开口，半空中响起一道清脆的声音，惹来众人目光聚集。

见周辰一白皙的脸庞上立马多了一道红印子，瞿恬心一揪，皱着眉头冷冷道：“叔叔，不管是什么原因，您这样打他是您的不对！”

男人愣了一下，上下打量瞿恬半天才疑惑开口：“你是瞿恬？”

“是。”她口气冷淡，直白道，“请您跟周辰一道歉。”

“阿一。”话音才落，温柔的声音从不远处传来，女人一路小跑过来，视线才落到周辰一脸上，随即抬手捏住了男人的胳膊，“周筠，你老毛病又犯了？来之前怎么答应我的！”

男人疼得拧紧眉头，却伸手握住女人的手，淡淡道：“你刚做了指甲，拧我弄断了不划算。”

俗话说得好，道高一尺魔高一丈，瞿恬知道周辰一的父亲严苛，却从没想过温柔贤淑的母亲能将这百炼钢化为绕指柔。

“对不起。”周辰一的道歉让两人瞬间安静，“让你们担心了。”

离开机场后几人去了烤肉店，瞿恬黑着一张脸，十分后悔刚才冒失的举动。昏黄的灯光下，油滋滋的五花肉在炭火上发出嘶嘶的声音，诱惑着人的五脏六腑，但她却一点胃口都没有。

她侧头看了眼周辰一，见他若无其事地在烤肉，咬牙切齿道：“离家出走三个月？你爸应该抽死你！”

周辰一扬唇笑笑：“我只是去了姥姥家面壁思过。”他边说边将一块五花肉包在生菜里递给瞿恬，“忘了跟他们打招呼。”

瞿恬白了他一眼：“你是去逃难吧。”

周辰一眯眼笑笑，不置可否。

看着对面的长辈互相亲昵地夹菜，瞿恬心头有点发毛，她凑近周辰一小声嘀咕：“你父母……以前也这样有爱？”

“以前？”周辰一咬了一口腌黄瓜，“记不清了，可能吧。”他半眯着眼陷入沉思，薄唇抿成一条线。

“挺可爱的。”她忍不住开口，“我的记忆可能……把你爸爸魔化了。”

“你的记忆没有差错。”他淡淡开口说，“不可一世的他自从输了那场官司就变了。”

瞿恬怔忪地看着周辰一，信息量让她脑子有点消化不良。周筠作为行业顶尖律师，叱咤风云，是司法界最亮的那颗星，这样骄傲自负的人，竟会有输掉官司的一天。

“你也变了。”她低声道，“我看不透你。”

和周辰一分开的这三年成了一段捉摸不透的空白，使她无法看清他的内心，而从小到大，她一直自诩对他了如指掌。

周辰一微微眯起眼睛，笑着问：“瞿恬，当我不在你的掌控之中，你是欣喜多一点，还是担忧多一点？”

瞿恬哑然。

“你问我说的喜欢是什么？”周辰一深邃的眼眸里带了点危险的意味，整个人散发着沉郁紧绷的气息，“我想让淡定自若的你也饱受患得患失的难。”

这是什么意思？平日里冷冰冰的家伙如今说起话来跟唱相声似的一道一道的。

她不屑地撇撇嘴，学着他的口气道：“你别见我处处忍让反而得寸进尺，等这学期结束，我也让你知道什么叫得寸进尺。”

周辰一温柔地勾勾唇角，往她嘴里塞了一块腌黄瓜：“我心里有三万尺，你想进几尺都行。

“我希望你清楚地明白，我对你的喜欢，是男女之间的喜欢。”

瞿恬心里猛然一咯噔，紧张地喝了口水，又戏剧性地被呛到，咳得脸色通红，欲盖弥彰道：“真难喝。”

闻言，周辰一眼底的笑意更浓。

瞿恬瞧着周辰一的笑容，微扬的嘴角，心头涌出一股莫名的悸动，这是她从未有过的感觉。

男女之间的喜欢吗……

“你们俩在聊什么？”周辰一的母亲苏芮打断了他们的谈话。

瞿恬怕周辰一瞎说，急忙开口：“苏姨，我俩就……随便聊聊。”

“对了小恬，我整理旧物的时候发现了一样有意思的东西。”说着，苏芮将一张照片递了过来，“你们瞧瞧。”

瞿恬一口气卡在喉咙里，全身血脉贲张。她错愕地看着手上的照片，千言万语硬生生被绝望逼了回去，简直无地自容。

苏芮像是没事儿似的。

穷途末路遇断崖，惨上加惨。

“这多值得纪念啊！虽然高中分开几年，但大学不是又遇到了。”她侧头看了丈夫一眼，“我跟你爸上了高中才遇到。”

“小恬，你要是还没找男朋友，可以考虑考虑阿一。”

瞿恬涨红了脸，脑回路早已堵死，一代学神竟也有大脑宕机的时候。

“他除了脾气怪点，其他还好，长相嘛……这个大家都有目共睹，还有……”

周辰一头痛地揉了揉眉角，无奈地喊了一声：“妈……”

吃过饭，再次严肃地训斥了儿子一番，把两人往学校门口一扔，周父带着周母过二人世界去了。

“我爸打我那巴掌是真生气，我能理解。”周辰一缓缓开口，“子承父业一直都是他的期望，他嘴上不说，但我知道他十分失望。”

瞿恬静默片刻，问：“你爸最近不接工作了吗？竟然会来看你……”她没想到这个一心围着工作转的人，竟会丢下手头的工作来这里。

“也不是，只不过比起以前，现在他会定期空闲出来带我妈到处散心。”周辰一停顿了一下说，“他输掉的官司是一场杀妻骗保案，具体细节我不清楚，只不过那次以后他手上再也不接一种案子。”

“什么？”

“离婚案。”周辰一吸了口气说，“他再也没有接过离婚案，和我妈的关系也有了很大的转变。”

周辰一抬头看着皎洁的月色，似乎陷入了沉思。

瞿恬以为他在为家里的事忧心，没想到他隔了半天冒出一句：“瞿恬，你小时候也挺白的，怎么现在这么黑了？”

她气呼呼地进了寝楼。

眼下接近入冬，风从窗沿滑落进来，少了往日的温婉，带着刺骨的寒意。天空碧蓝如洗，白云舒卷，飞机云在蓝天上拉出一个弧度，像极了某人弯起的嘴角。

还有两天就是运动会，各区队忙里抽空地做准备，瞿恬报了个长跑，大家一听纷纷想要弃赛。

皇甫云霞一边变扭地系领带一边问：“所以你昨天是去见未来公公婆婆了？”

瞿恬翻了个白眼，瘫在床上：“人生处处是险阻，一着不慎满盘皆输。”

阿青添油加醋道：“我倒觉得你们挺配的，不然考虑考虑？”

瞿恬脸又不自觉地烧了起来，周辰一的表白让她彻夜失眠，可不知为何心底竟然涌出一丝丝的甜腻。

皇甫云霞瞧着她的样子，戳穿道：“瞿恬，你是在想周辰一吗？笑成这个样子。”

“啊！”瞿恬脸上的笑一僵，急忙转移话题道，“期末备考了，运动会上估计都摆着小板凳背书。”

“听说我们运动会期间要去总部训练基地参观。”阿青手指搭着下巴，思考道，“但是前两届都没有这种机会。”

“去参观？”昕薇推了一下没有眼镜片的框架眼镜缓缓道，“还真是人生新机遇。”

“昕薇，严刑逼供都没把你的嘴撬开，现在居然慨叹人生了？”皇甫云霞调侃道。

昕薇下巴搁在键盘上，嘟囔道：“家里安排的相亲，我给挡回去了，还让我说什么。”

“你不是做了防桃花的娃娃，我看明明是犯桃花……你这个博主掺水了。”

昕薇还没能反驳，阿青又给她一记重击：“那个单身娃娃恐怕只对我一个人有效。”

“不然你揉纸团召唤个男朋友？”瞿恬打趣道，“最近网上流行。”

“据说学校名成湖许愿也挺灵的，很多人去丢硬币。”昕薇补充说，“或者你可以祈求一下。”

阿青嘴一瘪，趴在桌上欲哭无泪。

上午只有两节课，自习结束后四人去了学校名成湖花园，阿青手里捏着一个纸团，双手合十，闭上眼睛虔诚许愿。

“甜甜的恋爱什么时候才能轮到我啊！我要甜甜的恋爱！我

要男朋友！”

她本想往湖里许愿，没想到事与愿违，风把纸团吹离了原定轨道，天空划过一道抛物线。

杨靖宇还没看清袭击的物品，便听到一声呵斥：“杨靖宇你干吗挡着我！”

杨靖宇捂着额头，站在原地一脸茫然。

周辰一从地上捡起纸团打开，纸上三个大字赫然显现。

他蹙了蹙眉，嗓音低沉反问道：“瞿恬，这是你的字吧？”

瞿恬二话不说，一个箭步抢过了周辰一手里的纸团：“要你管。”

周辰一从头到脚将她审视一遍，好像非要从她脸上看出点什么名堂才肯罢休。

“你想找男朋友？”他沉声问。

瞿恬横了他一眼，才张开嘴便被皇甫云霞抢先说：“小恬说要她找也找身材好的！有腹肌的！”

“真的？”周辰一望着瞿恬，十分诧异。

这口气听上去令人十分不舒服，周辰一的意思好像她不配找男朋友似的。于是她冷淡道：“是又如何？”

她语气挺硬，周辰一沉默片刻才应道：“有腹肌的？”他轻笑一声，“瞿恬，你还挺好色。”

瞿恬像是被人戳了软肋，哑口无言。

世人皆爱美男，瞿恬喜欢的美男也多了去。

小学的时候她的文具盒贴满了刘德华的画帖。后来到了初中她的文具盒里的画帖还是刘德华，班里很多女同学的却已经换成了周辰一，这成为她当时最不能理解的事情。

她从不觉得周辰一生得好看，直到初三毕业典礼上周辰一一支街舞嗨爆全场，才让她领悟到聚光灯下的人是那么光彩夺目。

正午阳光耀眼，湖边微风驱散了心头的烦躁，周辰一爬在湖边的石栏上目视远方。

“你要是打算找男朋友，可以考虑下我父母说的话。”他冷不丁冒出一句。

瞿恬干愣在原地，对周辰一的语出惊人还没有回神。

“况且我也喜欢你，你不需要再费心力去确认对方的心意。”

瞿恬心底一颤，脑子就像断了弦，中枢还没传送信号，嘴巴就已经失控地脱口而出：“我考虑一下。”

“好。”周辰一的嗓音里带着浅浅的愉悦。

“你们站在湖边看风景吗？”某人的声音不合时宜地打断了二人的对话。

杨靖宇转头问：“哦，小东，你要去食堂吗？”

霍小东手里抱着篮球，面色潮红，脸上还挂着汗水干涸的痕迹，笑道：“去，我和绍诚约了去二食堂。”

阿青看着来人愣了愣，问：“他是你们新舍友？”

杨靖宇回答：“对啊，你们认识？”

阿青毫不留情地碾过某人骄傲的心灵：“不认识，但我知道他是那个挂科出名差点转业的学长。”

霍小东：“……”

周辰一露出几分惊异的神色，杨靖宇伸手戳了戳霍小东的胸口：“你……是学长？”

霍小东神色一尬，呵呵笑了两声：“你们不知道吗？呵呵。”

气氛有点尴尬，霍小东沉吟了半晌才幽幽开口：“我 5000 米挂了……”他用手掌半捂着嘴，十分不好意思，“唐鑫说你们这一届有一个特别厉害的学员，拜其为师可保我过 5000 米。”

众人异口同声：“唐鑫？”

霍小东尴尬一笑：“没想到你们这届的健将……竟然是学妹。”

瞿恬翻了个白眼：“他是不是脑子疼？”

“我好像听到有人在骂我。”身后嗖地吹过一阵冷风。

瞿恬感觉脊背有点凉，还没回头，有人便二话不说地把胳膊搭在她肩头：“学弟学妹们，你们好。”

小唐公子身后永远不缺人，瞿恬看到有人举起手机靠近，决然地拍掉了唐鑫的手：“我们熟吗？”

“嗯……”他认真想了一下说，“熟悉是一个过程，我现在正在走过场。”

“你说话的语气也太阴阳怪气了。”阿青对唐鑫好感不佳，大多源于此人的风评。他的辉煌历史从初中至今足以写成一部个人传记，虽然多半是贬义。

唐鑫自然感觉到自己不受待见，但他早已练就无坚不摧的厚脸皮，于是道：“你们之中有人在追求瞿恬吗？”

他语出惊人，连一贯处事淡定的皇甫云霞也被他惊了一下，她随即看向周辰一，眼底藏着深深的笑意。

事情变得有趣起来了。

唐鑫的话让周围陷入了沉默，杨靖宇微微靠近周辰一，用胳膊拐了他一下。

“他啥意思？”

唐鑫意味深长地盯着周辰一，见半晌都无人回应，轻笑道：“既然没有，那我应该可以无所畏惧地追求她了。”

周辰一不动声色，视线落在蒙圈的瞿恬身上。

瞿恬思忖了片刻，才皱眉道：“你舌头没上弹簧吗，随随便便就能开闸？”

唐鑫愣了下，说：“你嘴巴真毒，女生还真不能只看外表。”他似乎大彻大悟，最后总结出一句，“人生处处是挑战，奈何我偏爱磨难。”

他咧嘴一笑，样子有点痞：“我运动会给你们准备了一件礼物，希望你们会喜欢。”

阿青一听就觉得事情不简单，黄鼠狼给鸡拜年，唐鑫不知道安的什么心。

“学长，我们新生哪能让您劳驾。”

说着，她赶紧对杨靖宇使了眼色，对方一看心领神会：“是啊，我们运动会都要忙着备考。读书少，怕挂科。”

唐鑫眼底含笑，语气却是不容置疑：“我给你们提供的参观训练基地的机会，你们难道不应该感谢我？”

又是一片沉默。

“呵，你们学飞行就要多见世面，遇事才不会轻而易举地退缩。”他说得头头是道，让人无法反驳，“当然，学飞行的也需要点儿信念，体验驾驶舱应该会让你们有新的认识。”

唐鑫抬手指着不远处操场上的红色跑道：“学校跑道短短四百米，挺短的，虽然一千米的高速公路只能行驶一千米，但一千米的跑道——可以带你去任何地方。”

他从鼻腔发出一声冷哼，让人听着心里很不舒服，好像对学飞行的很有意见。

“可惜我恐高，唯有地面才能让我有足够的安全感。奈何我偏爱磨难，所以我选了半空的位置，当个空管。”

阿青听不下去了，掏了掏耳朵说：“学长，确定你以后站在塔台里讲话不会这么阴阳怪气？”

唐鑫笑着摇摇头：“啧啧，学妹你也太无情了，好歹以后是要给你指引道路的，我们应该多培养默契。”

这个人大概是天生的话题终结者，总能轻而易举地一句话把人怼死。阿青算此处最能巧言擅辩之人，也不敌唐鑫半分。

“哦对，你叫周辰一吧？”

终结一个话题小唐公子又自动开启了新话题，他撩了一下刘海，缓缓走到周辰一跟前，靠近他的耳畔，以只有他们两个才能听到的声音道：“你喜欢瞿恬吗？”

短短两句话，他又终结了一个话题。

下了晚自习，不同于往日，今天宿舍里一片安静。

周辰一正在做英语阅读，杨靖宇“咚”一声把门踢开，头上还抹着泡沫，紧闭着眼睛喊道：“瞎了瞎了！快给我拿毛巾！”

毕绍诚正在学唱新曲，刚有点感觉就被打断，一脸无语地把挂在床栏上的毛巾递给杨靖宇。

杨靖宇连忙接过麻溜儿地抹了把脸，这才重见光明：“去洗头忘记带毛巾了。”他拿着手里的毛巾顺带擦了下胸肌上的水，感觉味道有点奇怪，拿起毛巾嗅了嗅，“绍诚，这什么味道？”

此时，霍小东推门进来，摇着手机说：“听说你们带班在群里发通知了，运动会开幕式结束后去市区星方训练基地参观，你们没看到吗？”

“真的假的？”杨靖宇难以置信，“这唐鑫到底什么人？”

“不管他是什么人，反正就是爷。”霍小东打趣道，“他这人脾气很怪，但很讲义气。不过……没什么朋友。”

杨靖宇呵呵一笑：“你这话说得矛盾，讲义气还没朋友？”

霍小东一耸肩：“他说他不交心。”

毕绍诚一听，对唐鑫有点好奇，毕竟下午他错过了一场精彩的战役。

“他自己说的？”

“对。”霍小东长叹一声，“自己都这么说，谁又敢跟他交心，顶多是狐朋狗友。”

几人在一旁分析来分析去，周辰一像没听到似的，继续专注于做英语阅读理解。他自小有个习惯，当遇到特别烦心困扰的问题时，做英语阅读能使他心静，让他烦扰的思路逐渐回到正轨。

“我要追求瞿恬。”

“你喜欢瞿恬吗？”

唐鑫的声音一直回荡在耳际，他在挑衅他。

周辰一握着铅笔的手一顿，笔尖被压断，在纸上弹开，只留下半段印子。

“辰一，自从回来你就一直不说话。”杨靖宇把脑袋凑到周辰一前面，贱兮兮道，“下午唐鑫到底跟你说什么了？”

周辰一皱皱眉，淡淡道：“洗头不赶紧去，穿个背心也不怕着凉。”

霍小东见状奇怪问：“靖宇，你拿着我的擦脚毛巾干吗？”

杨靖宇愣了下，低头看了一眼手上的毛巾，犹豫了片刻想起方才擦在脸上的那个味道，一个急转身抱着垃圾桶：“呕——”

“干吗把擦脚巾挂床上！”

霍小东忍不住笑出声：“还说我，你还把攒了好几天的袜子全展示在床栏上呢。”

杨靖宇脸色青紫，越想越觉得恶心难耐。

毕绍诚上下打量着霍小东，问：“你这大半夜的干吗把制服换上了？”

霍小东冷笑一声，系好鞋带：“你很快就知道了。”

话落，窗外响起嘹亮的哨声。

楼道里有人惊呼：“集队了！”

“嗯？”

“等一下，这是什么操作？”

男生宿舍炸开了锅。

霍小东优雅地拍拍肩膀上的灰尘，愉悦道：“我先下去了，学弟们。”

“喂，喂！霍小东！”

“学长！”

杨靖宇一头的泡沫还没冲干净，只能再用手里的毛巾胡乱擦了一把，这身心同时受到的摧残都比不上集队迟到一秒钟。

“还有几分钟？”

“一分！”

周辰一穿好皮鞋，领带也没来得及系上，拿起外套便往楼下跑。

教员站在宿舍院子里，看着手上跳动的秒表。

有时可怕的并不是带班和辅导员，而是不知道什么时候就突然集队的考核教员。

大家陆陆续续从宿舍楼跑出，样子千奇百怪，亦是狼狈不堪。

站在中心的男人神情淡漠，不怒自威：“大家好，我是星方飞行技术总队一大队波音737机型教员、机长冷秋豪。听说大家后天下午被安排到公司在飞行训练基地参观，我不请自来，想先看看公司的未来之星。”

说着，他冷笑一声，却让人不寒而栗：“不出所料，真是令我大开眼界。”

冷教员真的很冷。

杨靖宇头皮发麻，此时冷教员就站在他面前，冷眼盯着他只穿着一只袜子的脚。

女飞的情况比男飞稍好些，瞿恬站在队里调整呼吸，方才那个咆哮式集队她不想再经历第二次了，脑海里不由得想起龚教官的话，对你们严一点是让你们以后多留点颜面。

以前她不懂，现在她甚至有点想念他。

“军训才过了多久，就混成这副德行！还有脸去参观训练基地？”

冷秋豪细长的眉眼噙着冷光，抬手指着杨靖宇：“你，穿着一只袜子的那个。”

杨靖宇还心存一丝侥幸，反问道：“我吗？”

“就是你！”

冷秋豪眼神冰冷，吓得杨靖宇忍不住缩起了脑袋。他吞了口唾沫，上前一步：“是，教员！”

冷秋豪问：“哪个区队的？”

“报告，三区队的！”杨靖宇额头溢出冷汗，整个脊背也发凉。

“来飞院多久了？”冷秋豪走到他跟前，好像从嘴里吐出来的气都是透心的凉。

杨靖宇眼睛一闭，大声回答：“三个多月！”

“谁跟他一个宿舍！”

话音落下，无人应答。

冷秋豪审视着队伍里的人，停顿了片刻，再次喊道：“谁跟他一个宿舍！”

“报告！”周辰一踏出队伍，抬头挺胸站在一旁，他勉强算穿戴整齐，比起其他人要好很多。

冷教员走到周辰一跟前，上前跨了一步。周辰一被他突然的举动吓住，习惯性地想要退后，却听到一声轻咳，硬生生稳住了脚跟。

冷教员与他脚尖碰脚尖，胸膛对胸膛。周辰一没有他高，被他整个人的气势完全压制住。

“第一次问的时候为什么不回答？”

“我……”

周辰一才开口，又被教员冷然打断：“如果你们两个同时驾驶，飞机故障，操纵杆谁控？”

周辰一缄默不语，这个问题他回答不了。

冷秋豪想了一下又问：“你为什么学飞？”

周辰一抿了抿唇，依然沉默。

临近入冬，夜晚气温降得飞快，很多人站在原地瑟瑟发抖。飞院是半军事化管理，要成为一名合格的飞行员，这点苦难不算什么。

看着站在冷风中极力隐忍的学生，冷秋豪厉声斥责：“如果你们不能领悟我刚才说的话，就没有资格成为飞行员！”

“一个驾驶舱，两个位置，为什么？”

杨靖宇举手发言：“报告，一个是机长，一个是副驾！”

冷秋豪看他一眼，冷笑道：“那开车都是一个司机，怎么飞机偏要两个？”

“报告！讲求团队合作！”杨靖宇大声喊道，“一个机组就是一个队伍！”

冷秋豪微微抬起下巴，示意他归队。

“对于一名飞行学员，合格是底线，优秀是基本！”冷秋豪尖锐的话语像一把利剑，毫不留情地插进了众人的胸膛，“而你们今天，统统不合格！不！是差劲！是失败者！”

他再次来到周辰一跟前，话语铿锵：“不能领悟的人，早点滚蛋！”

“解散！”

路灯透出一片光影，学员陆陆续续返回宿舍，等到院子里都空空荡荡，周辰一还独自站在原地。

杨靖宇站在旁边劝他，让他不要多想，可他好像没听到似的，只是静静站在原地出神。

女生宿舍楼，瞿恬站在窗边眺望着那抹孤独的身影。

“他还站在那儿？”皇甫云霞走过来，把手里的酸奶递给她。

瞿恬接过酸奶戳开一个洞，食之无味。

阿青把酸奶吸得刺溜响，凑过来道：“这周辰一是不是脑壳疼，他这是在向教员抗议？”

昕薇一听，也凑了过来：“你懂什么，他那是自尊心受损严重，拾不起来了。”

四个人在窗台上站成一排，看着远处的男人唏嘘不已。

瞿恬轻叹一声，缓缓道：“他大概是在懊悔，为什么教员问第一声的时候没有站出来。”

阿青有点理解不能：“这正常人都会藏一下的吧……中学时代班主任揪团伙不都这样。”

“瞿恬的意思是，周辰一没有领悟到团队两个字的核心。”皇甫云霞补充道。

看着阿青的表情，皇甫云霞想了一下问：“肩章四道杠什么意思？”

“Profession、Knowledge、Flying skill and Responsibility.（专业、知识、飞行技术和责任。）”

阿青：“责任，是关键时候机长负责做出决策，对飞行安全负有最高责任。”

“成为机长前要先学做人，无法和团队拧成一股绳，则无法与他们共同为乘客的生命负责。”皇甫云霞语调不疾不徐，一字一句缓缓道，“同生死，共患难，责任伊始于做人。”

“这么……夸张？”

阿青呆愣了三秒，一句话差点把皇甫云霞气吐血，只能在心底宽慰自己。

名成湖的冷风和旁边站着的人一样冷。

冷秋豪看了旁边的人一眼，从口袋里拿出烟，想了一会儿又收了起来。

身边站着的女人妩媚多姿，引人靠近又望而止步。

魏婷坐在椅子上，修长的双腿随意交叠，常言道漂亮的女人真的很危险。

“你怎么来了？”她主动打破了沉寂。

冷秋豪转身坐到了她身旁，回答说：“来看看公司新血液，顺便来看看你。”

“哎，得，后面这半句可以省了。”她轻笑着摇头，一颦一笑令人心颤，可话语又令人心凉，“怎么敢当冷教员的顺便。”

“魏婷。”冷秋豪压低声音道，“这次冷战的时间有点长。”

魏婷轻哼一声：“冷秋豪，你一年365天回家的次数我掰着手指头都能数出来，你在这里给我装什么柔情好丈夫呢。”

原本想谈心缓解关系，并不想要同她争论，可她话匣子一开，冷秋豪又有点头大，连忙劝阻道：“得，我们不谈这个。”

魏婷也很通情达理，既然不想听那就说点别的，于是转移话题道：“那谈谈刚才，你对那个孩子有意见？”

冷秋豪愣了下，无声地点燃一根烟：“没意见。”

“学校禁烟。”魏婷提醒。

闻言冷秋豪皱了皱眉，又无声地摁灭了手里的香烟。

魏婷继续道：“听说他还在院子里站着呢，没走。你罚他了？”

“没罚，但该罚。”他语调不疾不徐，字句轻描淡写。

魏婷淡淡一笑：“那孩子我上课第一天就注意到了，眼神跟你当年一模一样。”

“怎么一样？”冷秋豪不服气了。

魏婷掰着手指，数出他一桩桩恶行：“心高气傲不服管，自己打着小算盘。”

冷秋豪：“我当年是品学兼优的好学生。”

“他也是。”这下魏婷成功给自负的冷秋豪挖了一个坑，她手撑着下巴，红唇微启，“我相信，你一定觉得他特别像你。”

冷秋豪静默了一会儿，叹息道：“自负又敏感，不懂团队的意义，不明白为什么学飞，不对蓝天充满敬畏……这样的人迟早会为自己的傲慢买单。”

“像你当年？”

他微微弯起嘴角，下一秒神情又变得严肃：“飞行员是一个需要不断进行自我更新的职业，尽管我已经飞行了15000小时，但每一天依然如履薄冰，丝毫不敢放松。鉴于职业的特殊性，优秀的飞行员必须以严格遵守规章制度为准则，以熟练的飞行技能、严谨的飞行作风为保障，同时具备良好的职业道德。只有这样，才能对得起旅客的信任，才能不辜负‘蓝天骄子’的美誉。”

“哦，好久没听冷教员的说教了。”魏婷看着他似笑非笑道。

话到这里，冷秋豪终究是露出了本性，微微凑上去，拉近两人的距离，深沉道：“你嘴巴不这么毒的话……会更可爱。”

院子里冷风一阵接着一阵，周辰一抬头望着天，北极星的光芒总是格外耀眼。

他薄唇紧紧抿成一条线，深邃的眼眸里布满茫然。人们迷路的时候可以通过北极星来指引方向，那么他迷茫的时候呢？

“嗡嗡——嗡嗡——”

裤兜里手机的振动将他的思绪拉了回来，看着来电显示上熟悉的号码，他禁不住露出了一抹笑容。

“振轩。”

“怎么，未来的机长还在迷茫吗？”

电话里传来的声音，让周辰一的紧绷的情绪瞬间放松下来，他动了动脚跟，才觉得浑身麻木，转身找了个台阶坐了下来。

“跟你联系好像在机场等一艘船。”周辰一忍不住调侃。

祁振轩笑道：“你怎么变得这么矫情了。”

周辰一停了一下，缓缓道：“我还是没有想明白……为什么要学飞。”

“见到她了？”祁振轩没有继续周辰一的话题，反而是问起了瞿恬。

“见到了。”他关心道，“最近训练很辛苦吧？你那边应该很冷。”

祁振轩呵呵笑了两声，说："还行，西北的风沙也有柔情的时候，祁连山顶的雪也能温暖人心。"

"啧，你这思想觉悟很高啊。"停顿了片刻，周辰一缓缓道，"我好怀念那时候……"

那边的人静默了一会儿，也缓缓应道："我也是。"

祁振轩是当年周辰一高三同桌，对于周辰一而言犹如指明灯一样的存在。他沉稳懂事，有着一颗炙热的心和奉献祖国的热血，所以他选择成为一名军人，一名空军飞行员。

祁振轩想了几秒又说："我最近集训，通讯的时间比较少，但你给我的留言我都听了。"

周辰一微微蹙起眉头，放在膝盖上的拳头攥得很紧："从高三到现在，我还是没有弄清楚自己为什么要考飞行专业。"

"嘁！"祁振轩用自嘲的口吻说，"你是故意来刺激单身狗的吧？和她重逢的感觉一定比分开好。"

闻言，周辰一笑道："我同意。"

"也许很简单，你考飞行员就是为了她，想和她在一起。"祁振轩一字一句缓缓道，"这并不丢脸，不是所有人的梦想都需要源于内心的宏图大业，有人只是单纯的喜欢，有的是为了逃避，有的是为了追寻某个信念等等。

"辰一，学飞的原因不过是一个方向，重要的是你是否认真对待这个选择，并为此负责。"

祁振轩的话让周辰一内心震动了一下，心中有些困惑的东西霎时释然了。

"不过我希望你能记住一点。"电话那边传来了祁振轩的忠告，"从成为飞行员的那一天起，你就肩负着保护旅客生命财产安全的责任，要时刻绷紧安全这根弦，时刻不忘自己肩上的重任。"

冷风从脚下呼啸而过，卷起了几片落叶，被风带去了很远的地方。

周辰一嘴角扬起了弧度，眼睛也猛地亮起来，笑着说："前两天见过我爸。"

祁振轩问：“他已经变了很多了，不是吗？”

“不，他只是对我妈变了。”回想起在机场的画面，周辰一抬起手揉了揉脸颊，“他给我了一巴掌，让我清醒地认识到，他还是那个父亲，没有变。”

那边的人沉默了下来。

“第二天他给我寄了一套司法套装。”周辰一仰深深地叹了口气，望着天空，认命道，“他还是他。纵使我已经身在飞院，他仍有不甘。”

“你怎么想？”祁振轩再次开口问。

“没想什么，反而觉得不按他意图发展的人生会更有趣。”周辰一弯着眉眼，有一个目标在脑海里变得越来越清晰。

沉吟几秒，他打趣着说：“你的目标是金头盔，我的目标是金翅膀。”

宿舍楼下已经没有什么人，宿管大爷也开门出来示意周辰一赶紧回宿舍。不远处树影里瞿恬站在原地一动不动，看着打电话的周辰一弯了弯嘴角。

看来她的担心多余了。

周辰一似乎心结已解，思绪通明。

“怎么不过去？”皇甫云霞突然出现在身后，把瞿恬吓了一跳，她看着瞿恬手里捏着两个连她们也舍不得给的柑橘道，“到底是真爱啊，真羡慕某人会有甜蜜蜜的橘子吃。”

瞿恬脸一热，道：“哄小孩子而已，你也跟着凑热闹。”

皇甫云霞看着不远处的人，停顿了一下说：“不过你不介意吗？”

“嗯？”

“有人比你还厉害，竟然能轻而易举地解开他的心结。”皇甫云霞叹息摇头道。

语毕，她手背在身后悠悠离去。

瞿恬眉头一拧，看着一身轻松跑回寝楼的周辰一，心头有点郁闷。

究竟是谁能够做到这样？

把手里的橘子掰开，瞿恬放了一块在嘴里，酸得她打了个激灵，没想这年头柑橘也能有“假货”。

Chapter 05
你是命中的克星

回到宿舍，瞿恬思前想后，还是给周辰一发了消息，没想他一个电话打了过来。

“怎……怎么打电话？”瞿恬接起电话结巴道。

周辰一笑了笑说：“我感觉你的字里行间有情绪，所以打电话来听听。”

瞿恬原本只打算探探情况，然而一想到那个人，她还是很介怀，最后忍不住问了一句：“你刚才跟谁打电话？”

周辰一停顿几秒，应道：“一个特别的人。”

这话让瞿恬心里更不舒服了，他们从小一起长大，自己竟不再是那个特别的存在，令她有些失落。

听她半天没动静，周辰一话锋一转，问道：“怎么样？考虑好了吗？”

瞿恬知道他说的是那件事，心头一慌，厉声道：“还没有！”

“啧。”周辰一轻笑一声。

这声笑让瞿恬有些恼羞成怒，斥道："这种决定怎么能随随便便就做！"

她说得也没错，周辰一想了一会儿，启唇问："你在犹豫什么？"

"我……"瞿恬哑然。

她心头乱成一片，好多问题堆积在一起。她从没想到周辰一竟会对她抱着那样的心思，抑或是他毫不迟疑地告白，将熟悉的一切彻底打乱。

"你喜欢我吗？"周辰一深深吸了口气，重复问她，"瞿恬，你喜欢我吗？"

喜欢还是不喜欢？

她在心头打上一个问号。

以前她喜恶分明，做什么决定都干净利落，而这一次……她却迟迟下不了决定。

"你可以先不做决定，先确认好我刚才问你的问题。"电话里传来周辰一温柔的话语，"只要你想清楚这个问题，其他的都不是问题。"

瞿恬听着他的声音心里发酥，在思绪变得更混乱之前，她扔下一句话，果断挂断了电话：

"你还是先好好学习吧！"

话落，她脸红心跳地把自己捂在被窝里，难以入眠。

运动会果然变成了大型复习现场。

有比赛的上赛场，没比赛的带着随身的小木凳，一摆便成课桌。

原本定于开幕式结束后的参观活动，推迟到了下午比赛结束。霍小东嘴上咬着笔杆子，看着英语课本发愁。

杨靖宇见他思绪缥缈，抬手给他一巴掌："还以为你只挂了体育课，没想到英语也挂？"

作为一个没有起好模范带头作用的学长，霍小东面露尴尬："我的人生或许不止飞行。"

"学长，你不害怕吗？"毕绍诚诚实地"挖苦"道，"听说这是你最后一次机会，再不过就得离开飞院了。”

霍小东沉默了几秒，转而嬉皮笑脸说：“哎呀呀——到底是年代变了，学弟竟然会教训起学长了。”

“真的，你的态度很有问题。”毕绍诚十分耿直。

“绍诚。”周辰一轻咳一声表示提醒。

霍小东脸上挂不住：“你还好意思说我，你 3000 米及格了吗？过不了 3000 米，你也得离开飞院！”

毕绍诚瞬间脸色煞白，垂下头沉默不语。

“啊……都期末了，你们还有什么好吵的。”杨靖宇用手指掏着耳朵，抱怨道。

毕绍诚沉默了几秒，抬头问：“学长，我能问你一个问题吗？”

“说。”

“你为什么学飞？”

霍小东脸色又僵了几分，有些不耐烦：“不知道，家里人逼迫的。”

毕绍诚继续追问道：“你自己没有想学吗？”

“我知道自己是块什么料。”说到这里，霍小东自嘲一笑，“成事不足向来是我的专长。”

“那你为什么……”

“为了一些人的脸面。”打断他的话，霍小东从椅子上起身活动了一下筋骨，指着制服上的飞行徽章说，“飞行员，听上去多光鲜亮丽啊，不是吗？飞行多帅啊，还有各种迷人的空姐。”

“俗气。”杨靖宇听完皱起眉头。

毕绍诚看着霍小东，对他发表的感言深信不疑。在他眼里，霍小东或许就是这么不正经的学长。

“辰一，你呢？”霍小东开口问，毕竟这个人可是在院子里吹了一夜冷风思考人生。

周辰一思考几秒，在试卷上写上一个答案，才缓缓道：“没什么特别的，就想跟某人长久地待在一起。”

“瞿恬，他在说你。”霍小东突如其来的一句话的话把周辰一吓了一跳。

碰巧路过的瞿恬愣在原地，也听到了方才周辰一说的那句话，她看着周辰一，周辰一也看着她。她刚从200米决赛跑道上下来，脸颊上挂着汗珠，脸蛋儿通红，完美地隐藏了此时的心猿意马，索性只说了一个字：“哦。”

霍小东见她如此气定神闲地离开，以为她没听懂他的话：“哎你说她听懂我刚才说什么了吗？”

毕绍诚举起耿直的大刀：“估计没听懂吧，毕竟学长你的表达能力有限。”

霍小东：“……”

瞿恬再一次完美地打破了前辈的200米决赛纪录，一时间学校里都知道飞院里有这么一号人物，再听说她先前腹部绕杆打败了某个男性校友，一下竟有了不少迷妹。

运动场比赛依旧激烈，瞿恬坐在台阶上小憩。她梳着马尾辫，运动服搭在膝盖上，仰头喝了一口矿泉水，微风撩起她耳际的发丝，沐浴在暖阳的光辉下，让她英气的眉宇间镀上了一层薄薄的光。她的长相不惹眼，但属于耐看型，相比周辰一所到之处如阳光般灿烂炫目，她就像月光般温润静谧。

有人在她身边坐下，递给她一块巧克力。瞿恬也没看来人，淡淡开口说：“我给你的笔记你都抄好了？”

周辰一点点头，表现得十分乖巧：“战胜学霸不容易，我必然加倍刻苦。”

瞿恬侧头看他一眼，觉得此人很是欠扁，可阳光下某人白皙的皮肤让人的想法出现了偏差。于是，瞿恬抬手戳了一下周辰一的脸。

被她这个袭击动作惊住，周辰一侧头看着她，不动声色。

瞿恬也惊了一下，除了惊于自己冒失的举动，还有周辰一那比棉花糖还软的脸颊。

“意外。”她窘然笑笑，尴尬地收回手。

没想到周辰一自己又把脸贴了上去，深邃的眼睛映着瞿恬的无措，撩唇一笑：“我被蛊惑了。”

瞿恬：“……”

昕薇原本在背书，一抬头正好看到了这腻死人的一幕，掏出手机拍了张照片留作证据。

“昕薇你在看什么？”八卦阿青上线。

“偶像剧。”昕薇收起手机，双臂交叠在胸前淡淡道。

阿青一脸茫然：“最近新出的韩剧？”

“比韩剧更有看头。”

皇甫云霞顺着昕薇的视线看去，嘴角挂着淡淡的浅笑：“到底是命犯桃花，风景挺别致。”

昕薇啧啧两声，叹了口气：“到底是命犯桃花还是命里犯他，日后方见分晓。”

下午的比赛结束后，星方航空的大巴停在了学校门口。

高中招飞时便已定了航空公司，星方的这一福利让其他航空的在校学员羡煞了眼。

路上走了四十多分钟，来到位于郊区的训练基地，很多新入飞行员会在这里进行模拟机训练。训练基地门口停了一架缩小版的客机模型，偌大的训练场地宽敞明亮，几台模拟机放置在场地中心。

“这是波音 737 的模拟驾驶舱。”冷秋豪如旧一副冷冰冰的面孔，“以后你们相应的模拟机训练和考试都会在里面进行。有想进去参观的吗？”

“我！”杨靖宇立马举高手臂，“教员我要进去！”

冷秋豪见到这一副副心动难耐的神情，不由得想起了当年的自己。

“一个一个来吧……”

瞿恬迟迟没有上前，直到只剩下她和周辰一两个人。

“冷教员，张科长让你带新学员到观摩室参观。”楼梯上一个年轻的女职员喊道。

冷秋豪看了一眼表，指着瞿恬和周辰一淡淡道：“你们两个一起进去感受一下，我先带其他人上去，你们赶紧赶上来。”

看着眼前的模拟机，瞿恬深深吸了口气，迈出脚步。

一切都是梦想中的样子，驾驶舱、座位、各种仪表盘……她在梦里想过一万次的场景，她翻阅过不知多少类型的照片和视频，如今置身驾驶舱，竟觉得鼻子有些酸。

瞿恬有些紧张，小心翼翼地坐在座位上，伸手摸了摸面前的仪表盘。

“感觉怎么样？”周辰一坐在她旁边的位置上问。

“就……很难表达。”瞿恬坐在椅子上，表情难掩兴奋，“如果前方不是模拟的画面会更好。”

“把手放在这里。”周辰一指着身旁的操纵杆说。

瞿恬迟疑了片刻，缓缓抬手把手放到了操纵杆上。

“推动，爬升。”周辰一轻笑一声，侧头问，“起飞的时候所有飞行员都会有一个默契，你知道是什么吗？”

瞿恬微微摇头。

周辰一看着仪表盘，神色淡然地轻抚上瞿恬的手：“操纵杆要一起推。”

“哎哟，他们两个在里面干吗？”阿青注意到控制台屏幕上的一幕，用胳膊拐了一下皇甫云霞。

模拟仓里画面一览无余，皇甫云霞正好站在控制台旁边，她抬头看了两秒，趁人不注意关掉了屏幕显示器的开关，继续若无其事地听教员讲解。

周辰一默不作声地凝视着瞿恬，瞿恬被他看得浑身不自在，不由得移开视线。

“那年因为我跟你报同一个志愿而生气，为什么？”周辰一低声问。

瞿恬心急火燎，如坐针毡，不知道该怎么说，也不知该从何说起。当年闹得不欢而散，是她没有料想的结局，她没有想过周辰一会对这件事情如此在意。

“我以为你是最了解我的，如果我能跳脱出五米半径之外追求梦想，蓝天和自由应该最合适。”周辰一笑了笑，眼里潋着繁星，“蓝天一望无际，自由乃毕生所求。”

瞿恬的心狠狠一颤，这一刻她终于明白，是她把周辰一遗落在了那个冬天，而她本该最了解他的。从小到大他像一只被关在金笼子里的鹰，他的世界从没想要做的事情，只有需要做的事情。

“叔叔没有放弃让你成为下一个他。”瞿恬脑海里回想起机场的一幕，那一记耳光没有半分迟疑。

“是的，从来没有。”

周辰一笑着起身，舒了口气说：“自由，多么有信仰的两个字。”他侧头看着瞿恬，目光锐利而笃定，“可人性总是贪婪的。如果得到自由后身边还能有你，为我三生所幸。”

返程的路上瞿恬彻底和手机杠上了，她把周辰一说的话大致在网页上搜了一番，得到全是情情爱爱的答案。

她脸红心跳。

皇甫云霞凑过来，吓得瞿恬连忙捂住了手机。

皇甫云霞没拆穿她，把墨镜向下拉了点，眼睛盯着她问：“瞿恬，你对他动心了吗？”

“谁？！”瞿恬努力控制着自己的情绪表情，支支吾吾道，“谁也不是……”

“嘴硬。”皇甫云霞叹了口气，“别怪我没提醒你，周辰一可是受欢迎的主儿，别等别人上手了，你才追悔莫及。”

瞿恬表面佯装淡定，心底早已翻江倒海，于是试探性问：“你觉得……我喜欢他吗？”

“不要我觉得，要你觉得。”皇甫云霞眼神一扫，淡淡道，“打个比方，如果我们宿舍其他三个女生跟周辰一谈恋爱，你乐意吗？”

闻言，瞿恬愣了两秒，伸手把皇甫云霞的墨镜推在了鼻梁上：“沉默是金。”

是的，她——非常不乐意。

明日立冬，从大巴车上下来，瞿恬被席卷来的冷风刺得哆嗦。

周辰一先她下了车，站在离她不远的地方，只不过他面前多了一个娇甜可人的女生。

“周辰一。”女生轻声唤了一句，声音悦耳动听。

瞿恬原本没在意，可对方这么一喊硬生生把她钉在了原地。

“我是空乘113班的叶芩伊。”女生皮肤很白，笑的时候脸颊有一对小梨窝。瞿恬不由得心想，世界上怎么会有这么好看的女孩子呢？

“你好。”周辰一礼貌地应了一声。

“我喜欢你！”叶芩伊伸手递出了一枝粉玫瑰，“这个冬天，你可以做我的男朋友吗？”

“噢——”

大庭广众之下的炙热告白，引得全场起哄。

昕薇双手环抱在胸前，咋舌：“真是恋爱的黑运势啊……告白都这么硬核。”

皇甫云霞看了瞿恬一眼，打了个口哨：“纯情粉玫瑰，爱的宣誓，铭记于心……看来是初恋啊。”

瞿恬一言不发，抿了抿唇，走到路边扯了一根狗尾巴草，又径直走到周辰一跟前把狗尾巴草插在他的制服口袋里。

“……这就走了？”看着瞿恬离去的背影，身后每个人头上都打着一个问号，周辰一注视着她负气离去的背影，弯了弯嘴角。

为什么他总是如此受欢迎？

洗漱完毕躺在床上，瞿恬看着天花板发呆。从小到大，周辰一所到之处皆能让人心头生出桃花来，这些桃花朵朵明艳动人，赏花之人又如何能不动心。

瞿恬烦闷地拿起枕头盖在脸上，有人却不合时宜地拿开了枕头，笑道：“事到如今你还不承认对他很在意？”

“我？”瞿恬沉着脸丢出一句，“我在意他？”

“你在吃醋。”

瞿恬愣了一下，对上皇甫云霞戏谑的目光：“……不可能。”

“阿青，那女生叫什么来着，长得真漂亮。”皇甫云霞突然转移了话题，“跟周辰一其实也挺配的。”

瞿恬一听急了：“哪里配！”

皇甫云霞盯着瞿恬焦躁的样子，一口咬定：“你不高兴。”

人一急起来自然都说心里话，瞿恬厉声道：“我就不高兴怎么了！”

“为何不高兴？你又不喜欢人家。”

“我喜欢！不是……我……我……”真话到嘴边舌头打了结，瞿恬看着舍友精彩的表情，立马道，“我喜欢看是非！”

“我们喜欢看口是心非。”

此刻，说什么都是掩饰。

初三毕业那年，周辰一成为年级上最受女生喜欢的男生，无数的礼物贺卡塞满了瞿恬的书包。

瞿恬记得那一天他很生气，可是她不知道他为什么生气，只是冷着一张脸把所有的东西全塞进她的书包里，决绝道：“处理掉。”

怎么处理？好玩的她留下，好吃的她留下，文字性的东西她只看过一行。

有个女生写：至死不渝。

这四个字撼动了瞿恬的内心，于是她拿着那封信跑到周辰一家里硬要让他写一封回信。

周辰一怒不可遏，大吼道：“瞿恬你这个铁石心肠的家伙，怎么就没见你送我毕业礼物？”

出于无奈和心虚，瞿恬顺势到下楼摘了几根狗尾巴草给周辰一，作为回礼，她当场收了一枚老土的狗尾草戒指，并对周辰一的审美嗤之以鼻，但是那个戒指她还是保留了好几年。

夜晚，男飞宿舍。

一回到宿舍便开启复习模式，杨靖宇把某个单词记了三十遍还是记不住它的拼写。周辰一把笔记本放在地上，手掌撑着地面，每记一个单词就向下做一个俯卧撑。

“周辰一，那么好看的玫瑰你送宿管大爷，一根狗尾巴草你倒是稀罕不行。”看着桌上被养起来的狗尾草，杨靖宇百思不得其解，“没看见宿管大爷看你的眼神都充满爱意。”

“赠人玫瑰手有余香。”周辰一应道。

“那么好看的小姐姐……眼里的温柔都快滴出水来。”杨靖宇感叹一声，“为什么不是和我表白？”

“你可以让阿青跟你表白。”毕绍诚头上用布条绑了一个“必胜”，样子看着有些滑稽。

杨靖宇忍不住一哆嗦：“她那个辣妹子还不蜇死我。”

“这不正好，阿青是四川辣妹子，你又爱吃小米辣，绝配啊！”

毕绍诚说得有理有据，杨靖宇找不到说辞回怼，只能岔开话题：“辰一，瞿恬送你一根狗尾巴草是什么意思？”

周辰一站起身子，在杯子里倒了杯水，淡淡道：“暗恋。”

“小恬恬暗恋你？”杨靖宇冷笑三声。

“在说什么呢？”几人正说话，霍小东摇摆着肩膀从门口走进来，“都在呢？要不要去蹦迪？”

“学长，你真是人到末路水上漂，至今仍执迷不悟。”杨靖宇唏嘘不已，“我连背几个单词都艰难。”

霍小东咧嘴一笑：“那是你IQ有问题。”

杨靖宇不再搭理霍小东，霍小东又蹑手蹑脚地走到毕绍诚跟前：“去吗？”

毕绍诚合上已经看完的书本，打开抽屉取出一个小袋子：“我要敷面膜。”

霍小东又转移目标：“辰一？”

周辰一拿起洗漱用品准备去洗漱：“我要早点休息，明天约了学霸去图书馆补课。”

学霸……要找学霸补课？！

三人难以置信地看着周辰一，隔了几秒，他们陆陆续续又打开了课本，霍小东被迫坐在课桌旁“营业”，从嘴边憋屈地发出一句粗口。

期末是关键时期，去图书馆抢座都需要一点运气，瞿恬运气不佳，只抢到了两个角落靠窗的位置，连课桌椅还是上了年纪的老旧木制。

图书馆大厅的灯光被几道书架遮挡，导致这个角落早晨光线不佳，唯一的好处就是安静，基本不会有人绕到这里来。

周辰一肩上挎着书包，往四周看了看说：“估计要等太阳出来了才会好点。”

瞿恬坐在椅子上淡淡道：“那你可以先背背英语，毕竟你英语也不咋地。”

“我自然是比不上每天把英语新闻当起床闹铃的你。”周辰一在她对面坐下。

她瞟了他一眼，语调有点发酸：“怎么不叫空姐来陪你学习，我忙得很。”

她阴阳怪气的口吻让周辰一禁不住笑道：“你答应要帮我补习的。”

瞿恬嗤之以鼻。

静默了几秒，周辰一问：“你在生气？”

瞿恬否认：“我没有！”

“我不认识她。”周辰一直接找到重点，“不知道为什么她要跟我表白。”

瞿恬心头跳了一下，冷冷道：“谁知道，毕竟我把你的微信卖给了万千少女。”

说到这里，周辰一微微眯起眼睛，双臂交叉在胸前审视着瞿恬：“所以不应该你才是始作俑者吗？”

自己挖坑自己跳，瞿恬寻思了一下好像确实是这么个理，只能强词夺理：“我不过是给桃花培育了土壤，施肥浇水都是你的杰作，你自己培育出的桃花还赖我头上？”

周辰一轻笑一声，伸手捏了一下她的脸蛋："你果然在生气啊。"

"我……"

周辰一不再多说，拿过手边的背包，"哗"一声把整个背包里的零食倒在了瞿恬面前："都给你，这是我的全部了。"

看着快要堆成小山包的零食，瞿恬竟觉得此刻站在面前的周辰一……该死的性感。

"别生气了。"他抬手揉了揉她的头发，轻声道。

瞿恬眼里被零食装满，伸手把一包薯片塞进怀里，喃喃说："那就……不气吧。"

话落，周辰一弯下身子，双臂按在桌上，俊脸凑到瞿恬面前，问："你昨天送我一根狗尾巴草是什么意思？"

瞿恬眨眨眼："没什么意思。"

"瞿恬，狗尾巴草的寓意是暗恋。"周辰一一字一句缓缓道，"戴过狗尾巴草编成的戒指，代表私定终身。"

他低低笑了一声，声音让人耳根发酥："你是在提醒我曾经跟你私定终身了吗？嗯？"

记忆在瞿恬脑袋里像爆米花一样炸开，她结巴道："你……胡……胡说什么！"

周辰一两手一摊："不是吗？"

记忆乍现令人头脑胀痛，瞿恬抬手捏着眉角，试图遮挡泛红的脸颊："我真是三生有难遇见你。"

"呵！"

瞿恬在手指缝隙里偷看周辰一的表情，清晨第一缕阳光就那么偏爱似的投在他的脸庞上，镀了层光。他半垂着眼眸，炙热的视线毫不避讳地定格在她身上，他淡粉的薄唇翕合，有令人想要亲吻的冲动，看得瞿恬心头躁动不安。这一幕让她回想起银杏树下她因为周辰一突然加快的心跳。

"如果我是你的一场灾难，我相信我们是患难见真情。"他不疾不徐地说道。

瞿恬心猿意马，撇开头嘀咕一句："就你话多……"

周辰一耸耸肩回坐在椅子上，将手指伸到阳光下，好像能将它握在手心里似的。

“瞿恬，假期一起去旅行吧。”他突然说道。

瞿恬蒙了一下，扭头拒绝：“不去。”

周辰一倒也不恼，继续道：“我想约你一起去见个朋友……跟你分开之后一个对我来说很重要的人。”

由于家里干涉，从小到大周辰一的“好朋友”就她一个，现在居然能从他嘴里听到一个重要的人。

瞿恬不免好奇：“谁？”

周辰一扬唇一笑：“他啊……他是遥远大西北蓝天上的雄鹰。”

自习室内一片安静，偶有翻书的声音。

阿青里做完一套题，看了眼瞿恬空荡荡的位置皱眉问：“瞿恬今天不来自习吗？”

皇甫云霞应道：“她一早跟周辰一去图书馆自习了。”

阿青惊叹：“就他们两个？！”

昕薇凑过来答话：“我刚才去小超市还看到周辰一买了一书包的零食。”

“给瞿恬的？”阿青瞠目结舌，“一书包零食打算跟她道歉？”

皇甫云霞轻叹摇头：“瞿恬算是栽了。”

阿青惊愣住，不知道周辰一的脑回路是怎么生的，连道歉的方式都与众不同，也不知道瞿恬的脑回路是怎么生的，偏生就吃这一套。

真乃绝配。

“这……也行？”阿青偏偏不信。

“别人吃不吃这一套我不知道，反正我们小恬恬就吃这一套。”皇甫云霞耸耸肩，“毕竟只有周辰一能投其所好。”

昕薇唏嘘一声，故作高深：“你们没谈恋爱不懂这其中奥妙，纵使芳华万千，女孩子想要的不就是明目张胆的偏爱吗？”

“你好意思说我们？”阿青拆穿她，“有本事你先搞定你妈给你安排的那些相亲对象。”

昕薇脸一黑，道：“这个假期我非回去跟我妈说清楚不可。”

皇甫云霞手搭着下巴，对昕薇说：“我觉得阿姨上次介绍的那个搞科研的跟你还挺般配。”

昕薇惊呼：“就那个闷秃子？”

“人家不秃。”阿青认真点明，“还长那么帅。”

昕薇不以为然：“帅能当饭吃？”

“是你有偏见……”

昕薇座中惊起：“我不要！”

她的声音太大，引得自习室里的人纷纷回头。此时有一个穿着白大褂戴着无框眼镜的男子面无表情地站在门口，拿出手机拨通了个电话。

昕薇：“我很忙！”

“我知道。”对方口吻轻淡，“你忙着在自习室里说我坏话。”

昕薇卒。

期末考试如约而至，最后一个科目自然是令人头痛的3000米。

“我……脑袋疼……13分45秒才及格……满分11分45秒……”

夜晚的跑道冷风嗖嗖，但很多人在临时抱佛脚，阿青跑得上气不接下气，看着杨靖宇跑在自己前面，喊道：“喂！你……你最高成绩多少？”

杨靖宇回头瞧她一眼，说：“擦边。”

阿青绝望地做了哭脸：“下……下……学期的5000米怎么办？”

杨靖宇转过身子面向阿青，倒退着跑：“5000米23分15秒及格，满分21分15秒。”

又是一阵令人绝望的打击，看着不远处早已经在终点休整的瞿恬，阿青真哭了：“你不知道……这对某人来说都不是事儿。”

“什么意思？”

“瞿恬上次练习5000米，跑了18分半……直接破纪录了。”

“……”

终点站，瞿恬看到某人正跑过来，抬眼看了下手表：“有点进步。”

周辰一站在原地，双手杵着膝盖：“你的运动神经是不是过于发达了？”

瞿恬翻了个抿嘴笑笑：“你们我都不担心……只是……”说着她的视线看向了最远处一个略显弱小的身影，“我比较担心毕绍诚。”

周辰一微微喘息：“你也可以担心一下你自己。”

瞿恬一脸疑惑：“什么？”

“如果我专业课第一，你得答应我一件事。”

瞿恬扬了扬下巴，示意他继续说，好像并不认同周辰一的期末成绩能够超越自己。

“跟我一起去趟西北。”周辰一注视着她的眼睛，无比认真地说道。

冬日的西北寒风凛冽，枯木已经深深地陷入石棱中，黄沙万里，大地苍茫，远处的祁连山白雪皑皑，沙漠结冰百丈裂纹纵横，万里长空凝聚着惨淡愁云。

这里的冬天比较独特，比南方冷不少，可又不及东北。天大多是阴沉沉的，偶会因一夜的风雨，迎来第二天的碧透苍穹。

乘了一路的火车，瞿恬看着苍茫的大地，长烟，落日，孤城，耸峙在那里显得孤峭冷寂。

“中学时代读过的那些诗……真的没有骗人。”

周辰一侧头凝望着窗外，淡笑道：“萧瑟吗？”

瞿恬转头看他：“有点凄凉。古时候那些征战沙场的将士真不容易……”

“现在也不容易。”

下火车之前，周辰一又抽出一条围巾把瞿恬裹了两圈，瞿恬无法想象这个人一路上究竟“替”她带了多少衣物。

在酒泉站下了车，寒风不客气地扑面而来，幸好早已捂得严实，才没被瞬间击垮。

城市的周围残留着一些碎雪，据说胡杨林里有着最纯净的冬日，沙漠里行走的骆驼，在雪中显得高贵又优雅。

“想不想去吃一碗糊锅？”

瞿恬想了一下说：“你好像对这里很熟悉。”

“去年秋天来过一次。”周辰一说，“想带你看金色的胡杨，不过那时候还没有重逢。”

瞿恬的心漏了一拍，这个人似乎从很早以前就计划了他们的重逢，不是偶然，而是注定。

打了一辆出租车进了市中心。鼓楼之下车水马龙，这座古老的城楼耸立在十字街中心一座砖砌的高墩上，三层木结构，雕梁画栋，古色古香。四个门洞上部镶嵌着仿木砖雕廊檐，砖雕下面是门额，分别为“东迎华岳”“西达伊吾”“南望祁连”“北通沙漠”十六个字，点明了此地自古以来重要的地理位置。

瞿恬站在鼓楼下，抬头望着楼上那高挂巨幅匾额：“声震华夷。”

“另外那边是‘气壮雄关’，然后再走几条街，你可以看到一个飞天的雕塑。”周辰一眉眼一弯，笑道，“欢迎来到敦煌。”

鸣沙山月牙泉，莫高窟魔鬼城，西出阳关东风航天城。

“我突然想起一首歌。”瞿恬说。

“什么？”

“赵雷的《鼓楼》。”

周辰一无奈地皱皱眉：“赵雷唱的是京城，这里是西域。”

瞿恬白他一眼：“我就是想起了，管我在哪儿。”

拿她没辙，周辰一叹了口气说：“好了，我们先去吃饭吧，那家伙估计已经到了。”

这是城市角落一个不抬起眼的小菜馆，可是食客门庭若市，即使在冬天，连院子里也摆放了桌子。兴许是对方早已订了位置，他们坐在屏风后一个小隔间里，环境清幽，也不嘈杂。

桌旁坐着一个男生，轮廓分明，眉眼深邃，他听到声响回头看来，黑色的眼眸犹如雪山上翱翔的雄鹰，锐利有神。

“辰一。”他突然起身。

瞿恬顿时只感觉一座大山压来，起初是坐着，未曾想到他竟然长这么高。

周辰一抬手拍了一下对方的手臂，胸口碰了一下对方的胸膛：“你小子！”

两人没说什么，只是相视一笑，可这一笑仿佛又把什么都说了。

“你是瞿恬？”高个子男生转头问道。

瞿恬仰头看着他，喃喃一声：“是。”

“你好，我是祁振轩。”说着，他友好地伸出手，“辰一的高三同桌。”

“你好。”瞿恬伸出手和他一握，脑子里一直估算着祁振轩的身高，一米九还是两米……

三人围着桌子坐下来，祁振轩锐利的眼眸如同猎鹰般透亮。他上下打量了瞿恬一番，指着周辰一缓缓说：“我听过所有关于你的事，包括你无情抛弃他的那一段。”

喝水的周辰一差点被呛到，拍了祁振轩一巴掌：“哪壶不开提哪壶。”

瞿恬沉默了片刻，启唇问：“你在这里上大学吗？”

“振轩是空军飞行员。”生怕他又说出什么雷人的话，周辰一抢先解释道。

“不，是飞行学员，跟你们一样。”祁振轩微微摆手。

不一会儿，点的菜上齐了，瞿恬只顾埋头吃，完全没注意身边两个大老爷们儿一边喝小酒一边吃小菜，不久就上了头。

“我没想到你会在冬天带她来，是要折磨死人吗？”祁振轩脸颊微红，可周辰一比他更上脸。

摇晃着酒杯，周辰一看了瞿恬一眼说：“她是文武双全的学霸，这点磨难对她而言不算什么。”

看着两个大男人就在自己面前放肆喝醉，瞿恬瞬间郁闷了。

几杯下肚，人已微醺。

周辰一起身幽幽道：“我去个洗手间，你们先吃。”

“他酒量不如我。”指着步伐有点不稳的周辰一，祁振轩笑着摇头。

饭桌上剩下两个人，瞿恬有点不自在，总觉得祁振轩这锐利的眼眸里对她有点不善。

“瞿恬，我一直很好奇到底是怎样一个人啊……能让辰一惦记那么久。”

瞿恬闷闷地不说话，这件事确实是她的草率。

“你喜欢他吗？”

瞿恬震住，怎么感觉全世界的人都在问她这个问题！

“什……什么……啊？”

祁振轩愣了一笑，笑着摇头道：“他真傻。”

“我……还没有确定。”瞿恬沉吟了几秒，缓缓道。

祁振轩静静地看着瞿恬，隔了片刻喝了一口酒说：“无论你最后的决定是什么，别让他太伤心了。”

“你们在聊什么？”

周辰一回来看见两人严肃的神情，有些奇怪。

祁振轩哈哈一笑，拿起桌上的酒杯和瞿恬的杯子碰了一下说：“瞎聊。”

晚霞惊艳了西边，不远处的沙山在暮霭里静默。

祁振轩回队里还要坐一趟车，虽然周辰一还要待个一两天，但祁振轩已经是用尽办法才请了这么一天假。

“没办法，最近训练很关键，休假了我去看你。”祁振轩说着搂上周辰一的肩膀，“你过来。”

两人勾肩搭背地去到一边，把瞿恬留在一旁。

“辰一，也许我的话会令你伤心，但是我不想看你执迷不悟。”祁振轩深深地叹了口气，认真道，“或许……她从始至终，没有喜欢过你。”

“我知道。”周辰一语调轻快，答得干脆。

祁振轩愣了愣，觉得自己的兄弟可能不明白这其中的重要性，于是又将他搂紧一些说："我的意思是当断则断，别再把自己给困住。"

周辰一笑出了声，拍拍祁振轩的后背："我知道。可是啊，我不想当林中之王，哪怕是我毕生追逐的自由，也想成为她牢笼里困住的野兽。"

"你魔障了。"祁振轩一脸惊愣。

"你又有什么资格说我呢？"周辰一的语气严肃起来，"那个她不也一样让你魔障。"

祁振轩放开了周辰一，看着周辰一的眼神沉了几分，停顿了片刻，他才缓缓道："身已献国，再难娶卿，我跟你不一样。"

他摆摆手示意对方不要岔开话题，继续自己的话题道："辰一，其实你已经很明确自己的目标了，你想成为一名优秀的飞行员，不管是什么原因。

"如果说瞿恬是让你明确人生目标的人，那我对她也不会改观，因为她是个自私的人。

"她很清楚自己要成为什么样的人，思维逻辑清晰，规划有序，但对待感情是完全没有开窍的，这预示着在她人生里你是一个变数。"

周辰一仰头呼了口气，看着自己的兄弟如此担忧，心里很是过意不去："听到你这样的评价我真是太惨了。"

"辰一……"

"我不在乎。"周辰一面对他，一字一句道，"如果我是她人生里的变数，那就把这个数变成有且仅有，而她就是我这个集合里唯一的元素。"

祁振轩皱了愁眉，指着他说："你变了，变成令我惊诧的顽固。"

"难道不是刮目相看？"周辰一调侃着，"振轩，也许这就是我们之间的不同吧，在我所有的人生规划里都有她，但是你没有。"

祁振轩沉默。

“我希望你有。”周辰一上前一步，搭着祁振轩的肩膀认真说，“这样的你才有血有肉，活得更加真实。”

“人的一生已经很痛苦了，想活得快活不容易。虽然不知道我的执拗会不会以悲剧收尾，可她是我此生唯一不悔的选择。”

这次换祁振轩仰头叹了口气：“我真希望现在科学发达。”

“什么？”

他比画道：“可以把一些爱情细胞注进瞿恬的脑子里。”

周辰一扑哧笑道：“没那么严重，她其实很清楚我的意思。”

祁振轩不想再多言，只能一边朝汽车走一边摆手：“算了，我不想跟你讲话，无趣又乏闷。我要回队里了，你保重，有事给我打电话。”

周辰一点点头：“我喝醉了。”

这句话让祁振轩心领神会：“你小子！”

“这就走了吗？”瞿恬赶过来，把一袋东西塞在祁振轩怀里，“我带给你的好吃的。”

祁振轩拿起袋子看了一眼，最终化为了一声意味深长的笑，似乎是想通了什么。

“走了。”

“保重。”

汽车红色的尾灯消失在街道的拐角。

瞿恬看着离去的车，有些失神，忽地有人靠上自己的肩膀，她才回神。

“喂，周辰一！”

“嗯……”

身心放松，酒劲上头。

事实上周辰一的酒量真不怎么样。

车水马龙的街道，瞿恬一手提着行李箱，一手拎着一个男人，走过长长的街道，引得众人目光皆至。

“等你清醒了我就让你知道什么叫拳头的滋味。”她黑着脸，抽搐着嘴角边走边说，没注意到倚靠着她肩头的男人嘴角扬起的弧度。

“您好，还有没有房间？”

前台店员愣愣地打量着眼前的姑娘，一手拎着行李箱，一边架着醉酒且好看得要命的男人。

“有……”

“只有一间了。”话还没说完，酒店的经理接过了前台店员的话。

前台店员用胳膊拐了一下经理，小声嘀咕道：“经理，这样是不是有点……”

经理跟着嘀咕道：“这种桥段我看腻了，我按个 1.5 的倍速播放不行吗？”

前台店员继续猫腰嘀咕：“万一人家本来就是要开两个房间。”

“喂……”瞿恬不耐烦地打断他们，“一间就一间，速度。”

办理好入住，瞿恬又继续拖着周辰一和行李箱进了电梯。

把周辰一放倒在床上，瞿恬舒了口气，去洗手间洗了个手出来，看到周辰一正抬眼看着她。

“给你倒杯水？”瞿恬拿起水壶接了点冷水烧上，又怕他冷索性把空调直接摁到了 27℃。

“嗯。”周辰一躺在床上，感觉眼皮有些沉。

“要是有蜂蜜就好了。”瞿恬嘀咕着，“不然下去找前台要点？”

等了半天也不见回声，她端着水杯转身，看到周辰一已经靠在床上沉沉地睡去。瞿恬蹑手蹑脚地将水杯放在床头柜上，在床边蹲着身子看他。

他枕着骨节修长的双手，睫毛浓密，薄唇轻抿，呼吸匀长。

“酒量太差了吧？”

瞿恬静静地看着他，脑海里回想起祁振轩临走前对她说的一句话：“珍惜眼前人。”

突然，周辰一出乎意料地睁开了眼睛，吓了瞿恬一跳，生怕他窥视到她内心的想法。

他抬眼看她，面色淡然。四目相对，一阵尴尬的死寂，这种场面怎么收拾？

瞿恬耳根烧疼，抬手摸摸鼻尖，不知道该如何打破这个僵局。

“醒了？”她感觉浑身燥热，用手扇了扇风，心想一定是自己刚才把空调调得太高了。

周辰一淡淡说：“你在垂涎我的美色吗？”

瞿恬撇嘴，眼神游移，起身道：“我对自己的视力还是很有信心的。”

闻言，周辰一翻身把被子盖自己头上，不客气道：“你出去睡沙发。”

“周辰一！”呆了几秒，瞿恬拔高嗓音叫了他的名字，“不应该你去睡沙发吗？”

周辰一继续用淡漠的口吻道：“我喜欢你像小时候一样叫我的名字，但提名带姓显得不够亲切。下次只喊名就好，比如说辰一、一一，诸如此类。”

一口老血卡在喉腔，瞿恬不记得眼前的人这么巧舌如簧。曾经的周辰一惜字如金，一句话都要分成好几个段落来说。

“先到先得，是我先睡上这张床的。”说着，他转身拍了拍自己身旁的位置，“或者我也不介意你跟我睡一张床。”

瞿恬的脸红得快要滴出血来，冷哼道：“你怎么就不关心关心你的同窗啊。”

周辰一耸耸肩：“我们开飞机的只关心流控和天气。”

瞿恬差点没被气死，从行李箱里抽出洗脸毛巾，走进洗手间“啪”一声关上了门。

片刻，洗手间门一开，一个头发湿漉漉的穿着吊带背心的女孩毫不避讳地走了进来，好像无视了床上躺着的男人，自顾地擦着头发，乍现的春光毫无征兆地冲击着他的眼球。

周辰一僵住身子，上下打量她一番，嘴角耷拉，表情沉凝。

瞿恬似乎感受到了某人的视线，垂眸也看了自己一眼，厉声道："看什么！"

说实话，她的确忘了床上还睡着一个男人。她面色烧红，看着周辰一脸庞上露出的诧异而又意味深长的神情。

忽地，周辰一嘴角扬起了一丝诡异的弧度："难怪要学飞行了……"

瞿恬："嗯？"

他半睁开黑眸，眼里似乎噙着一道光，瞿恬看到他眼眸里映着她的身影，心跳得更快了。然而周辰一的目光在她胸口停留了片刻，悠悠开口道："原来是自带飞机场。"

瞿恬一震，低头看了一眼吊带衣下看不出起伏的胸，捞起擦头毛巾狠狠砸向了他。

"周辰一你给我滚出去！"

说着，她便将他踢到沙发那头。

周辰一苦笑着摇摇头，头晕目眩地躺在沙发上看着天花板，早知道他就不喝那么多了。瞿恬一路这么把他拎着来，他此刻浑身无力，真是想发生点什么也不占上风啊……

翌日。

瞿恬从床上醒来的时候，茶几上已经放着早餐，原本还睡眼惺忪，哪知眼前的画面让她立时清醒。

周辰一卷着衣服正在地上做俯卧撑，虽然她的角度并不能很清楚地看到他结实的肌理，可这种场面还是让她感觉心脏狠狠跳动了一下。

"醒了？"周辰一听到动静说，"桌上有早餐，吃完我带你去个地方。"

瞿恬一怔："哪里？"

难得的好运，昨夜下了一夜的雪。

去往金塔胡杨林的路上，瞿恬缩在羽绒服的帽子里睡觉，昨晚她其实很担心周辰一会突然闯进屋，所以紧张得一夜没睡好。

“秋天我去的是额济纳旗。”下了车眼前映入一片雪白，周辰一缓缓说，“这里胡杨林的面积虽没有那里大，但景色也不差。”

枯老的枝干上生命被岁月消弭，白色的世界万籁俱寂，坚韧的胡杨抖落了秋日的灿烂，挺拔傲立在这雪色的天地之间。

往里走时天又飘起小雪，纷纷扬扬，瞿恬置身其中，天地辽阔，感觉时间似乎凝滞了般。她惊叹于大自然的鬼斧神工，又赞美万物相辅相成。

“这也……太美了吧。”

胡杨的树梢枝丫点缀着白雪，秋日纷飞的金色化为垂绦的银丝，风过时，雪花簌簌而落。

“有人说爱一个人就带她去看胡杨林，大多数人会选择在惊艳的秋季，可冬日胡杨才是一生必看一次的极致美景。”周辰一侧头看着她，眼底含笑。

瞿恬认可道：“可以，这次没白来。”她伸出手试图去接住一片雪花。

“瞿恬。”周辰一压低了声音。

瞿恬侧头看他，只见他默不作声地盯着自己，心猛然突突跳了两下。

“怎么……”

周辰一不动声色，片刻忽地露出一抹笑，紧接着一个雪球便砸向她。

“啊！好冰！”

瞿恬赶紧拍掉脸上的雪，弯腰从地上抓起一把雪便往周辰一身上扔。

幼年的冬天他们总在院子里打雪仗，一玩便是一个上午，这是周辰一最自由的季节。冬季他的父亲经常在外省接案子，很少回来。

几个回合下来，两人的身上全是白雪，瞿恬宽厚的羽绒服帽子上的毛领更是成了雪花的藏身之所。

“好了，我帮你弄下来。”

周辰一走过去，伸手帮她拍下毛领上的雪花。

瞿恬的脸冻得通红，明亮的眼眸映着天光雪色。周辰一心又生出一计，突然拉下瞿恬宽大的帽子，遮住她的眼睛顺带拉紧了帽子上的松紧绳。

“喂！我什么都看不见了！”

周辰一拉紧她羽绒服帽子上的绳子，一寸的距离，瞿恬噘着一张樱红的小嘴，一翕一合地抱怨。

他微微低头靠近她的唇，却又迟迟不再动作。

“周辰一？”

周围很安静，静得能听到雪花簌簌而落的声音。

“你在做什么？”

半晌没得到回应，瞿恬又问了一次。

倏地，似乎有什么柔软的东西在她的唇上轻轻碰了一下，立时让她全身一阵酥麻。

他……对她做什么了？！

可是回答她的，只有风声、雪声，和自己失了节奏的心跳声。

瞿恬大脑一片空白，一个惊人的想法在她心头犹如春水荡漾开来。

他该不会是……

瞿恬立马扯开帽子，却发现周辰一早已站在离她好几米外的那棵巨大胡杨树下拍照。

果然……不会吧……

她愣愣抬手摸了摸自己的唇，难道方才莫名的触感是一种错觉？

“瞿恬，走了！”

听他呼唤自己，瞿恬应了一声，连忙赶上去。

回程的路上周辰一直接睡了过去，瞿恬神情紧张，头皮发麻，侧头瞧了周辰一一眼，目光不自觉落在他淡粉的薄唇上。

这种事情根本没法开口问啊……要是她弄错了那岂不成天大的笑话，一定会被周辰一嘲笑她是自恋狂。

她窝在座位上抱头抓狂。

Chapter 06
男人心，海底针

不像北方冬季的凛冽，开学时已经回暖。

果不其然，毕绍诚的 3000 米华丽地挂了，不过一个假期没见，他变得更加沉默寡言。

看着操场上卖力练习跑步准备补考的毕绍诚，站在不远处的两人有些焦心。

“你说……这学期要分 AB 班，我们几个还能分到一个班不？”杨靖宇叹了口气。

周辰一缓缓道：“绍诚的英语成绩和总成绩都靠前，分班是没问题，只怕这学期的 5000 米才是他的难题。”

“他体能较弱，接下来还有固滚、活滚、旋梯、双杠、单杠……”杨靖宇啧啧两声，“这小子能受得了吗？”

周辰一注视着跑道上的背影，没有回答。

“对了，你今天报到见到霍小东了吗？”杨靖宇问。

“没有。”周辰一转身欲走，又停下脚步问，“他上次说他还有几次机会来着？”

名成湖微风四起，花园里很多花儿打着花苞，静静等待春风暖阳竞相开放的那一天。

湖边的石栏上有人攀爬上去，身体摇摇晃晃，稍不有慎便会跌进湖里。他面对着波光粼粼的湖水，展开双臂，任凭风吹，完全一副绝望赴死的表情。

“学长，你是要跳湖自尽吗？”阿青对着那人高喊道。

霍小东被身后突然拔高的音调吓了一跳，差点一个不稳栽进湖里，慌忙扶住石栏才稳住重心。他颤颤巍巍回首，瞧见阿青几个站在不远处瞧着他。

昕薇双臂交叠在胸前，眼底含笑：“学长，你这是又挂科了？”

霍小东脸上有点挂不住，干笑两声从石栏上跳下来。

阿青走过去歪头瞧他：“一年之计在于春，要不你再努力努力？”

霍小东无所谓地耸耸肩：“你们应该不知道，一个人一生的运气是有限的。”

“是吗？”

他仰头叹息道：“或许我的运气早已‘油尽灯枯’，飞行之路也‘行将就木’了。”

瞿恬一直没说话，听他说到这里有点不认可了：“你是自己把自己玩废的，与运气无关。”

“瞿恬，你能不能别跟周辰一一个口气。”霍小东掏掏耳朵，“我耳朵都起老茧了。”

瞿恬抿抿唇，神情有点不自然：“我……”

霍小东抬手一摆，示意她打住：“得，别说我了，怎么就你们仨，机车女神呢？”

昕薇叹了口气：“女车神比赛去了，明天下午才到校。”

“哎，我说你们生活够丰富啊。”霍小东有点酸了，“有人假期旅游，有人赛马，还有人机车比赛。”

说着，他看向阿青问：“阿青，你假期做什么了？也没见你发个朋友圈。”

阿青一愣，犹豫了一下说：“我……宅。”

“啧啧。”霍小东摇摇头，“你们这些宅男宅女，杨靖宇也宅了一个假期。”

“我……”阿青脸有点红，半天没憋出一个字。

霍小东无奈地摇头，抬眼正巧看到从操场那边走来的两人，招手道：“在这儿！”

“说曹操曹操到。”他嘀咕一句。

“阿青，你的脸好红啊，哪里不舒服？”瞿恬转头瞧见阿青红扑扑的脸蛋儿，伸手摸摸她的脑门，“发烧了吗？”

“我……我没事！”说完阿青一溜烟儿跑了。

“怎么回事？”周辰一走过来开口问。

霍小东倚靠着石栏，眼中的笑意味深长：“你跟阿青假期都宅家里呢？”

杨靖宇闻言一股火窜上来：“一说这就来气，整个假期看她直播吃火锅，馋死我了！”

霍小东不依不饶：“就这样？”

杨靖宇不明所以地挠挠脸：“不然呢？”

听到这里，瞿恬和昕薇都被震惊住：“敢情你们两个视频了一个假期啊……”

回到宿舍，阿青一咕噜喝了三杯水，躺在床上发呆。

她看着天花板，猛然摇摇头：“不准想，不准想。”

“不准想什么？”

“哇！”

突兀的问话吓了阿青一跳，脑门一下磕在床栏边，疼得她倒吸凉气。

“呜呜……”阿青揉着额头怨道，“云霞你什么时候回来的？”

正巧瞿恬和昕薇也回到宿舍，诧异道：“云霞，你不是明天下午才到？”

皇甫云霞身上黑得发亮的皮夹克还没脱，大长腿随意交叠，手杵着桌子说：“比赛结束就提前回来了。”

瞿恬把目光移到阿青身上：“听说你跟杨靖宇视频了一个假期？”

语毕，阿青立时反驳：“不是！我们就互相开吃播，难道还吃出感情了不成？”

“是吗？”

“就……”说着阿青的脸成了朱红色，缩着脖子，羞赧道，“就……有一次他好像忘记关掉视频了……然后就去洗澡……”

云霞毫不迟疑地补充：“你把人家看光了？”

“是他自己没关掉！”

“那你怎么不关掉？”

“我关了啊……看到就关了！”阿青表情快要哭出来。

瞿恬站在原地愣了半天，启唇问：“杨靖宇知道吗？”

阿青泄气般坐在床上：“应该不知道……吧……”

“阿青，这在古代是要负责的。”皇甫云霞拍拍她的肩头，“你得负责。”

听到皇甫云霞这么说，阿青欲哭无泪：“啊？这样子吗……不会吧。这都什么年代了……杨靖宇思想不至于那么保守吧？”

可惜皇甫云霞的脑回路转得太快，已经进行到下一个阶段了：“他身材如何？”

阿青开始在脑海里回想：“身材倒挺好的……”

昕薇听完，缓缓说：“据说男飞一下晚自习都在宿舍练腹肌，看样子身材应该不错。”

在这个宿舍里的人思维都很跳跃，更擅长瞬间联想。

瞿恬脑海里不由得回想起那个早晨，阳光越过窗沿，照着那紧实的肌理上，晨光映衬下的香艳美景，突然打了一个激灵。

“我去打热水了。”没等人回答，她拎起一个热水壶出了宿舍。

昕薇愣了愣：“她怎么了？”

皇甫云霞继续手杵下巴，想了一会儿说：“我刚才想起一件事儿。有天晚上瞿恬给我发消息，问了我一个惊人的问题。”

“什么问题？”

皇甫云霞调戏似的摸了下阿青的嘴唇：“被人亲是什么感觉。”

“我的天！”昕薇大叫一声，“这是她那个榆木脑子能问出来的问题？”

“但是她撤回了。”皇甫云霞眼中的笑意更深，“她可能觉得我没看到，我也没问她。”

阿青看到身边两人在交流眼神，有些不明白：“你们在说什么？瞿恬假期不是去西北看胡杨了，照片太美了。”

皇甫云霞彻底败给了眼前这只小白兔，戳戳她的脑门心问：“是哦，太美了，你猜她是一个人去的吗？”

站在风口吹了好一阵的冷风，瞿恬正准备离开，发现有人站在院子里向自己招手。那人穿了件棕咖色的风衣，个子很高。

瞿恬在窗边看了他一眼，转身准备离开。

“喂，小恬恬。”唐鑫喊道，“你要是不下来我可要站在下面一直喊你名字了。”

瞿恬无奈地皱皱眉。

今天天气还算不错，初春的空气有些微妙的东西隐隐萌动。

瞿恬手插裤兜，嘴叼山楂条，自顾自地走着，没问唐鑫找来她究竟有什么事，唐鑫默默跟在她后面，也没说找她有什么事。两人来到篮球场，场地中心放了一个篮球，应该是校队训练时不小心落下的。

瞿恬看着篮球沉默片刻，弯腰伸手一拍，手腕一转，篮球随即在食指尖上打转儿。

“单挑吗？”她淡淡问。

唐鑫眸色一深，嘴角的笑意有点痞，应道：“赌什么？”

瞿恬想了两秒说：“我若是赢了，你从此别出现在我的视线范围。”

看来他真是招人讨厌啊！

不以为然地耸耸肩，唐鑫走到她跟前说：“要是我赢了呢？”

注视着他的眼睛，瞿恬道：“你可以提你的任何要求。”

“好。”唐鑫爽快地答应，“要是我赢了……你亲我一下。”

瞿恬微微眯起眼睛，眼神充满着警告的意味：“你确定是这种无理的要求？”

唐鑫抖抖腿，痞里痞气道：“是你先说任何要求的。”

瞿恬抿抿唇，是自己不小心挖了坑，不过对于小唐公子她倒是没什么心思，除了想让这么人不要再来黏着她。

沉吟几秒，瞿恬点头：“行吧。”

言行如此干脆果断，总是令他意外，可后来他才明白，正因为不喜欢所以从未有过犹豫。

瞿恬控球能力十分强，唐鑫篮球一直打得不错，没想到会被她压制住。

“你学过篮球？”

“打过几次，小时候邻居哥哥教的。”

唐鑫蹙了下眉，伸手去断瞿恬的球，竟然被她假动作越过上篮得分。

“蛮有天赋。”他淡笑，话落一个转身迅速地抢下了篮板。

二人打球吸引了很多人驻足观看。唐鑫是谁，学校里的风云人物，周辰一没进学校之前，没有一个迷妹是一心二用的。

几个回合下来，两人的比分咬得很近，瞿恬还优先超了唐鑫一分。

唐鑫微微弯腰，半眯起眼睛寻找契机，瞿恬黑眸敛着光，紧紧抿着唇，竭力防守。

“瞿恬，这个球定胜负。”

“好。”

话音刚落，唐鑫运球上前，在场人的心都提到了嗓子眼。

“砰”一声，篮球砸响篮板，随即是落地弹跳的声音。

瞿恬默然地看着滚向自己的篮球，最后在脚尖停稳。她静默了几秒，弯腰捡起篮球夹在臂膀一侧，抬眼看向唐鑫：“你赢了。”

唐鑫揉着肩膀，刚才瞿恬那一下真是将他撞得不轻，看来她半点也不想让他赢，哪怕是犯规。

可惜……他不吃素。

唐鑫深深舒了口气，看着瞿恬运动后微红的脸颊，缓缓起身，先指了她又指了指自己：“按照约定，你得亲我一下。”

瞿恬神色微变，动了动唇角却没有说话。

唐鑫见状，停顿了一下：“不亲也可以，那我们以后每天都出来打球吧。”

当不喜欢一个人的时候，纠缠更令人困扰，瞿恬沉吟片刻，“啪”一下放掉了手臂夹着的篮球，篮球跳着滚到了一边，她缓缓上前一步。

唐鑫的个子比周辰一高一些，瞿恬仰头看着他，然后她抬手一把揪住唐鑫的衣领，一下子将他拉到眼前，启唇问：“亲哪里？”

这是一场赌局，在瞿恬眼里是单纯地完成“约定”，周围尖叫声此起彼伏，网络传播迅速，竟然把窝在宿舍的舍友都吸引了来。阿青目瞪口呆地看着这副场景，尖叫道：“要命！瞿恬太飒了吧！”

皇甫云霞看戏似的站在一旁，顺便看看周围有没有什么新的动静。昕薇不停地咋舌感叹今年的新盘运势是如此的复杂，令人忧心。

“怎么，还不动口？”唐鑫顽劣一笑，眼神有点痞，“大家都在看呢。”

瞿恬冷哼一声：“我已经很出名了。”说着她凑上前，准备亲上唐鑫的脸颊。

“唔——”

“我在意。”

嘴被人用力捂住的同时身体也惯性地向后倾，瞿恬感觉后背贴上一个温热的胸膛，空气里充斥着沐浴液的诱人清香，熟悉的气息令她大脑一片空白。他似乎刚从澡堂出来，头发还湿漉漉的，凉凉的水滴顺势滴落在瞿恬的脖颈上，却让她感觉炙热而滚烫。

来人的口气透着不悦，压低的嗓音低沉又危险。

“如果你不介意的话，我可以代替她亲你。”

他在这一刻毫不避讳地宣示主权。

唐鑫站直身子，眼眸带了危险的气息：“周辰一。”他叫他的名字，不知道是招呼，还是警告，总而言之十分不友善，“这是我跟瞿恬的打赌，你应该没理由插足。”

周辰一的气息由头顶从上到下，让瞿恬的内心蠢蠢欲动。他温柔地抚摸上她的脑袋，说：“她脑子是竹竿，不会转弯。”

瞿恬：“？”

唐鑫怒意明显：“我跟瞿恬的事跟你又有什么关系？”

闻言，周辰一不疾不徐地说：“只要关于她，都跟我有关系。”

瞿恬心头忽地一动，站在球场中心，突然看到微风卷过一朵粉嫩的桃花，原来是心动啊……

也许，她真的动了心。

这事儿的热度最后居然引得教员出面才稍微平息，小唐公子竟也有得不到人心的一天。

晚自习结束后，两人去了操场。

周辰一一言不发地走在跑道上，瞿恬几次想打破寂静，又不知该如何开口。最后，她借着地点打开话题说：“绍诚跑步练习的怎么样？这周五就要补考了。”

周辰一听她开口询问，顾左右而言他，冷冷道：“我想问你是怎么想的，为什么要跟唐鑫打那种赌？”

瞿恬蒙圈地眨了眨眼睛，片刻后回答：“我在跟你说毕绍诚，你跟我说的是……唐鑫？”

“不然呢？”周辰一语气比先前更冷，“要让全校人观赏你亲他？”

瞿恬彻底蒙了，这个人莫名其妙对她发什么火？他们俩不过是设了个公平竞争的赌局，她利落坦荡愿赌服输而已，这种超级正派的作风难道不值得歌颂？

“你在跟我生气？”瞿恬柳眉倒竖，“你莫名其妙跟我生气些什么！”

“我莫名其妙？”周辰一眸色一沉，真的生气了，“瞿恬，这世界上最莫名其妙的人是你吧！”

他这是……在吃醋？

瞿恬迟疑了几秒，对着他的背影喊道：“干吗走那么快！我错了！我错了还不行吗？”

然而他走得决然，完全出乎她的意料，连认错都不好使了。

看着他头也不回地走掉，瞿恬独自站在操场，仰头看着满天繁星，第一次发出的灵魂的拷问：男人的心究竟是不是海底针？

奈何夜色迷离，人也迷。

几次模拟下来，毕绍诚的成绩很不稳定，有几次正好及格，多数情况依然达不到要求。

他每天上课魂不守舍，一个人默默坐在角落，拒绝与任何人沟通。他像是把自己关进一个封闭的牢笼里，不愿意出来，也不让人进去。

“这样下去不是办法吧……”昕薇手杵下巴叹息摇头，“据我多年经验，毕绍诚这么下去要废……”

瞿恬和周辰一已经好几天没说话，这两天连座位都隔了好几个。听到旁边几个人低头在说话，瞿恬侧过头问：“你们在商量什么？”

阿青两手一摊：“毕绍诚那家伙因为跑 3000 米自信心受到严重打击，一蹶不振。”

昕薇叹了口气：“马上要补考了，依我看——很悬。”

杨靖宇下巴直接搁在桌子上，闷闷道：“他最近茶饭不思，夜不能寐，一有时间就去操场上耗着，课业也落得厉害……”

闻言，阿青面露担忧：“我们是不是该想办法帮帮他……咦？”正说着，有人已经起身过去。

“你在听什么？”瞿恬不知什么时候走到毕绍诚身旁，摘下他戴着的耳机，挂一个在耳里，“啊，是 ASR 的《Morning》。”

毕绍诚愣了一下，眼里带着笑：“这是我最喜欢的一首歌。”

“差不多吧。”说着，她在他旁边的位置坐下。

瞿恬停顿了片刻说：“梦也有成为现实的一天。”

毕绍诚不以为然：“你是学霸，很多事对你来说都轻而易举。”

瞿恬想了一会儿道：“我承认，我脑子比较好使，对理科十分擅长，体能训练也是长项。但我英语很差，初一我考过 15 分的英语。”她认真道，“从那开始我每天把英语早间新闻当作续命必需品。我可以直白地跟你讲，数理化我没怎么下过苦功夫，确实非常招人讨厌……但是英语，我是用信念拼过的。”

毕绍诚愣住，静静地盯着她看了几秒，侧头失笑：“瞿恬，也许你的经历很热血，可对于我而言，都是别人的例子而已。”

“绍诚……”

毕绍诚抬起手打断瞿恬的话：“一个人十个手指头尚且有长短，人与人之间注定存在不可逾越的差距。你有的信念，我没有。或许，我根本不适合这条路。”说完，他不再多言，收拾好书本缓缓起身，黯然地离开了自习室。

注视毕绍诚离开的背影，瞿恬有点失落，如此看来她似乎真不会安慰人。

脑袋突然被人敲了一下，瞿恬吃痛回神，侧头看到来人，眉头一拧：“干吗？”

周辰一靠着桌子，笑着说：“看来你跟他谈心的结果跟我一样。”

瞿恬见周辰一主动来搭讪，知道下台阶的机会来了，连忙赔了一个笑。要知道这几天她发了 N 条消息，周辰一都是冷冰冰的，只回一个字。

“瞿恬，我们暂时休战。”周辰一又一次猜透了她的心思，“虽然很自私，但我希望你能清楚，喜欢一个人是无法接受她和别的异性过于亲近。”

瞿恬静默几秒，心虚道：“我没想那么多。”

“当然，如果你亲的人是我，我会十分乐意。”

侧眸看着他的笑脸，瞿恬心如擂鼓，似是被蛊惑般，竟鬼使神差地凑了上去。

周辰一露出惊愕的神色，眼看她就要亲上自己，周辰一慌忙起身，脸上浮起两片红晕。

他揶揄道：“你是打算出卖色相来换取我的原谅吗？”

瞿恬立时清醒，看着周辰一百口难言。

她是疯了吧！怎么会想干这种事！

心突突跳个不停，瞿恬移开视线看着地面嘀咕说：“没有，我看你脸上起了个痘痘。”

沉默半晌，周辰一伸出手指按在瞿恬的肩头：“我不生气了。

他淡笑道：“不过我有件事需要你帮忙。”

晚上下自习回寝后，瞿恬趴在电脑前，不知在研究些什么，直到熄灯，她屁股也未曾挪动半分。

“瞿恬，你一整晚在看什么？”阿青歪头一看，“哎，这不是演唱会？”

瞿恬用鼠标拖动着页面应道:“嗯,明天在中心体育馆有一场。”

皇甫云霞闻言走过来,手臂搭着瞿恬的座椅靠背,沉默两秒说:“趁开学还不太忙，你们想看演唱会吗？我请。”

两人递给她一个眼神，没有说话。

原以为她只是随口说说，没想到一个小时后演唱会的票已经捏在了手里。

“这太牛了吧……”阿青拿着手里的票，惊叹道，“云霞，你到底还有多少惊喜是我们不知道的？”

昕薇盘腿坐在床上，意味深长地摇摇头：“你这月的运势会破财。”

皇甫云霞轻笑一声：“是吗？正巧，我的卡最近撑得慌。”

语毕，电脑旁两人看向皇甫云霞的目光带了点敌意。

“怎么买这么多？”阿青看着手里的票问。

皇甫云霞淡淡道:“我想我们瞿恬可能是想请毕绍诚看演唱会，

顺便买了。”

瞿恬惊愣住：“你有毒吧，这都知道？”

“说吧，打算怎么帮毕绍诚？”皇甫云霞微微弯腰，将下巴搁在瞿恬的肩膀上，手指卷起她一小撮头发，“有需要我帮忙的地方尽管吩咐。”

瞿恬缓缓道：“这是周辰一的计划。”

“哟，和好了？”皇甫云霞眼底笑意浓了几分。

“嘶——”拍掉皇甫云霞的手，瞿恬辩解道，“我跟他只是暂时休战，带毕绍诚去看演唱会是他的提议。”

皇甫云霞领悟似的点点头：“行吧……鉴于你们和好，我再给毕绍诚送上一个礼包，只要男飞们能把他带到演唱会现场。”

话音刚落，瞿恬已经拨通了某人的电话，“喂，票搞定了。”

看有人迫不及待地汇报，皇甫云霞手指搭着下巴反问道：“我是不是被算计了？”

昕薇挑了挑眉：“我说你要破财的。”

夜晚车水马龙，中心体育场彩灯夺目。

毕绍诚惊讶地站在高大的广告牌下，看着爱豆的照片嘴巴张成了“O”形。这是他幻想过无数次的场景，他偷偷攒下零花钱只为了有一天能够站在演唱会现场。

然而……

“你们说要去图书馆的。”他看向周辰一，神情有些复杂，“既然不是图书馆，我要回去了。”

杨靖宇二话不说上前勾住他的肩膀，笑道：“来都来了，就别回去了。”

毕绍诚垂下眼眸：“我还要学习。”

皇甫云霞闻言手指夹着一张票递到他跟前：“今天我生日，给个面子。”

众人面面相觑，立马异口同声：“寿星最大。”

毕绍诚抿抿唇，一言不发地接过了门票，紧紧地捏在手里。

ASR 演唱会嗨爆全场，然而毕绍诚仍旧一言不发地坐在位置上，看着手里的荧光棒发呆。

突然，灯光一灭，全场陷入了黑暗，两束光打在了 ASR 队长的身上。

“最后一首歌想送给现场的一位粉丝。”她轻声道，“听说你的梦想是带着我们飞往世界各地开演唱会。”

毕绍诚霍然抬头，眼里充满着难以置信。

他错愕地注视着舞台中央的爱豆，她亲和的笑容，她温柔的话语：“所以……我很期待明天的相遇。加油！《Morning》送给尚在努力的你！”

灯光乍现，五彩斑斓，音乐奏响，将演唱会的气氛推到了高潮。

“啊——啊——”终于，一直沉默在角落的人站起来大呼喊着，咆哮着，将那些积压在内心深处差点令他倾覆的情绪全都释放出来，即使激动的泪水已经湿了脸面，他依然不停地大声回答，“我会的！我会的！”

他一把一把地抹掉脸上的泪水，胸口洋溢着激动而欣喜，感动而热切的情绪。

这个夜晚令人毕生难忘，这个夜晚令人满血复活。

“这个给你。”

演唱会结束后皇甫云霞将一张照片递给毕绍诚，看得出这是今晚开场前 ASR 在准备间里拍摄的合影。

阿青差点羡慕得吐血：“厉害……签名照……”

【加油，毕机长。】

照片上洋洋洒洒几个大字，让毕绍诚如获至宝。

“走吧，该回去了，不想跟宿管大妈斗智斗勇。”

几人往公交站台走，毕绍诚突然停下了脚步。

“怎么了？”周辰一转身问。

“谢谢……”他抱着得来的鼓励签名，对面前的这一群人深深鞠躬，滚烫的泪水砸在地面上，可这一次他觉得浑身充满了力量，“真的……非常谢谢大家！”

周辰一抿抿唇，伸手扶住毕绍诚的手臂，又轻轻拍了拍。

“我会努力的，绝对不会放弃。”他一字一句，铿锵有力。

瞿恬很少见到一个大男生这样哭，换做平日该是羞糗丢脸，可这样的场景竟然不自觉地煽情起来，情绪波涛汹涌，一个念头在心底油然而生。

幸得上天眷顾，让她此生能与这一群家伙相伴。

然而，人生哪有一帆风顺。

一天课程结束，男飞宿舍里几个人还抱着书本，在研究该死的陀螺。

“我是研究不清楚了……爱咋地咋地。”杨靖宇把书盖在脸上，闷声道，“现在就适合去冲个冷水澡冷静冷静。”

毕绍诚趴在桌上生无可恋：“原以为跨过了一道坎，没想到迎来了一座山，这学期的体育课会难死我吧？我一定会在旋梯上吐死……”

杨靖宇翻身下床，拎起脸盆把毛巾挂在肩上准备去洗漱间。

周辰一皱眉问：“干吗去？”

杨靖宇从盆里拿出一块手巾，贱兮兮道：“知道这啥不？搓澡巾，搓老干净了，老得劲了。你们南方人不懂。”

周辰一停了一下说：“我确实不太懂你们那边的澡堂，一进去跟下饺子似的。”

杨靖宇对他竖了个中指，扭腰道：“反正我要洗白白，这样才能泡妹子。”

“洗白有什么用？一白遮百丑，一黑毁所有。”毕绍诚摇晃着手里的面膜说，“春天来了，想要甜甜的恋爱还是得靠脸。”

杨靖宇极度嫌弃：“这太……”

周辰一见状，逗趣的心思又上来了，轻咳一声道：“靖宇，说不定你今天敷完面膜，明天出门就脱单。”

“这么厉害？”杨靖宇立马走过去抢过毕绍诚手里的面膜，捏着对方的脸说，“不过绍诚这脸是真白，细皮嫩肉跟小媳妇儿似的。”

毕绍诚瞅他一眼：“你说谁小媳妇儿呢！就算你是粗糙大老爷们儿，也得活得精致。”

周辰一点头表示认同。

杨靖宇撕开面膜包装甩了甩，嫌弃道：“但是贴着玩意儿在脸上黏糊糊的，十五分钟太折磨人了。而且你们不觉得里面的液体很像……”

“打住。”毕绍诚比画了一个暂停的手势，“别让我把你关进十八禁的猪笼里。”

杨靖宇干笑两声，道：“我成年了。对了辰一，干脆我俩一起敷一个？”

周辰一浑身一震：“……我拒绝。”

显然，拒绝的结果失败。

杨靖宇是标准的国字脸，椭圆形的面膜硬是被他拉成了长方形。他张不开嘴，只能从牙齿缝隙里讲话：“话说……真得要敷满十五分钟吗？”

毕绍诚忍住笑，说：“你们要是嫌难熬……我倒有一个办法。”

于是，毕绍诚坐在床上拿着表看时间，让他们抓着床栏杆做引体向上。

美名曰：护肤健身两不误，春天脱单靠此路。

平日里毕绍诚没少被他们整蛊，借此机会施展报复，顺带给女飞们录两个小视频玩。

“绍诚，十五分钟还没到吗？”

“快了快了，再坚持一会儿。”

杨靖宇呼呼吹气，把脸上的面膜都吹起来了，毕绍诚又无语地帮他重新摁严实。

霍小东刚进宿舍门，便被里面的场面震慑住。

“我们宿舍是美容院和健身房合资了吗？”

周辰一从栏杆上落地，撕掉脸上的面膜苦笑道：“舍命陪君子。”

杨靖宇尚在坚持，侧头道：“你也赶紧加入阵营。”

霍小东撇嘴摇头道：“靖宇，你肌肉的曲线已经很完美了，需要加强的是别的地方。”说着，他抬起手敲了敲自己的脑袋。

杨靖宇大喝一声，一步上前，抓下脸上的面膜往霍小东脸上一贴，正准备“大开杀戒”，有人敲开了他们宿舍的门，探头进来问：“霍小东在吗？”

霍小东慌忙拿掉脸上的面膜，神情有点尴尬：“我在。”

“辅导员让你去他的办公室一趟。”

他沉默了几秒，应道：“知道了，谢谢。”

自习结束后，教学楼里几乎没有人。

霍小东的脚步有些沉重，他站在门口犹豫了几秒，缓缓推开了门。

“您叫我？”

他们的辅导员是一位中年男性，戴着一副金框眼镜，样子斯斯文文。

招手示意霍小东过来坐下，指导员起身给他倒了一杯凉开水。

看着杯子里的水，霍小东愣了几秒，失笑道：“辅导员……您有事直说，这样子搞得我心里发毛。”

辅导员推了推眼镜框，沉吟几秒缓缓道：“小东，你也知道之前因为唐鑫的关系，队里给过你一次机会。”

霍小东僵直身子，抿抿嘴唇说：“我知道。”

辅导员又停顿下来，仿佛接下来的话语难以启齿：“但是……遗憾的是你没有抓住。”

“辅导员……”

男人叹了口气，说：“这么跟你说吧，也许你一时会觉得很难接受，可现在的情况……”

霍小东一凛眉，咬牙道：“您直接说吧。”

辅导员怔了怔，沉声道：“你需要离开飞行技术专业了。”

即使早已经预想过会有这样的结果，但亲耳听到时，霍小东的内心仍然受到了巨大的冲击。

一瞬间的愣神，一瞬间的沉默，一瞬间的茫然，和一瞬间的无措。

最后，化为了一声自嘲。

“哦，这事儿啊……”他轻松地耸耸肩，“我还以为是什么事儿呢。辅导员，我真不适合干飞行，我早说过。”

他叹了口气笑道：“我本就不是什么飞行的好苗子。”

似乎没想到他会是这种反应，辅导员的表情好像也松了口气一般，道：“队里给你调整到别的专业了，当然那边也需要一个考核，所以你还得下去准备……”

后来，霍小东始终保持着一副如释重负的笑容，一动不动地坐在椅子上，直到漫长的谈话结束。

从办公室里出来，教学楼的院子里亮着唯一一盏路灯。

四周空空荡荡，万籁俱寂，偶有虫鸣为寂寥的夜晚添上一点生气。

此时已经过了关寝的时间，他就那么站在教学楼下看着昏黄的路灯发了会儿呆。

忽地，他露齿一笑。

“也好，解脱了。”

说着，他脚步轻松地离开，给站在办公室窗户边看他的人留下了一道潇洒的背影。

脚步渐渐变得迟缓，走过花园，走过名成湖，走过长廊松园……终于，他走到球场一个僻静的角落，忽然抱住一棵树号啕大哭起来，他像在夜幕来临时迷路的孩子，那样的茫然无措。

夜这般静，他的哭声回荡在宽阔的操场上，未曾有人听闻，未曾有人知晓。

宿舍已经熄灯，虽然告知过宿管大爷霍小东被辅导员叫去，给他留了门，周辰一低头看了眼手表，皱眉道：“他去了一个小时了。”

杨靖宇躲在被子里玩手机，闻言露出半个脑袋：“他不会被训惨了吧……据说期末时候考得不怎么样。”

毕绍诚叹息道：“好歹也是在我们之前进来的学长，偏生对学习一点不上心。”

说着，突然有人打开了宿舍的门，将几人吓了一跳，杨靖宇慌忙把手机压在枕头下面，闷在被窝里大气也不敢出。

来人拿着手电筒，往宿舍里照了一下才出声：“霍小东还没回来吗？”

原来是唐鑫。

几人松了口气，这么晚了这个人还莫名其妙地跑来他们宿舍，真是尊贵的小唐公子。

周辰一敏锐地察觉到什么，从床上下来走到唐鑫面前说：“他还没回来，出什么事了？”

光线昏暗，唐鑫的脸上表情没什么变化，只不过借着灯光看出他眼底多了一丝担忧。

“他可能要去别的专业了。”

宿舍静默下来，呼吸声戛然而止。

原本漆黑的夜在唐鑫话落后似乎又更暗了几分。

似乎隔了一个世纪那么漫长，杨靖宇在黑暗里找回了声音：“你……刚……刚才说什么……”

唐鑫不再逗留，转身出了宿舍，淡淡道：“这个行业就这么现实，有人理论阶段就被淘汰，有人在飞行训练过程中被淘汰。

“他不过……比你们先被淘汰罢了。”

这夜，霍小东没回宿舍，宿舍里的人失了眠。

Chapter 07
步步为营步步赢

春天如约而至，名成湖畔的桃园花团锦簇，落英缤纷。

瞿恬一早接到了周辰一的电话，说下午课程结束后在图书馆等她。对方的口气不容置喙，完全不给瞿恬拒绝的机会。

让瞿恬意外的是，周辰一上午竟然没去上课，她从来没想过他会干翘课这种事。

“203 宿舍的一个都没来……”阿青凑过脑袋鬼使神差地说了一嘴，见魏老师向她投来危险的目光，赶紧端正身子继续上课。

瞿恬有点不安，偷偷拿出手机给周辰一发了微信，他一条也没回。

集体失踪？

所幸这节课魏老师没点名，好不容易熬到下课，瞿恬给周辰一打了通电话。

“喂。”

“你们集体翘课？”

电话那边的人沉默了几秒，低沉的嗓音响起："下午我可能要失约了。"

不知为何，听到"失约"二字，瞿恬心头泛起一丝失落，她想了片刻问："出什么事了吗？"

周辰一没有回答，却也没有挂断电话，而瞿恬也一直等着他开口。

窗外探进几枝雪白的梨花，引蜂吟吟。

停顿许久，周辰一再次开口说："我突然想到一句话。"

"什么？"

"珍惜眼前人。"

瞿恬不知道他为何突然这么说，脑袋里浮想起在酒泉时祁振轩也跟她说过这句话，心不由得颤了一下。

她想了一会儿，低低应了一句："再给我点时间。"

那边没有回答。

瞿恬打完电话走到室友面前问："这个周末，你们有安排吗？"

互相看了对方一眼，阿青有点疑惑："怎么了？"

"一起去海边出租屋玩吧。"瞿恬道，"有人请客。"

"这么厉害！"阿青立马兴奋起来，侧头对昕薇说，"你这个星期应该不跟某人约会吧？"

昕薇白了她一眼，问："男飞请？"

瞿恬点点头说："周辰一说让我们这个周末一起到海边出租屋去玩。"

阿青激动地拍起手掌："海边烧烤吗？那一定很好玩！"

瞿恬面色沉重，话语有些迟疑。

见状，阿青的笑脸僵住，幽幽问："怎么了……难道是鸿门宴？！"

瞿恬差点被她气哭，无奈地叹了口气："霍小东要转业了。"

这个局是唐鑫组的，据说那晚霍小东到酒吧喝得烂醉，直到第二天周辰一他们找到他才清醒。

海边离市区有两个小时的车程，春日的风从海面吹过来，带着属于海水独有的咸腥。

海面波光粼粼，偶有渔船路过。海滩上有几个赤脚的孩童提着小桶在赶海，虽然唐鑫已经将食材准备妥当，不过女生们还是用几瓶饮料和孩童换了一些外表漂亮的海螺回来。

唐鑫找到的地方环境安谧，风景宜人，没有市中心的喧嚣和嘈杂。

院子里烧烤架上摆满了各类食物，一出大门便是沙滩，奶茶色的沙子细腻柔软，蔚蓝的海水与天空连成一片。这里距离青阳机场不远，时不时能看到低空飞越的飞机。

霍小东如往常一副玩世不恭的样子，好像什么事都没有发生过，他主动请缨烤牛排，味道还不错。

皇甫云霞看着叉子上的牛排，笑道："学长，你这烤肉的功夫不错，看来厨师也是一个很好的选择。"

"你这倒提醒了我。"霍小东翻转着牛排，学着电视里的口气道，"厨师高薪职业，厨师永不失业。"

杨靖宇往自个儿的调料碗里又舀了一大勺小米辣，一个东北男人对小米辣的执着居然超过了大葱蘸酱，他和阿青因为这碗辣椒隔几分钟便上演一次争夺大战。

瞿恬注意到周辰一一直在一旁的桌子上忙碌，放置的小锅上炒着豆子大小的东西，不一会儿一股咖啡的清香弥漫在空气中。

下午一点整，瞿恬准时开始打瞌睡，然而此时闻着这股味道，她的脑袋突然清醒了。

"你会煮咖啡？"瞿恬惊讶道。

"嗯，咖啡豆是我之前自己晾晒的。"

杨靖宇喝了一口，苦得双眼紧闭："老天，瞬间清醒，期末考试时候你怎么不拿出来！"

周辰一递了一杯咖啡给瞿恬，淡淡道："你的眼皮快重逢了。"

瞿恬瘪瘪嘴，低头呷了一口，唇齿留香，瞬间清醒，困意全无。

这也太霸道了！

“快来一起玩游戏啦！”昕薇招呼着，准备好手里的牌，“升级版天黑请闭眼，玩不玩？”

众人围坐在一起，昕薇星座博主上线，颇有深意地放话：“春天来了，该来个恋爱版的天黑请闭眼。”

“咦——”

众人唏嘘一声，有点嫌弃。

“我觉得蛮有意思的。”

众人惊愕地看着周辰一，他外表冷淡，实在看不出会对这种狗血游戏感兴趣。

瞿恬侧头看着他，见他转头看向自己，心跳漏了一拍，慌忙移开了视线。

唐鑫扬起嘴角，接着道：“我也挺感兴趣的。”

杨靖宇抖了下身子，抹抹手臂，一阵恶心：“你们两个真让人掉鸡皮疙瘩。”

皇甫云霞反驳他：“你一个天天叫嚣要找对象的人就应该多玩点这种游戏，洗洗一根筋。”

杨靖宇似是突然领会到上天的旨意，双手合十诚心道：“没错，春天来了。”

昕薇差点笑死，在桌上把牌摆开，扬扬下巴：“抽吧。”

迅速地抽完牌，皇甫云霞翻了个白眼，亮出身份：“我一点都不想当上帝。”

她双臂交叠在胸前，深深吸了口气：“都拿好自己的牌了吗？”

几局下来，众人不亦乐乎。

“天黑请闭眼。”皇甫云霞再次发令，见大家都闭上了眼睛，她缓缓说，“丘比特请睁眼。”

有人睁开了眼睛，他深邃的眼眸带了点笑意。

“丘比特请连人。”

周辰一缓缓抬手指着瞿恬，却又迟迟不动作。

皇甫云霞动了动嘴，搞不清楚他要做什么，按理来说周辰一应该指定两个人给她才对。

看皇甫云霞满脸疑惑，周辰一再次抬手指了指瞿恬，又伸手指了指自己，皇甫云霞秒懂。

她笑着摇摇头，轻咳一声继续发话：“丘比特请闭眼。”

话落，瞿恬感觉自己的手背被人摸了一下，紧接着皇甫云霞下令道：“被点到手的两个人请睁眼，你们将成为情侣。”

瞿恬一愣，这是什么游戏！万一点到谁可真就……

睁开眼睛的瞬间她对上了一双熟悉的眼眸，那人静静地注视着她，这目光令她惊慌之余又有一丝欣喜。

怎么会是周辰一！

她心底一片叫嚣，紧张得不知道该如何是好。周辰一看着她，黑色的瞳眸似乎看穿了她的一切，让她慌神，一下站起了身子。

“我弃权！”瞿恬撂下一句话，就跑了出去。

众人还一头雾水，唐鑫睁开眼立马追了出去，彻底给人造成了他俩被连成一对的错觉。

八卦阿青上线，贱兮兮道：“哦……这个游戏好有意思。”说着她看向周辰一，“瞿恬可是被丘比特连走了。”

皇甫云霞啧啧两声，说：“别瞎激动了，我点的人是瞿恬和周辰一。”

瞬间的安静后又猛地爆发。

“老天？！”阿青腾地从椅子上跳起，大笑道，“唉呀妈呀，太有趣了！”

昕薇恍然大悟般点点头，拉住阿青说：“阿青，你现在说完一口东北腔，是不是被杨靖宇给同化了。”

阿青脸颊微微泛起红晕，结巴道：“他被我同化还差不多，有东北人跟四川人一样这么吃辣椒的吗！”

杨靖宇冷笑一声：“瞅你那样！”

周辰一默不作声地起身，往门外走去。杨靖宇似乎想到了什么不对劲的地方，疑惑道：“辰一，刚才瞿恬作废的局我有点想不明白。”

阿青鄙视他一眼：“就你那智商，能想明白什么。”

杨靖宇没搭理她，对着周辰一的背影傻兮兮喊道：“喂周辰一，那局你是丘比特吧，你点了瞿恬和谁？”

气氛又僵住，众人向皇甫云霞投去了质疑的目光，霍小东更是跳上前准备去数牌，可惜所有的牌已经被混在了一起，无法辨认。

离开的人缓缓停住脚步，隔了几秒，周辰一回头淡淡道：“不是啊，我是无辜的群众。”

杨靖宇神情有点尴尬：“是吗？我明明记得你是丘比特，我偷看了你的牌来着……”

沉默几秒，周辰一淡笑说：“你记错了。”

话落，他头也不回地向海边走去。

海风拂面，海鸥翱翔。

瞿恬甩甩脑袋，试图让自己冷静，可一想到方才的场面，她依然不能控制心慌。海浪拍打着礁石，飞溅的浪花如同她此刻的心情。

“怎么跑出来了？”唐鑫不声不响地站在瞿恬旁边，吓了她一跳。

“你吓到我了。”

唐鑫微微摇头：“是你太专注了，没有注意到我来。”

瞿恬不想辩解，反问道：“你来做什么？”

“我追随着我喜欢的人出来有什么不妥吗？”他的回答让瞿恬无法接话，未想他竟乘胜追击，彻底表明心意，“瞿恬，可不可以让我当你的男朋友。”

“呃……”瞿恬全身都僵住了，她从没遇到这样当面表白并提出要求的人。唐鑫似乎把控着所有的尺度和节奏，好几次都让她不知该如何应对。

这是多少人梦寐以求的男友，可脑袋如竹竿般笔直的瞿恬，却毫不怜惜地把这个梦戳破了。

“不可以。”她的声音极淡。

海浪翻滚的声音在耳畔清晰可闻，唐鑫静静看着她，静默一瞬，嘴角泛起笑："也不考虑一下就拒绝，太无情了吧。"

"唐鑫，也许你的背景很与众不同。"瞿恬看着他的眼睛认真说，"可我们注定不是一个世界的人。"

唐鑫轻笑一声："你怎么就知道不是一个世界？"

"直觉。"她应道。

唐鑫双手插在裤兜里，海风吹起他栗色的头发，他微微眯起眼睛看向远方，说："你是不是觉得像我这样的人不可能对爱情抱有真心？"

"是。"瞿恬回答。

她永远对他果断干脆，毫不迟疑，这才是真正令人心伤的地方。一切的一切都在诉说，她不曾对他动心的事实。

"那他跟你是一个世界的人吗？"

瞿恬疑惑："谁？"

"周辰一。"

瞿恬眸光一敛。

唐鑫不禁失笑，道："瞿恬，你IQ那么高，难道EQ是负数？"

瞿恬注视着唐鑫深情的眼眸，一瞬间有些失神，而他却微微低头靠近她。

"看样子我打扰到你们了。"

清冷的声音打断了两人，瞿恬回过神，连忙推开唐鑫，后退几步，侧头看向来人。

周辰一？！

不知为何，瞿恬竟然有点被人当场抓包的混乱，她想跟周辰一解释点什么，可又找不到合适的措辞。

周辰一缓缓走过来，看着唐鑫道："霍小东找你。"

目光相交，颇有大战在即双方对峙的味道。

显然，直脑筋的瞿恬没有懂，重复道："唐鑫，霍小东找你。"

倏地，周辰一忍不住轻笑一声。

唐鑫吐了口气，抬手挠了挠头，算是彻底败给她了。

对于瞿恬而言，把瘟神送走已然十分高兴，但身边人冷淡下来的脸庞让她有点不安。

“你……也来了啊。”

这算是最糟糕的搭讪了。

周辰一盯着她没有出声。

“你有情绪。”瞿恬嘴里兜着一句，“你听到了什么吗？”

听到什么？她居然质问他听到什么？

周辰一一声不吭地站在她身边，冷着脸不作回答。

半晌听不见一句回应，气氛变得紧张起来，向来心直口快的瞿恬能忍到现在实属不易，终于，她极为不悦地发出质问。

“你究竟怎么了！”

周辰一微不可见地蹙了蹙眉，冷淡道：“你迟迟不肯答复我是因为唐鑫吗？”

瞿恬心头骤然一紧，惊愣地看着他，这算什么跟什么啊！

“你是不是……”他停顿了一下，似是难以启齿，“喜欢上了别人？”

瞿恬杵在原地，大脑彻底停止了运作。

完了，周辰一的脑洞开得实在太大，简直没法缝补！

瞿恬连连摆手：“我怎么可能喜欢他！”

“那你喜欢我吗？”周辰一追问，眼底噙着渴求的光。

瞿恬又沉默了。

在这冗长的沉默里，她手足无措，耳边海风徐徐，每分钟心动的频率早已超过了一百二。

她眸色沉了沉，一脸严肃道：“周辰一……你有考虑过我的感受吗？”

周辰一扯了扯嘴角，目光中浮起一抹悲凉：“你不用答复我了，我不逼你。”话落，他转身离开。

瞿恬愕然地站在原地，等等，他是不是误会她的意思了？！

暮色四合，晚餐就绪。

调低了餐厅的灯光，大家围坐在一起，音响里放着点抒情小调，配上烛光晚餐，气氛开始有点儿煽情。

霍小东坐在C位，有点扭捏，耿直的老爷们儿瞧着桌上放着的蛋糕，忍不住调侃：“喂喂，你们非要整这么煽情的调调吗？”

唐鑫没有立刻回答，拉开桌上的一瓶啤酒放在霍小东面前，开口道：“蛋糕是女飞们亲手为你准备的，酒是为壮汉送行的。你可以敬大家……或者敬自己。”

霍小东眼眸有些黯淡，他伸手捏住啤酒罐，想了一会儿起身敬酒道：“我在这里谢谢大家了！”

他一口气喝完整罐啤酒，唐鑫默不作声，又替他重新拉开一罐。

见兄弟的“好意”接连不断，霍小东有点不乐意：“唐鑫，你真不是东西，就光看我喝。”

唐鑫停顿片刻，才幽幽开口：“我不敢喝。”他看向霍小东淡笑着，用玩味的口吻道，“我怕醉了会哭。”

然而这句玩味的话却戳中了人心。

霍小东的笑容有点牵强，顿了顿，又继续仰头喝光了手里的啤酒。

周辰一拉开一罐啤酒，举起来在霍小东的啤酒罐上碰了一下，说：“醒时同交欢，醉后你买单。”

毕绍诚接话：“天高任鸟飞，吃喝不用愁。”

杨靖宇紧随其后：“大风起兮云飞扬，战士出飞院而脱单。”

面对如此耿直的祝福，霍小东摇头失笑，不甘落后：“前不见女友，后不见工作，念口袋之空空，这顿还是唐鑫请客。”

“哈哈哈——”

屋子里气氛其乐融融，突如其来的离别往往会令人更加珍惜。

霍小东将酒杯举向女飞们，收起了往日无所事事的样子，诚恳道：“虽然相处时间不长，但……真的非常谢谢你们。”

大男生自然要挺面子，可眼里泛起的泪光往往更让人心酸。

“你们都是好苗子，女孩子们一点也不比男孩子差。”霍小东认真道，“请你们无时无刻都要相信自己，要变得独立自信，要勇往直前。女生学飞不会比男生少吃苦，请你们不要放弃。

“也许这个世界有时候不会很好，有的机会会擦肩而过，但一定会因为优秀的你们变得更好。”

一席话让瞿恬的内心微微震动，眼看气氛越来越伤感了，她举起酒杯吆喝道：“一起走一个！”

“来！”

话落，众人举杯碰撞，似乎想说的话都在酒里。

霍小东离开203宿舍的这天，天边有一道不错的晚霞。

几个大男人挤在宿舍阳台上看晚霞，别具韵味。艳丽的色彩染透了半边天，还未褪去的光晕给万物镀上了一层金色。

杨靖宇触情生情，不由得发问：“你们会迷茫吗？”

“谁的青春不迷茫。”霍小东接话，“迷茫的人生才能有闯劲。”

周辰一倚靠在阳台一角，沉声道：“什么时候去报到？”

“先休整几天呗。”霍小东自嘲一笑，“提前被飞院释放，天高任我飞。”

毕绍诚手杵下巴，看着夕阳的光满一点点消失在天边，天色慢慢变得暗沉，火红的颜色一点点消尽。

“这晚霞太凄凉了。”

霍小东一听，摇头“啧”了一声：“你不觉得晚霞很美吗？我啊……只有看看这个，才能坚持走下去啊。”

“啊？”毕绍诚一脸茫然。

霍小东嬉笑道：“我心伤悲，莫知我哀！”

周辰一看他一眼，忽然觉得霍小东其实可恨又可怜，可恨他的不学无术，又可怜他一副认命到底又尚存希望的样子。

“咚咚——”

宿舍门被敲开，是来接霍小东回家的亲戚。

“小子，该走了。”

看到来人，霍小东嘴角的笑容逐渐消失。

今日宿舍里收拾如旧，用物摆放整齐，床铺没有一丝褶皱，除了那张即将空出来的床和书桌，桌子上放置着一套叠放整齐的制服，小小的徽章显得夺目而耀眼。

不舍的情绪开始放肆翻涌，霍小东走到书桌前静静地看着桌上的制服发呆。

初进飞院时他曾怀揣过梦想，可惜在逐梦的过程中似乎渐渐迷失了方向。虽然当初报考飞行技术专业是家人的意思，他也没有什么清晰的目标，顺着事态发展，拿到了进入飞院的钥匙。可人生并不总会好运长存，当放弃努力时，运气也会失之交臂。

霍小东缓缓抬手，轻轻抚摸着桌上的飞行制服，好像在抚摸一件珍宝。他沉默了几秒，开口说："作为前辈，我送你们一句箴言。"

背对着舍友们，他咬牙缓缓道："人生难免要走一些曲折的弯路，不要着急，要有韧劲儿。"

周辰一微微蹙眉，注视着霍小东的背影，不知此时此刻他心头可有过一丝后悔，后悔被他轻易挥霍的那些时光，负掉的所谓韶华。

霍小东深深吸了口气，转头看着三个舍友笑道："好好飞……可别停飞了。"告别的话还没说完，他感觉眼眶掉下什么东西，滑过脸颊。

于是，他立刻转身，一只手臂杵在桌面上，另一只手捂住嘴巴。然而，眼前的这套制服变得刺目扎眼，他颤抖着手再次抚上衣服的领口，随后又伸出双手捧起了它。

这是他唯一可以带走的东西。

突然，他蹲在了地上，像刺猬似的缩成一团，肩膀微微颤抖着，紧紧攥着怀里的制服。

霍小东强忍着眼中的泪，泛白的手指攥紧制服上的飞行徽章，力气之大，金属似乎戳进了他手心的肉中，鲜红的色彩终与泪水交织在一起。

他蹲在地上，从胸腔里发出一阵撕裂人心的哭声，抽泣着，久久不能平复。

"话说……唐鑫不来送他吗？"杨靖宇小声嘀咕问。

毕绍诚白了他一眼说：“瞎想什么呢？唐鑫那种人请吃了一顿散伙饭已经是例外了，小唐公子会在意一个路人？”

杨靖宇：“我以为他会把他当兄弟……”

霍小东的哭声十分压抑，但没有人上去阻拦他。屋外唐鑫靠在楼梯栏杆上，听着昔日旧友的哭泣，却没有进去送别。

他可以帮他一次，但无法帮他无数次，现实不会为任何人开绿灯。

从踏入飞院的第一天开始，这里有他熟悉的一切，严苛的训练，严格的管理。

他看过天边的云，却不曾冲上云霄，吹过耳畔的风，却不曾在风中驰骋。

放弃曾有过的机会，离开飞院，让他远离了自己曾经有过片刻的理想，让他的人生变得目标渺渺，变得有些茫然。

因为他知道，这辈子他再也没机会成为飞行员了。

上学期期末考得了区队第一，区队长对自家队员要求越发严苛。

按杨靖宇经常挂在嘴边的那句话来说，苦兮兮飞行学员＝军校生＋体校生＋英语专业＋各种杂课。

什么“既然选择了远方，便只顾风雨兼程，既然选择了地平线，留给世界的只能是背影”，这些话放在航空体育课上，全都是画大饼。

今天课上学习挂膝后滚，还没开始体教考试，便有个学生把手摔成骨折，众人吓得直打哆嗦，当然某人另外。

自从海边的那次谈话后，他们二人在微信上聊天的次数屈指可数，虽然课业繁忙，但也不至于到这种地步。

那天瞿恬本想和周辰一说说心里话，可是他好像完全误会了，借着休整的空余时间，瞿恬拿着瓶矿泉水去和周辰一搭话。

“喝不喝水？”

周辰一瞟了一眼她递上来的水，淡淡道：“不用了。”

“消息不回，电话不接，现在连水也不喝了。”瞿恬眉宇一蹙，“周辰一，你信不信我明天就把你手机号卖了。”

被她一句话怼得噎住，周辰一又气又好笑：“瞿恬，托你的福，让我关闭了微信所有添加好友的功能。”

“果然！”她一听来气了，“难怪好多人来找我退钱了，说加不上！既然这样，你把退掉的那部分钱补给我吧……”

周辰一脸色铁青，一副恨铁不成钢的样子：“如果我跟别的女生聊天，你觉得很开心？”

瞿恬被他问住了，话题怎么会变成这样？

“我跟唐鑫没什么。”她突兀地岔开话题说。

周辰一愣了一下，扬唇一笑：“你跟我说这个做什么，是怕我吃醋？”

瞿恬感觉自己给自己挖了个坑，看着周辰一的笑脸，怒斥道：“周辰一，你 5000 米跑及格了吗？”

他笑问：“你要帮我训练 5000 米吗？”

“呵呵，这次就算你给我一口袋零食我也不会上你的当。”

上次专业课周辰一拿了第一，她跟着他去了趟西北旅行，结果一个假期瞿母都跟着魔了样，三天两头叫周辰一去家里吃饭，每天一大清早就把她拉起来去市场买菜，扰得她一个假期没好好睡懒觉。

瞿恬看瞿母从小到大做菜的花样，都没那一个假期做的多。

像这种不平等的赌局她以后是不会再接受了！

周辰一一眼看穿她的心思，提醒道：“瞿恬，互帮互助才是王道。”

未料瞿恬一贯精明的脑袋竟犯了糊涂，她不以为意，自然想不到悲催的往后。

于是她十分拽地对周辰一竖起了中指：“放心，我绝对没有会有求于你的那天。”

瞿恬跟周辰一的谈话被阿青无意听到，回宿舍复述了一通。昕薇看着手里的星盘叹了口气，喟叹世间万物自有轨道。皇甫云霞是听不下去了，以前提醒了她那么多次，她到底在犹豫什么？

皇甫云霞戳了一下瞿恬的脑门，说："如果那个漂亮的女空乘……叫什么来着？"

"跟周辰一表白的那个。"

瞿恬闻言眼色一沉，变得有些警觉。

"叶芩伊。"昕薇补充道。

"对，叶芩伊。"

瞿恬轻咳一声："你提她做什么？"

皇甫云霞拍拍瞿恬肩膀，笑着说："如果那个叶芩伊每天都跟周辰一发消息，你是不是也觉得无所谓？"

瞿恬愣住："我……"

阿青趁机把最近听到的八卦全搬上了线："她好像还在追周辰一吧……每天早晨都会到宿舍楼下给他送爱心早餐，晚上还会送水果。"

皇甫云霞不由得感叹一声："真好啊……我也想吃。"

昕薇见状，转而问阿青："对了，他俩是不是周末会去图书馆一起看书？"

阿青完全不知道已被两人套路，一五一十说出事情："好像是吧……那姑娘追得挺紧的。周末会跟着周辰一去图书馆，很多人看到呢！"

"我寻思不然周辰一就答应她吧，郎才女貌的挺配。"皇甫云霞边说边看着瞿恬气得涨红的脸庞，好像炉子上烧开的热水，突突冒着烟。

她二话不说，提起桌下的水壶出了门。

"哎……瞿恬你去哪儿？"皇甫云霞故意问道。

"打热水！"

"哈哈哈——"两人笑得前俯后仰，毕竟她们可爱的瞿小恬心里头一有事儿就去打热水。

阿青表情有点蒙，看瞿恬负气离去，奇怪地问："你们俩干吗跟唱双簧似的一唱一和？"

皇甫云霞杵着下巴，柔顺的长发披在肩头：“这叫被偏爱的有恃无恐，我不想她一直犹豫不决。”

昕薇想了一下，伸出两只食指靠在一块：“你是说我们小瞿恬对周辰一也……”

黄埔云霞笑笑，意味深长。

“话说阿青，你最近跟杨靖宇怎么样了？”瞿恬一走话题顺势落在了阿青身上，皇甫云霞眨眨眼问。

“我？”一说起他阿青便来气，厉声大骂，“他假期让我给他寄了一堆火锅底料没给钱！”

“待遇这么好？”皇甫云霞眼底笑意渐浓，“我们一个宿舍的连火锅底料都没得吃呢。”

昕薇继续附和道：“阿青毕竟得为人杨靖宇负责，总该付出点代价。”

说到点子上，阿青感觉脊背一凉。因为这个事儿，让她每次见到杨靖宇的人便浑身不自在，视线会不自觉地落在他身体的其他地方，比如隐藏在衬衫之下的小腹。

皇甫云霞认可了昕薇的话，问：“嗯，你想好怎么负责了吗？”

“想好了！”阿青一抿唇，一握拳严肃道，“我约了他下自习后见。”

虫鸣声声，月朗星稀。

名成湖畔杨柳依依，湖中的青荷初现婀娜姿态，空气带了点似有似无的荷香。

阿青站在杨靖宇面前，两人四目相对，杨靖宇神情紧张，额头溢出细密的汗珠。由于受到不小的惊吓，他紧张得有些口吃，结结巴巴道：“你……你说……说什么？”

庆幸是在夜里，看不清阿青脸上的红晕，她停了一下，重新说道：“我问你有女朋友吗？”

杨靖宇吞了口唾沫，说：“我回……回答你了啊……我说没有。然后你说……”

“然后我说我勉强当你女朋友吧。”阿青重复一次。

似乎无法接受目前的状况，杨靖宇呆愣在原地，半天憋出一句：“你怎么了？”

川妹子火暴脾气说来就来，阿青一拳头狠狠钉在杨靖宇结实的胸膛上：“你这人思想很有问题啊，你一个单身的有现成的女朋友不要？！”

杨靖宇因吃痛而扭曲着脸，捂着胸口咳嗽几声，缓和道：“不是，我只是……奇怪你怎么突然说这么……”

“我得对你负责。”阿青摊牌。

闻言，他一脸疑惑地看着阿青：“负什么责？”

“我看到你洗澡了。”阿青表情有点不自然，“假期跟你视频的时候。”

从起初的惊吓化为了惊恐，杨靖宇双臂突然紧抱在胸前，满脸错愕：“你……”

此刻杨靖宇脸上的表情异常丰富，在脑海里把事情经过梳理了一边，他抿唇问：“所以你要当我女朋友并不是因为我们的感情？”

阿青两眼一瞪：“什么感情？”

杨靖宇脸有点红，勉强解释说：“就是男女之情互相喜欢，然后在一起！”

阿青一副恍然大悟的表情，她“啊”了一声，表情严肃地点点头：“原来是需要这么个原因吗？”

话落，她没有丝毫犹豫地开口：“好吧我喜欢你。”

杨靖宇被她气哭，冷了下脸：“我不喜欢你。”

她没有看出他已经很生气，仍然自顾自地说：“那……我再想想办法。”

“我不要你负责！”感觉怎么解释都是多余，杨靖宇烦躁地抓抓后脑，眉头紧皱。

周围瞬间安静下来，杨靖宇目光炯炯地看着阿青，阿青也不动声色地看着他。

不知过了多久，阿青的声音才缓缓响起：“这可是你说的哦！早说嘛，害我要说些奇奇怪怪的话。”

大概这话戳中了杨靖宇的雷点，他怒意更胜，冷冷道：“我是想你真的喜欢我。我不会对一个假期只知道睡觉吃火锅打游戏的人感兴趣，所以我俩不可能！”

“神经病……”阿青冷笑一声，反击道，“我又怎么会对你这个假期只知道吃猪肉炖粉条的家伙感兴趣，简直拉低我的餐饮水平！”

杨靖宇被她气得说不出话，留下一句“就此别过”愤然离去，两只单身狗完美演绎了他们之所以一直单身的真情故事。

今年的情人节没有碰上周末，下自习后学校旁边的小吃街人山人海，瞿恬叼着一根辣条站在路边时被唐鑫拦住了去路。

他开着车，手臂搭在窗沿上跟她打招呼：“要不要出去吃东西？”

没想这块狗皮膏药竟然这么黏，瞿恬眉角抽了抽，淡淡道：“想去，但不想跟你去。”

瞿恬把辣条刺溜吃掉，漫不经心地刷着朋友圈。

唐鑫摆出一副失望的表情，说：“我看到很多女生都打车去市中心买礼物了，我以为你也想去买。”

瞿恬一愣：“是吗？”

“对啊，你们师姐还有很多空乘都去了。”

与此同时，她刷到了很多相似的朋友圈，比如：“给辰一买礼物去了！希望表白成功！亲们求520个赞！”

再比如发一张自拍，手里包着一盒包装好的巧克力，还配上周辰一在图书馆的照片，却说“不知道他会不会喜欢我亲手做的巧克力”。

她前几天暗地里换昵称加了叶芩伊，此时也刷到了叶芩伊的动态，叶芩伊发了一束白色的玫瑰，并配文案：“谢谢你送给我的玫瑰，我想和你今晚十二点见面。辰（爱心）。”

十二点去见鬼吗？！

白色玫瑰花？谁送的？

她虽神色怡然，捏着手机的手骨节却泛白。

“你知道哪里有跑腿服务吗？”她抬眼对唐鑫说，“另外，麻烦你载我去市中心买个东西，我会付车钱。”

唐鑫轻笑一声，下车走到副驾驶旁，为瞿恬打开了门，绅士地比了个邀请的手势：“请小姐上车，在下全程为您服务。”

周辰一刚到小吃街便看到瞿恬上了唐鑫的车，两人言笑晏晏，正巧一通电话打了进来。

“什么事？”

“那个……我是伊伊。”

“你说。”

“谢谢你送我的花，那么我们今晚可以见面的吧？”

周辰一转过身不再去看瞿恬离开的方向，沉声道：“在哪个酒店？”

情人节的夜里连城市都变得更加浪漫，一路上随处可见拿着鲜花或者礼物的情侣。瞿恬开着车窗，风呼呼地吹进来，吹得她越发心烦气躁。

唐鑫似是看出了她的烦闷，索性放了一首舒缓的纯音乐。

“你要找跑腿送什么？”

瞿恬沉吟几秒说：“巧克力。”

唐鑫瞥了她一眼，说：“今天送人巧克力，意义很深远。”

瞿恬冷笑一声：“我不过洋节。”

听完唐鑫忍不住笑着摇摇头。

中心广场有很多人卖荧光气球，瞿恬进了趟超市，买了一盒费列罗巧克力出来，坐在休息椅上开始捣鼓。

唐鑫看了看，问道：“给谁买的？不可以给我吃一个吗？”

没有立时回答他，瞿恬随后又拿出了一条芥末，一把美工刀和一副手套。在巧克力球上挖了个洞，往洞里挤上芥末又包裹起来，唐鑫蹙着眉头，压低了声音：“当我刚才的话没说。”

瞿恬捏了个巧克力球在眼前端详，缓缓道：“既然朋友圈会辣眼睛，巧克力也可以辣嗓子。”

一股气搞完一通，唐鑫帮她叫了个跑腿，把她精心制作的巧克力快马加鞭送回了学校。

广场的喷泉伴着音乐此起彼伏，唐鑫垂眸点了一根烟，仰头深深吐了口气。瞿恬看着他吞云吐雾的样子，从鼻子里冷哼一声。

唐鑫转头看她，眉眼弯弯：“不喜欢男人抽烟？”

瞿恬面无表情道：“不喜欢。”

唐鑫夹着香烟的手一顿，唏嘘道：“这是好东西，很多时候一根烟能排忧解难。”

她又冷哼一声，扭头想了一会儿，才缓缓问：“你人脉是不是很广？”

唐鑫微微弯下身子靠近瞿恬，瞿恬被烟呛到，皱起眉头抬手捂住了鼻子。

“你想做什么？”

捏住了鼻子她的声音变得嗲嗲的，听着有些好笑：“帮我查个人。”

“叶苓伊？”

“你怎么知道？”瞿恬惊愣。

唐鑫笑得有点无奈，把烟头摁熄在旁边的垃圾箱上，轻笑道：“我猜的。”

瞿恬没有否认，继续道：“我想知道她今晚十二点要去哪里。”

未想，唐鑫听后眼底笑意渐深：“我知道，我加了她微信好友。”他一字一句，说得瞿恬有点发慌，“一般情况下可能会去点令人遐想的地方。”

令人……遐想？

瞿恬脑海里已经闪现无数画面，她“噌”一下从椅子上站起，说：“你要是知道是哪儿，就带我去。”

唐鑫静了一瞬，俊脸上掠过极淡的笑意：“我拒绝。”

"为什么？"

他的唇畔扬起一抹笑，眼神直视瞿恬："哪有那么多为什么？"

瞿恬一怔，嘴里咕哝一句，又什么也没说清。

说实话她早已把唐鑫列为了"瘟神"避之不及，哪想小唐公子竟化身为狗皮膏药，甩也甩不脱。她上飞院是为了实现梦想，并不想成为一个碍眼的人物。

见她半天不说话，唐鑫微微一笑："瞿恬，这是正常追求者都有的心理吧，谁会把心爱的人带到情敌的身边去？"

瞿恬语气疏淡："该回学校了。"

可是唐鑫并没有允许她逃避，反而拉住她的手，缓缓道："如果他今晚真的要同谁发生什么，我只能劝你人生不值得，你又何必？"

瞿恬回头看他，心头微微一震，停顿了半天才悠悠回答："我介意。"

唐鑫微怔，低沉的嗓音透出微微的不悦："你喜欢他。"

"这个我暂时没法跟你讲。"瞿恬回答得干脆利落，"但我很介意这件事。"

她没想过会喜欢上周辰一，这并不在她人生的规划里，她从没有在自己的未来里计划过他。她有过想念，有意难平，可突然的重逢相见，令她措手不及，与他重逢后的分分秒秒，都令她怦然心动。

瞿恬在修长的手指把玩着美工刀，一边走向停车场一边道："他要想跟别的女生彻夜不归，我今晚就给他爸妈打电话！"

你这是……背后打小报告啊！

唐鑫注视着瞿恬的背影，抱拳膜拜。

情人节这种节日，有人欢喜有人愁。

203宿舍里，两个大男人蹲在地上看着椅子上的一盒巧克力发呆。

周辰一从小吃街回来，一进门瞧见这场景，笑道："可以啊，有巧克力吃。”

杨靖宇酸成“柠檬精”，不悦道：“是你的巧克力。”

“我的？”周辰一走过去一看，盒子上还贴着一张便利条，字迹力透纸背，跟本尊的性格一样直爽。

周辰一眼底略过一抹笑，拿起巧克力笑道：“真是稀奇啊。”

“稀奇？”杨靖宇瘪瘪嘴，“满大街都是这玩意儿，稀奇毛线！”

毕绍诚学着他瘪嘴的样子，暗暗戳刀：“是啊，满大街都是，反正我俩没有。”

杨靖宇：“……”

“是瞿恬送的吗？”毕绍诚感叹道，“你们是要官宣了？”

周辰一却淡淡瞥他一眼：“你觉得这是她该有的操作？”

两人摇摇头。

周辰一拆开巧克力盒，端详着眼前的费列罗，冷淡地说：“想必她花了很多心思。”

果然，他看到了包装纸被拆开的痕迹，却不动声色地打开一颗巧克力放进嘴里。

浓郁的芥末味像某人无声的控诉，从鼻腔到喉咙得到了全面的洗礼。

“够味。你们不嫌弃的话可以试试。”周辰一低沉的嗓音透着几分性感，他掏出手机拨通瞿恬的电话，转身出了宿舍。

毕绍诚叹了口气，起身洗漱去了，留下杨靖宇独自望穿秋水。

没想等他再进门时，便被眼前的场景怔住，低声问：“杨靖宇，你是在哭吗？”

杨靖宇蹲在地上，一边往嘴里塞着巧克力一边抽泣：“我一点都不羡慕！”

这味道真乃绝世奇葩，他第一次知道竟然还有芥末味的巧克力，不知道巧克力制造商是什么想的，还是说这便是恋爱时该有的味道，甜辣刺鼻，催人泪下。

毕绍诚见他涕泗横流，嘲笑着说：“得了吧，反正我们两个有伴。”

语毕，宿舍的门被敲开，一个女生站在门口，神情有些忸怩。

“请问毕绍诚……在吗？”女生问。

毕绍诚：“我在。”

“这个送给你！”说完她把一盒棒棒糖往毕绍诚怀里一塞，一溜烟儿不见了踪影。

杨靖宇愣了几秒，号啕大哭：“我也想要甜甜的恋爱！”

Chapter 08
该出手时就出手

回到学校门口时，瞿恬接到周辰一的电话。

“有事快说！”她故作不耐烦。

电话里传来一声：“你在哪儿？”

“要你管？”

周辰一轻声道：“我看见你上了唐鑫的车。”

听他这么说，瞿恬怪心虚的：“……是又怎么样？”

“我想问你那巧克力是在哪里买的，味道很别致。”周辰一浅浅一笑，落到瞿恬的耳朵里反而成了调笑。

她有点炸麦：“你管我哪里买的！难道你要送给今晚约会的人？！”

“你愿意跟我约会吗？”

瞿恬蒙了。

这声音好像是在背后传来的，瞿恬愣愣转头，看到站在身后的人，不悦地挂掉电话：“你是嫌话费太多了？”

夜色暧昧。

“嗯。”他低低应了一声，沉寂了片刻后又问道，“愿意吗？”

“喊……”瞿恬借着微弱的光线，抬头去看他，表面不动声色，内心万马狂奔。

周辰一似乎笑了一下，说：“啊……我忘了你还和朋友一起。”

“好久不见。”唐鑫露出笑容，倚靠着车打了个招呼。

情敌见面，骤然掀起腥风血雨。唐鑫走到瞿恬身边，手臂搭在瞿恬的肩膀，好像挑衅般说：“你不是要跟叶芩伊去嘉兴度假酒店吗，怎么还在这儿？”

等一下，酒店？

瞿恬还在脑子里消化，好像这种问题比飞行原理最难的部分还要难。

周辰一不咸不淡地回答：“是要去，今天嘉兴度假酒店开业，负责人是叶芩伊的朋友，搞了个唱歌比赛，让大家帮忙去暖场。

“这不，来约瞿恬一起去。”

心头生出一种小肚鸡肠的感觉，瞿恬干巴巴笑了两声，却说：“那自然是要去撑场子。”按皇甫云霞提醒的话，叶芩伊是一个需要警惕的人，周辰一太容易被骗。况且他从小到大没少吃女孩子的亏，若不是她一路替他披荆斩棘，曾经一个暑假的情书就可以撑爆他家的邮箱！

唐鑫嘴角微勾：“看来我也得去撑撑场子。”他偏头示意，“一起走。”

油门一轰，车疾驰而去。

从学校前面绕到了后门，度假酒店坐落在后山的青山绿水间。彩灯闪耀，音乐劲爆，空旷的环境形成了特有的3D环绕音响。

酒店花园内设有舞台，瞿恬他们到达时比赛已经接近尾声。此刻台上有一个男生正用吉他弹唱民谣，是赵雷的《南方姑娘》。男生名叫肖弈，是民航空中安全保卫专业的学生，虽然学习不好经常挂科，但在音乐方面非常有天赋，经常会被同学调侃入错了行。

他的嗓音很通透，优美的曲调配上这副嗓子，令人完全沉醉其中。

大概是太过享受，导致瞿恬回神时周辰一竟然已经和叶芩伊站在了一起。

叶芩伊一双眼眸含情脉脉地注视着周辰一。瞿恬打开手机，录制了一段小视频给“军师”们发过去，顺带发了条语音。

“姐妹们，现在怎么办？她太温柔了，我舍不得伤害她。”瞿恬坦白道。

微信群消息回复。

社会你一姐：没出息。

手握齿轮的巫婆：都是戏。

小辣椒：真美！

瞿恬瘪瘪嘴，回复：要懂得怜香惜玉。

社会你一姐：@零食的奴隶 看好周辰一，不然他今晚要“交待”在度假酒店了。

瞿恬心头一震，看着不远处交谈的二人目光一凛。

唐鑫痞痞的声音在耳旁响起：“我觉得他们蛮配的，就像你跟我一样般配。”

瞿恬翻了个白眼，问：“挺有目的性的。”

“嗯？”唐鑫扫了她一眼，喟叹道，“跟你一样。只不过你的目的是开飞机，她的目的是找对象。”

这人讲话怎么这么气人！

瞿恬剜了他一眼，语气不善：“你这话听着我怎么这么变扭？”

唐鑫：“在我看来，你从没在自己人生里计划过感情。”

瞿恬眉头一皱，没有反驳。

唐鑫继续道：“你一直都是以自我为中心发散各种需要实现的目标，这里面唯独没有感情。”

忽地联想到什么，瞿恬心念微动，转而问：“你认为什么是心动？”

唐鑫的呼吸离得很近，但未曾有半分逾越，一字一句解释说：

“比如我看不到你会想你，每天都想知道你在做什么，你开心我就开心，你难过我更加难过，看到你和别的男人在一起我会介意，看到你对我无情我会心痛。”

瞿恬侧头看他，那双眼眸黑如曜石，近在咫尺，正定定地望着她。

“呃……”她哼了一句，不知算什么回答。

唐鑫等了半天，也听不到她多说一个字，忍不住唏嘘道：“我真的太惨了，真的非常丢脸。瞿恬，你是唯一一个让我连续表白几次都无济于事的人。”

校里校外他不乏追求者，不可一世的小唐公子在瞿恬手里着实伤了脸面。

“或许……你该及时止损？”瞿恬缓和气氛般地笑了笑。

唐鑫两眼一弯：“请赐教。”

“我和你不是一路人，甚至不在一条起跑线上。”瞿恬幽幽道，“我们可能需要很努力才能完成一件事，但是你……不一定需要。我并不觉得低你一等，民航事业很谨慎，掺不了假，你也许是因为家里的关系或者是其他的某种原因来到这里，而我是为了我自己。我热爱飞行，不是游戏。”

唐鑫眸色一沉，思索片刻失笑道：“感觉被教育了，虽然我的内心崩塌了，但我会洗心革面。”

瞿恬疑惑：“嗯？”

唐鑫继续道：“你说得对，这是个谨慎的行业，不该如此游戏。”

正说着话，瞿恬的目光突然聚焦到不远处的某人身上，他俩凑那么近做什么？

叶芩伊手里举着香槟，似乎是有点醉意了，她整个人贴在周辰一身上，微醺的状态让她白皙的皮肤变成桃花般粉红。

“辰一……”声音酥得让人直掉鸡皮疙瘩。

周辰一扶住叶芩伊的肩膀，与叶芩伊拉开一段距离：“你醉了，我送你去你朋友那边。”

叶芩伊眼眸湿润，嘟着红唇：“今天让你帮我买了一束花，我却在朋友圈说是你送我的，你生不生气？”

周辰一不答。

她泪水盈眶，轻声问：“你会不会觉得我很讨厌？”

周辰一仍旧没有说话。

“我真的……好喜欢你啊……”她脸颊微红，样子惹人怜爱，“入学军训我就注意到你了。”

她边说边靠近周辰一，两人的距离很近，她的唇瓣几乎快要碰到他的脸颊，贴上他的唇。

“可不可以……”

“不可以。”

话音才落，叶芩伊红唇触碰到一片柔软，可她却瞪大眼睛，仿佛不敢相信眼前所发生的一切。

突兀地插到两人中间，瞿恬贱兮兮地歪着脸，叶芩伊的红唇就那么贴在了她的脸上。

果真是十分柔软的触感啊！

反应了几秒钟，叶芩伊猛然后退身子，用手背擦着红唇，表情很是尴尬。

周辰一见状，眼底浮起一抹笑：“你在做什么？”

原本酝酿好的气氛被人打断，叶芩伊责怪地看着瞿恬，又不好发作。

瞿恬笑得人畜无害，说：“期盼好久的美女香吻。”

周辰一无声地勾勾唇角，瞿恬顺势将他推到一边，亲昵地挽住叶芩伊的胳膊，文绉绉地说：“小姐姐这般美，同你讨个香吻不可吗？”

叶芩伊听过一些关于瞿恬的“事迹”，特别是前些日子跟唐鑫单挑篮球，行事完全不按常理出牌。记得上次校门口表白，瞿恬也干了件令人匪夷所思的事，不过对于叶芩伊而言，这一切更像明目张胆的挑衅。

瞿恬端着笑脸，搂住叶芩伊纤细的腰身说：“我看你有些醉了，送你去你小姐妹那边吧？”

还没等叶芩伊回答，瞿恬便搂着她朝舞台的另一边走去，瞿恬力气不小，她挣扎了几次都无济于事。未来的空姐们个个身子曼妙，容颜姣好，瞿恬身为女人也觉得赏心悦目。

看到自家姐妹，叶芩伊十分委屈，扑上去簌簌落泪。

“怎么了？”

“谁欺负你了伊伊？”

叶芩伊侧头看了瞿恬一眼，哭得更厉害了。

“你对她做了什么？”

瞿恬顿了顿，不好意思地挠挠鼻尖，说：“伊伊太美了，我忍不住跟她索了个吻。”

“嗯？！”几人蒙了，看着瞿恬的眼神有些奇怪。

“不是！”叶芩伊哭得梨花带雨，本想反驳一句，却被姐妹连忙藏到身后，警惕地看着瞿恬。

瞿恬哈哈笑了两声，就像野豹盯着猎物般盯着叶芩伊：“她可能有些醉了，所以我把她送回来。”

“知道了！你快走吧！”

“我走了，小甜心。”瞿恬用手指打了个飞吻，走了几步又回头道，“啊……我突然想起一件事，对于所有物我特别喜欢盖印章，这样才能证明所有权。”说着，她指着自己脸颊上留下的唇印，舔了一下唇。

注视着瞿恬离开的背影，小姐妹们忍不住打了个哆嗦。

“我怎么觉得……她有点帅。”

一脸发蒙的叶芩伊：“……”

瞿恬准备往回走，看到唐鑫还在原地等她，下意识地转了个方向，没想手腕忽地被人拽住，猛地拉到了旁边的大树背后。

“啊……”

“是我。”周辰一一根手指压住她的唇，黑眸深不见底。

突然在酒店上空炸开绚烂的烟花，光彩夺目。他深邃的眼眸中映出点点光芒，宛如浩瀚宇宙中的璀璨星河。

“你干吗？”

周辰一眼底带笑："去不去开黑？你替我解围，我请你。"

瞿恬眼睛一亮，转而皱眉："今晚要查寝的。"

"学校门口网吧不就行了，难道你以为今晚还会爆满？"

两人相视一下，心领神会地点点头。

瞿恬不知道，周辰一之所以约她提前离开派对，是因为他听到有人怂恿唐鑫和心仪的女生表白，他不想看到。

好久没打游戏，瞿恬步履轻快急促，大长腿一不小心绊倒了周辰一，她伸手去拉他，然后……

清冷的气息迅速笼罩她的全身，瞿恬心跳陡然加快，身子僵住无法动弹。

她的唇贴在周辰一的脸颊上，僵在原地，不知该进还是该退。

周围安静得厉害，这么近距离的接触，仿佛呼吸都缠绕在了一起。

"瞿恬，你索吻索上瘾了？"

沉寂被打破，方才暧昧的气氛瞬间消失得无影无踪，瞿恬一把推开周辰一，骂道："路这么宽你不走，自己绊倒还怪我？"

他有点欲哭无泪："明明是你绊我……"

"那就是你自己绊你自己，还怨我？"她脸颊发烫，强词夺理。

周辰一看着她的表情，就知道她在想什么，拉不下脸面便就地甩锅，从小到大一点儿也没变。

"瞿恬，如果每年的情人节要和一个人过，我希望……"周辰眸色清亮地盯着她，"那个人是你。"

瞿恬表情微微震动，她静静凝视着周辰一，好像想从他眼睛里确认真假。忽然，她扬起手掌"啪"一声狠狠拍在周辰一胸口上，一阵火辣酸爽。

"你是诅咒我嫁不出去吗！"瞿恬眉眼一凛，嗔怒道，"居然想让我一直单身陪你过情人节？！"

周辰一有点无语，抬手捏了捏额头："你要是嫁不出去，我勉强可以考虑为社会做贡献。"

瞿恬看着他的侧脸，轮廓分明线条却不失柔和，心如小鹿乱窜，她究竟该如何回答才好呢？

这是她第一次扪心自问，如果她松了口，迎接她的究竟是坏事还是好事？

心跳不稳之余，周辰一皱着眉，沉磁的嗓音递过来："怎么了？"

瞿恬连忙搪塞："没什么，速度，游戏不等人！"

看着她仓皇的背影，周辰一低喃一句："我要什么时候才能听到你的答复呢……"

天气一天天炎热起来，春天转瞬即逝。

校园里的女生们全都换上了夏装，青春靓丽，灼人的眼。

大概是那晚的遗留效应，瞿恬最近又经常做那个耍流氓的梦，导致她每天上课都有点无法直视周辰一。

近期课程复杂难懂，特别是下午一点钟的这堂课，瞿恬趴在课桌上昏昏欲睡，到点便困成了她的一大难题。

"瞿恬醒醒，老师在瞪你。"

艰难地抬起眼皮，瞿恬看到老师投来的犀利目光，困意丝毫没有驱散，于是她彻底阵亡，导致下课后在墙角被老师训了十分钟的话。

夏日里花繁叶茂，名成河成了避暑胜地，河水上吹来的风凉爽舒适，好像每天不带点冷饮到河边乘凉，便是对夏天的浪费。

夜晚河边有人在树下弹吉他唱歌，唱歌的人是肖奕，似乎有他的地方，便有好声音，一把吉他带出无数动人的旋律。

瞿恬在湖边遇到了叶芩伊和她的小姐妹，自从上次的事后叶芩伊就把她微信给拉黑了，想必真把这姑娘吓得不轻，不过拉黑前对方倒是礼貌地跟瞿恬打了招呼，大意是"任何手段都阻止不了她对周辰一的追求"。

爱情真是令人心生敬畏的东西啊……

瞿恬手杵着湖边的石栏，手机刷着朋友圈，某个人的照片总是高频率地出现在她的朋友圈，曾经这些人是她赚钱的对象，现在总感觉有点添堵。

他究竟哪里迷人了啊……

瞿恬心里想着，一张接一张地点开曾经跟她买过周辰一微信号的各路小姐姐的朋友圈，清一色的周辰一，很多帅气的照片都不知道她们是什么时候拍的。

训练场上的，自习室里的，水果摊前的……琳琅满目，每一个角度都堪称完美。

三百六十度无死角？

瞿恬点开一张周辰一打网球的照片，这人什么时候还会打网球了？她拉开屏幕放大，周辰一戴着鸭舌帽，弹跳而起，身形颀长，比例完美。此时瞿恬才陡然发觉，与周辰一的一别三年让他变得不再熟悉。

“瞿恬，你杵那儿看啥呢，一脸花痴相。”皇甫云霞倏地凑过头嘀咕一句。她们不知从哪里冒出来，把瞿恬围了个团团转。

“这不是周辰一？”昕薇故作惊讶。

阿青一脸坏笑，职业八卦收集器瞬间上线：“都开始睹物思人了？还说对人没意思！”

人赃并获，瞿恬烧红着脸连连解释：“不是……就……挺奇怪的，我跟他就从小一起长大，也没觉得……”

“从小一起长大，没想到也会吃周辰一的颜？”皇甫云霞又一次神补刀。

瞿恬无奈，只能坦然道：“我承认他的颜值在地平线以上。”

昕薇叹了口气，摇头道：“美好的东西谁都爱，兔子饿了说不定也吃窝边草呢。”

一听此话有深意，瞿恬抬手拧了一下昕薇的胳膊肘：“小姐姐，你说谁饥不择食呢？”

昕薇边笑边拍她的手：“对不起……是他长得太帅，不是你的错。”

说曹操曹操到，周辰一夹着一个篮球和同学有说有笑地走来，不经意间的一瞥，让某人心突突加速了几下。

他径直向她走来，这不是最重要的，重要的是他突然定住脚步，微扬眉头：“过来。”

瞿恬缓缓走过去，顺势夺过他手里的篮球，一边手指转球，一边道：“借我玩两天。”

周辰一不假思索道：“收费的。”

果然，瞿恬皱了眉：“我的钱你敢要？”

“为什么不敢，别忘了你还欠我钱。”

瞿恬静了一瞬，周辰一这招完全将她压制住。

火药味在空中无声碰撞，周辰一把篮球收回，嗓音低沉：“你看我这旧账翻得可还满意？”

瞿恬冷笑一声，不甘示弱：“你的样子就像气急败坏的小媳妇儿。”

周辰一再次压低声音，只两人可闻：“你要是懂得疼我，我也不至于这么气急败坏。”

“你……”

“你应该懂得疼疼我的，不然我可能会出格。”他这话似乎是认真的，可是瞿恬不敢去确定。他好像在警告她，他会有进步一行动，但具体是什么瞿恬猜不出。

看着她的反应，周辰一微微一笑，还算满意，迈开长腿潇洒离去。

冤冤相报何时了，既然不能了，那就死磕到底。这个夏日，注定点燃战火。

如果说到飞院的第一学年有什么感想，那就是除了学习还是学习，唯有周末空闲时才能舒一口气。

啤酒炸鸡摆满桌子，颇有点韩剧的味道。

这家炸鸡店已经开了十多年，店里悬挂电视上播放着最近较火的体育竞赛，据说要是到了全明星赛或是世界杯，小店里必定挤满了人。

唐鑫组了个局，虽说是请大家聚一聚，目的不过是为了看看瞿恬，毕竟上次度假酒店开业时差点闹了乌龙，他过意不去。或者过意不去也只是借口，他其实是想她了。

期末忙碌，备考紧张，他只在食堂里遇到过瞿恬一次。

唐鑫静静看着瞿恬啃鸡腿，侧头去发现周辰一不动声色地看着自己，他无所谓地挑了挑眉毛，一副你又能奈我何的样子。

“今天是六一儿童节，我有一个礼物要送给你们。”唐鑫十指交叠杵着下巴，缓缓道，“下学期，公司将会选派部分学员到国外的几所航校进行飞行培训。”

“培训？”瞿恬抬眼反问。

唐鑫点点头继续道：“其实就是理论阶段结束后的飞行学习，不过星方之前并没有过这种操作，这可能是第一次，也可能是最后一次。对于想要历练的学员，这可能是一次千载难逢的机遇。”

瞿恬放下手里咬了一口的鸡腿，问道：“每个人都可以报名？”

“自然。但选拔考核的方式应该不会太简单，如果你们有想法，可要好好利用这个假期的时间学习。”他淡笑着继续道，“当然，这并不是说国内训练不如国外，这次培训对于飞行员思维碰撞和增长见识会很有帮助。”

杨靖宇闻言问：“你去吗？”

唐鑫笑着摇头：“我又不去国外当空管，没必要这么折腾。”

“那你为什么告诉我们？”

唐鑫目光又落在瞿恬身上，勾着嘴角：“因为我发现你们之中还真有可塑之才。为公司补充优秀人才，是我的使命。”

“需要注意哪些？”皇甫云霞似乎对此很感兴趣，一般情况下很少见她像这样，“怎么考核？”

“目前还不清楚，不过肯定是先理论后面试，英语自然是重点。”

“啊……”阿青叹了口气，蔫下来，“那我甭想了，肯定没戏。”

唐鑫没有多说什么，看了眼手表起身道：“我还有点事，先走一步了，祝愿你们几个月后梦想成真。”

见他出了门，瞿恬却起身追了出去，周辰一微微眯起眼眸。周围的气压瞬间低了下来，周围几人面面相觑，杨靖宇赶忙缓和气氛。

“啊！你们还想吃点别的口味吗？”他用胳膊拐了一下周辰一，让周辰一别僵着一张脸拉低周围的气温。

周辰一摇摇头，起身去了洗手间，他现在极度需要冷静一下。当看到瞿恬追着唐鑫出去的那一刻，他内心深处压抑过久的某种强烈的欲望，完全打开了。

占有欲。

这是他第一次不想再静静等候瞿恬答复，蛰伏的野兽露出了锐利的獠牙。

街道人群熙熙攘攘，车道车水马龙。唐鑫走得很快，瞿恬小跑才追上他。

“你等一下。”

唐鑫停住脚步，回头看到追上来的瞿恬有些惊讶，眸子里顿时染上一片柔情。

“怎么来了？”

瞿恬有些小喘，顿了一下说：“我还有个问题想单独问你。”

唐鑫回过身，走到她跟前问：“什么问题？”

瞿恬神情严肃，问：“国外飞培，停飞的概率有多大？”

“拿航校来说，停飞之后重新飞行的人不多，大多是被退训了。”唐鑫语调很轻，可字句却像千斤巨石砸在瞿恬内心，“如此飞行生涯便停在实践训练阶段。”

瞿恬没有说话。

“你是在评估？”唐鑫有些诧异，笑问道，“权衡利弊后做打算？”

看着瞿恬的表情，唐鑫知道他猜中了，她又一次刷新了他的认知，总让他眼睛一亮。她把自己计划得太周密了，对于自我的规划似乎周密到极致，可是……

“所有人里面，我对你是最有信心的。”他缓缓道。

“我？”瞿恬惊了一下。

唐鑫微蹙了一下眉头，随即舒展："我并不是因为喜欢你才故意这么说的，你不用感觉为难。"

说到这里，他竟然对某人泛起一丝同情："瞿恬啊，你从来没有把其他人计划在你的未来里吧？"

"什么意思？"瞿恬有些不解。

唐鑫微微一笑："我意思是，你无论做什么事都一门心思的，不会被其他事情干扰，有时候显得有点无情。你不善于表达，总是想要掩饰自己的内心的真实想法。"

他继续道："不过这也挺好的，对于去国外飞陪，这是最好的一种状态，我希望你能一直保持。"

瞿恬认真思考了一下他的话，回答说："我只是定的目标比较明确，而且不喜欢半途而废。我也不是不善于表达，只是……"她半垂下眼眸，脑海里浮现出某人的脸庞，"我太在乎一些人，我担心会因为自己的鲁莽而失去原本的关系。"

唐鑫一怔，突然笑出了声："原来是这样啊……"

他自嘲一笑，摇头说："我一开始就错了。你不是无情，是太在乎他。"

"什么？"瞿恬有点不明所以。

"因为在乎，才会谨慎，因为喜欢，才会如此小心翼翼。"他深深吸了口气，叹息道，"我输了，我承认，我永远都无法取代那个人在你心中的位置。"

瞿恬抿了抿唇："对不起。"

明明才讨论到国外飞培的问题，唐鑫却深切感受到了离别在前，似乎眼前的人明天便会飞往异国他乡，离他更加遥远。

他的心头颤了颤，有点后悔告诉她这个消息，可他又期待眼前人在历经一番磨砺后变得更加耀眼。

"等你飞培回来，如果你还单身，希望你不要拒绝我的追求。"他叹了口气，伸手握住了瞿恬的手，"起码先看看我的表现呀。"

唐鑫搞的这么一出让她惊了几秒，猛然缩回手藏在背后，瞧见他那痞痞的笑，知道自己又被耍了，故作嫌弃道："你先照顾好你自己吧，公子爷。”

“你快回去吧，我怕某些人要来跟我要人了。”唐鑫催促道，“我还有一个局。”

见她尚在犹豫，唐鑫柔声问：“怎么了？”

瞿恬抿抿唇，想了一下认真道：“我只是想告诉你，别着急，你肯定也是某人翘首以盼的惊喜。”

“啊……太伤心了。”唐鑫眼眸间流露出失落，苦涩道，“是不是对于不喜欢的你拒绝起来总这么果断。”

大概是伤了他的心，瞿恬过意不去又不想敷衍：“我只是不想耽搁你的时间，我们提过的，要及时止损。”

唐鑫盯着她，目光澄亮，其实此情此景他早已猜到，不喜欢的事物她从不会含糊其辞。

“我有一个疑问。”

“什么？”

唐鑫抬手将她的头一拍，笑问：“如果此刻换做是周辰一，你会拒绝吗？”

她没有回答，对方却认命似的叹了口气：“我究竟哪里比他差啊。”

两人分别后，瞿恬去旁边的甜筒摊买了个奶味甜筒，天气越发炎热，夏季夜里的风都带着白天残余的温度。

她边走边吃，顺带拿出兜里放着的耳机戴上，循环着那首《Carry you》，旋律透着治愈温馨。

前方路灯下出现了个熟悉的身影，昏黄的灯光将他的影子拉得很长，睫毛在脸庞上投下一道阴影，俊逸的脸庞惹得周围路过的女孩们连连回头。

瞿恬摘掉一只耳机，走过去问：“你站在这里做什么？”

周辰一低头看了眼手表，嗓音比平时还要低沉几分：“从你刚才离开的十分钟零三十二秒里，我想明白了一个问题。”

瞿恬吃着甜筒，顺带发问：“什么问题？”

周辰一抬眼看她，眸色清亮：“人生得意须尽欢，及时行乐。”

话落，他突兀地拽住瞿恬的手腕，借力将她拉到跟前，托住她的后颈向前压，侧头在她嘴角落下一个吻。

一切都来得那么突然，耳里的旋律依旧。

由于受到巨大惊吓，瞿恬手一松，甜筒“吧嗒”掉在了地上。

夜风四起，花香四溢，人群流动，车水如龙，万物皆动，唯有他们好像静止了般，定格在原地。

此时如同梦中的场景般，周辰一浓密的睫毛在灯光下微微颤动着，他闭着双眸，手指轻抚住她的脸颊，随后插入她鬓边的发根。灼热的呼吸让瞿恬心跳乱无章法，大脑一片空白，手无措地不知该往哪里放。

虽然不过短短几秒，却像过了几个世纪那么长，然而这绵柔的触感让她意识到，某种特定的关系似乎被打破了。

“你要把自己憋死吗？”周辰一终于放开瞿恬，半垂的眼眸瞧着有些晕乎的瞿恬，笑道，“啊……原来是牛奶味的。”

瞿恬心神不定，气息不稳，感觉浑身都软了下来，半倚靠着他。

周辰一身上淡淡的清香萦绕在周围，触动着她的神经。

浓黑的夜，暖黄色的灯光，随风摇曳的树影，统统在夜色里越渐深沉浓烈。

瞿恬发自内心地感谢黑夜，让她烧红如虾的脸颊可以看得不那么真切。

“你……疯了……”

“我疯了。”周辰一低沉的声音带着几分诱人的味道，“也是因为你。”

周辰一静静地看她露出不悦神情，无论何时，她的喜怒哀乐真是从不遮掩，毫无保留地挂在脸上。喜欢和讨厌，都是那么浓烈的感情，他已经在慢慢的人生路程中学会了隐忍，而她究竟是怎么做到如此坦荡？

“做我女朋友吧。”

话音一落，寂静无声。

他眸色幽深地望着她，瞿恬感觉心脏快要爆炸，最后落荒而逃。

年幼时盛夏是到河边摸鱼抓虾，中学时代盛夏是橘子汽水和草莓甜筒，而今盛夏是……在劫难逃的心动。

而她的回答是：“你真的疯了。”

瞿恬请了病假。

自上学起，她哪怕顶着高烧都没落下过一堂课。

据阿青说瞿恬那天晚上吹冷风受了凉，脸一整晚红得吓人，躲在被窝里一会儿笑，一会儿号。

她在躲避周辰一，那个梦怎么就成真了呢？她无法分析出势态失控的原因，而令她震怒的是从事发至今，周辰一没给她发过一条信息。

瞿恬蜷缩在被窝里，拿着手机咬牙切齿，现在只要脑袋一放空，便会不由自主地回想起那天月色下的吻。

为了防止思绪进一步被他的影子占据，瞿恬决定到图书馆看会儿书。

出门时已是午饭时间，天气闷热，她到食堂点了份陕西凉皮。一般情况下某人每周一都会到回族食堂吃碗牛肉面，哪想今天偏生变了口味。

瞿恬滋溜把嘴里的凉皮吸进去，眼神不善地观察着不远处的两个人。

周辰一和一个容颜姣好的女生。

原本是躲着周辰一，看到此景，瞿恬没多想端起凉皮坐到了他们对面。

“哟，真巧。”瞿恬口气贱兮兮道，“你不是昨天才跟某人表白，今天就和别的女生在一起啦？”

前面一套，背后一套，这个人师承黑白无常吧？

周辰一长眉轻挑，不置可否。

瞿恬继续道：“看来你也不见得是什么好人嘛。表里不一，阳奉阴违，虚情假意，渣男本男。”她转头看向周辰一身边的女生，口吻十分诚恳，“姑娘，我劝你还是擦亮眼睛，别成了冤大头。”

女生隔岸观火，不嫌事大：“他风评很差？”

“差得不是一点半点儿。”瞿恬冷冷道，“你知道他微信联系人有多少女生吗？每一个都跟他聊过吧？”

周辰一轻咳一声，好像在提醒她。瞿恬不以为意，继续道：“你年纪轻轻别被他骗了，不听老人言是要吃亏的。”

终于，周辰一忍不住笑出声：“瞿恬，这是我小姨。”

于是乎，瞿恬自食恶果了。

她惊了几秒，扯起嘴角笑了笑：“小姨……好。”

周辰一淡淡道：“她出差，顺便到学校看看我。”

瞿恬越听越囧，干巴巴地笑道：“呃……小姨……看上去才十八岁……”

小姨笑问：“你就是那个小时候被关在家里，做吊篮让小卖部给你送零食的瞿恬？”

瞿恬：“……是。”

她在大人眼中的人设不应该是乖巧懂事吗？怎么如此臭名昭著！一定是周辰一在背后诋毁她！

小姨眯眼一笑：“我听说在你们上高中时，语文试卷上的阅读理解有几篇是你发表过的文章？”

这个听着还不错。

“但是辰一说你每次都答得稀烂，是出题人赢了。”

这到底是夸奖还是嘲笑啊？瞿恬心情跟坐过山车一样，她打算开口解释，未想小姨接下来的话更让人脑子充血：“蛮特别的，难怪让我们辰一惦记好几年。”

三人都是一静。

“那个……小姨。”

周辰一率先打破了寂静，刚想说什么反被打断：“话说回来，你俩高中刚分开那会儿周辰一天天躲在被窝里看着你的照片哭。”

“小姨！”

这跟他预期的画面，不太一样。

瞿恬品味着小姨话中字里行间的意思，看着眼露慌乱的周辰一不由得心情大好。形势转变太快，她现在才是上风！

“干吗，嫌害臊啊？”小姨继续道，“男子汉大丈夫能屈能伸，得了相思病哭哭鼻子咋了？”

瞿恬赢了。

在校门口送走小姨时，瞿恬已经膨胀得不行，脸上笑意吟吟。

肩上忽然一沉，周辰一把手搭了上来，熟悉的清冷气息缓缓接近，让瞿恬的心蓦然一抖，不敢动弹。

温热的气息扑来，低沉悦耳的嗓音响起：“你今天好像特别嘚瑟。”

用词是跟杨靖宇学的，放在这样的场景里很是合适。

瞿恬脸上笑意僵住，全副身心都落到了摁住她肩膀的手指上。

自从昨夜有过亲密接触，瞿恬对周辰一的温度特别敏感，虽然只是指尖的压力，仿佛要将她灼伤。

“你能不能……先移开手？”

周辰一嘴角噙着意味深长的笑：“别担心，我不会在这里对你做什么。”

瞿恬急了：“你还想做什么？难道什么时候都会脑子发热？”

周辰一眸色温和地看着她，静默了片刻，清然一笑：“你错了，我不是头脑发热。”

瞿恬心头一顿，听他继续道：“是蓄谋已久。”

瞿恬感觉有些无法招架周辰一的攻势，忍不住向后挪了两步。

“瞿恬，”周辰一盯着她淡淡地说，“我是在追求你。”

“等一下！”瞿恬心慌得连手也跟着颤抖，“我们是一起长大的！”

周辰一对她的观点感到很意外：“有什么问题吗？”

“就……”

周辰一语气淡淡：“你是觉得熟人不好下手？”

瞿恬秀气的眉毛蹙了蹙，说：“不是……就……”

闻言，他嘴角一扬：“我自认缘分讲究近水楼台先得月。”

明明表情正经，语气正经，为什么说出来的话偏偏那么不正经？而从小到大经历过多少让人惊心动魄的时刻她都能面不改色，怎么面对周辰一就不行了呢？

见她半天不说话，周辰一主动岔开了话题："期末了，好好复习。暑假我有事要去一趟Y省，可以给你一个假期的时间考虑。"

瞿恬反问："去做什么？"

"和我父亲谈一谈。"

瞿恬心头一颤，脑海里不由得浮现小时候周辰一被父亲苛刻对待的场景。

"需要我陪你去吗？"

周辰一眼底一软："你在担心我？"

"你有什么可担心的。"瞿恬移开视线随口敷衍着。

周辰一语气倏地一沉，低沉的嗓音带着几分蛊惑，手掌抚摸着她的头："别担心，我已经不是从前的我了。这个假期可能无法见面，我希望你能空闲之余能够想想我。"

瞿恬红着脸拍掉他的手："我很忙，要学习。"

周辰一变本加厉："那就在梦里。"

"不可以！"

"怎么？"

"问那么多你烦不烦？"

周辰一想了一会儿，缓缓道："给你一个假期时间，考虑一下我昨晚说的话。"

瞿恬红着脸，无声地竖起了中指。

她死磕到底的样子有点可爱，周辰一忍不住调侃道："你这样以后当了机长会被乘客投诉的。"

瞿恬不甘示弱："这跟你又有什么关系？咸吃萝卜淡操心。"

"你要是我女朋友的话我可以为你以身犯险，得罪他们。"周辰一的声音悠悠回荡在耳际，让瞿恬一夜未眠。

忙里偷乐，考试前有两节课老师请了假，大家约着去游泳馆玩水。

以往觉得皇甫云霞一件皮衣帅翻天，不料现下的比基尼才是真正的焦点。看着皇甫云霞和昕薇，阿青跟瞿恬面面相觑，脑子里浮想起去西北旅行时周辰一调侃她的样子，露出了羡煞的神色。

皇甫云霞平坦的小腹上马甲线诱人，能练那么长时间的平板支撑，可见这女人不一般。她上下打量着两人，对瞿恬道："阿青的倒也还算成气候，你的……"

瞿恬抿抿唇，早已接受这个事实："上天是公平的，无法在我的思维和颜值上做文章，只能另寻此路了。"

几人一听全乐了，恰好男飞们也换完衣服出来，刹那间泳池边"春色满园"。

瞿恬有点呼吸困难，完全是色心上头的垂涎欲滴。

"瞿恬，擦擦口水。"皇甫云霞好意提醒。

"咳！"瞿恬不自然地抹了把嘴。

皇甫云霞撩起她一小撮头发，压低声音："收敛点哈。"

瞿恬开始自我洗白："我又没干什么。"

皇甫云霞继续逗她："没干什么？我瞧见你在垂涎一个男人的肉体，口水都快流了一泳池了。"

昕薇趁机凑上一把火："哎你说，周辰一知道你这么好色吗？"

瞿恬有点恼羞成怒，低叱道："我哪有？"

"手机屏保彭于晏，微信背景陈伟霆，没一张图是衣服扣扣的，你还不色？"昕薇直接揭她老底，"别看你平时只知道蒙头学习，对美好事物嗅觉倒蛮灵敏。"

那副躯体流畅的线条，紧实的肌肉，曲线分明的结构，赤裸着上半身的力量让人禁不住地头脑发热，血气上涌。瞿恬在西北的那个早晨见过他朦胧的样子，毫无抵抗力。

话到这她也不遮不掩，直白道："是人都喜欢美好的东西。我就不信猪刚鬣的油肚往那儿一拱，你还觉得憨态可掬。"

彻底被瞿恬逗乐了，皇甫云霞用胳膊肘撞了一下瞿恬的肩膀，道："不过说回来，周辰一身材确实挺不错的。"

阿青微微眯起眼眸："杨靖宇的也不差。"

“瞿恬，你跟周辰一真没发生点什么？”

“没有！”

“啊……看来是发生了。”皇甫云霞端着的目光有几分审视的味道。自那晚两人一前一后离席，回去后瞿恬又行为异常，很难相信他们之间没什么。

她沉吟几秒，一锤定音道：“我突然明白了！”

瞿恬一愣：“明白什么？”

“你严重滞后。”皇甫云霞伸手搂住瞿恬的肩膀，分析得头头是道，“你现在这种感情状态就像我们高中时的青柠檬时期，酸酸涩涩。但事实上不该是这种状态。”

“那该是哪种？”瞿恬蹙起眉头。

对此，昕薇凑过头发表高见：“该像成熟的黄柠檬一样！”

语出惊人，吓得瞿恬心头一跳。

昕薇伸出胳膊搭在瞿恬另一边的肩头，语调不疾不徐：“少女，这已经不是放学后等你下课的青涩时代了。”

“还是别难为她了……”皇甫云霞语气淡淡，“她不会。”

对瞿恬而言，激将法最是好用。当然，使用的前提对象必须是周辰一才能奏效，若是换在别的地方，三秒之内她保准能列举出各种解决方法。

果不其然，瞿恬嗖地起身，拍拍手心：“我会。”

现实总会给人血泪教训，告诫人们何必逞能。

看到瞿恬径直走来，周辰一眸底含笑，刚想跟她开口说话，只见她用小指钩了一下他的泳裤，“嗒”一声，弹在他纹理极好的肌肉上。

空气凝滞了。

周辰一黑着脸低声一句：“瞿恬……”

“喔！”男飞们彻底起哄了。

周辰一呼吸倏地一滞，平静的脸庞上极力隐忍：“你报复我的时候可不可以稍微看下形势？”

瞿恬不以为意：“你报复我的时候不也没看？怎么，让你回想起小时候吗？”

瞿恬冷哼一声，准备伸手将周辰一推进泳池，周辰一攥住她的手，她猛地用力一挣扎，湿滑的泳池边一个不稳，两人双双落水，奏响了夏日泳池边第一首命运交响曲——鸳鸯戏水。

应激性地闭上双眸，屏住呼吸，瞿恬感觉腰上被人一揽，唇舌轻触的一刹那，她猛然睁开了眼眶。

他居然又一次！

水中周辰一的脸庞泛起光泽，轻阖的双眸睫毛微微颤动，似乎全副身心投入到这个亲吻中。唇上传来的柔软感觉，水中折射的光芒，让瞿恬目眩神迷，他的气息缠绕着她，等到荡漾的水波快平静下来，他才松开她，抓住她的胳膊往水面上浮。

终于重见天日，瞿恬抹了一把脸上的水，大口大口喘着气。舍友们匆匆跑过来，焦急地喊着她的名字。

周辰一抹了把脸，两道乌黑的长眉下黑眸泛着光泽，似笑非笑。

瞿恬的脸快着火了，身子因为心慌微微发抖，她竭力告诉自己快冷静下来，然而周辰一靠近她，压着嗓音说：“这才是真正的报复。”

“瞿恬！你没事吧！”

“喂！你们男飞太过分了！不拉一把！”

杨靖宇双眼迷蒙，道：“我们啥都没干，就他俩在斗法。”

瞿恬从楼梯爬上岸，皇甫云霞把浴巾往她身上一盖：“擦擦水，别着凉。”

她有些生气了，冷眼看着周辰一，透着警告的意味。

他却毫不在意，眉眼一弯：“瞿恬，别忘了假期过后给我答案。”

瞿恬侧头白他一眼。

“怎么了？”

离开泳池边，瞿恬走地飞快，几人追上去。

“出什么事了？”

瞿恬的脸红到了耳朵根，斥道：“周辰一竟敢强吻我。”

三人表情僵住。

“看来故事很精彩呢！”意外地有第五个人打破了寂静。

众人惊恐：“魏……老师……”

穿着性感的泳衣，魏老师俯身靠近瞿恬，露出诱人的沟壑：“啊，原来你就是那小子的梦寐以求。”

学期初，魏老师要求每人交一篇和飞行梦有关的作文。出了感叹内心对飞行的追求，有一篇倒是别具一格，因为他最初的梦想，是一个人。

或许是魏老师的话，令瞿恬在假期里十分认真地考虑了周辰一的话。

十分认真。

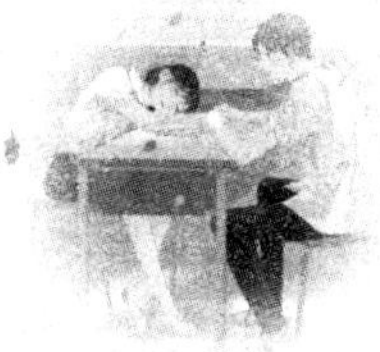

Chapter 09
那个他竟回来了

白驹过隙，在飞行英语的最后一节课上，魏老师送出了三个词：attitude，love，brave（目标，爱，勇气），这三个词将在大家求飞的征程中如影随形。

夏天在忙碌中一不小心撞进了秋天的怀里，等瞿恬回过神，国外飞行培训的报名通知已经下来。和周辰一一个假期没见，也不知道他同父亲博弈的最终结果如何。

开学报到时，星方航空总部派人到校宣讲一波，原以为所有人都有机会到国外培训变为了只有A班学生才有机会。而国外来的严苛面试官，更让人心惊胆战。

飞院里课前饭后的热点话题变成了飞培，看着辅导员发在QQ群里的报名表，有人惊叹了一声。

“阿青，你没报名？”昕薇有点诧异，“我听说杨靖宇报名了！”

阿青趴在电脑前玩游戏，淡淡道：“我有自知之明。国外的月亮不是我喜欢的形状，我怕我在外面饿死，得不偿失。”

话到这里，皇甫云霞忍不住打趣：“你舍得杨靖宇？”

阿青翻身而起，脸上泛起红晕：“我跟他又没什么关系，哪里有舍得舍不得。”

虽然她这么说，可众人都发现最近他俩的关系有点微妙。果不其然，报名表才交上去，阿青晚上就被杨靖宇约出去了。

站在湖边，阿青侧头看他一眼，问：“找我什么事？”

虽然东北男孩性情豪爽，可眼下杨靖宇竟有点忸怩，酝酿半天小声问：“你咋没有报名？”

没想他会在意这事，阿青笑了笑：“杨靖宇，每个人都有自己的选择，不一定去外面就好。”

他一愣，呆呆道：“难道是我上次说的话让你难过？”

“你有毛病吧？！”阿青目瞪口呆，看着他严肃认真的脸庞，心突跳了一下，嗓子有点发紧，“不是因为那件事儿……

“这么说吧，我认为凭我的实力在国内培训我能是拔尖的那一档，但是到国外不一定。”阿青分析说，“在国内我能得到更多的机会和关注，但是在国外的压力可以轻而易举地压垮我。

“我不需要一个优秀的环境来学飞，我需要一个适合我的环境。”

她一通解释重重砸在杨靖宇心头，从开始的不解到了然到隐约的失落，他希望她好又伤怀于分别。

“你去国外要好好照顾自己。”阿青拍拍他的肩膀。

“什么嘛，都还没考试弄得我就能去一样。”

“你能的。”她凝视着他的眼眸，让他心头一紧。

“东北汉子粗糙爷们儿在国外的奋斗史，听上去很有意思。”

由心跳加速变成心口发酸，杨靖宇不悦地瘪瘪嘴：“你是特地来硌硬我吗？”

阿青抿唇一笑，眼眸清亮。

周围的光线暗了下来，青松园里树木的清香隐隐浮动。或许是昏暗的光线和沁人的香味放任了内心的渴求，杨靖宇唇角动了动，说：

“我会想你的。”

阿青瞳眸一颤，抿抿嘴：“兴许……我偶尔也会。”

“有空视频。”杨靖宇声音轻柔，“我会认真穿好衣服的。”

棋逢对手的两个人连打破气氛的方式都独树一帜。

“那倒……也不必。”阿青看着他笑了笑。

月色伴天明，迟迟不愿离去。

另一头瞿恬刚去小卖铺买了两根烤肠，碰到皇甫云霞在宿舍楼下打电话。她的神情有些激动，瞿恬看到她的时候她正怒气冲冲说了句“随你的便”，随即摁掉了电话。

相处的日子里皇甫云霞从没发过火，无论是学业还是其他方面，在瞿恬眼里她堪称一个完美的对手。

瞿恬走过去，若无其事地打招呼：“云霞，怎么在这儿？”

皇甫云霞情绪收得干净利落，笑着打招呼：“下来吹吹风，宿舍里昕薇在发火。”

瞿恬问：“又被相亲？”

皇甫云霞摇摇头：“不是，她家里人不让她去国外飞培，让辅导员把名单删了，估计去不了了。你那边怎么样？”

“我家人很支持。”瞿恬停了一下反问她，“你呢？”

皇甫云霞一耸肩，道：“我家无所谓，从小到大都是我自己做决定。”说着她眯眼一笑，“所以我们是竞争对手。”

瞿恬露齿一笑：“那你可得去好好准备。”

“对了，周辰一刚刚来找过你。”皇甫云霞突然想起这茬，“我告诉他你没带手机，他在楼下等了你好一会儿。”

瞿恬神色有些紧张：“然后呢？”

皇甫云霞眼底笑意更深，故意强调几个重音：“叶美女过来找他，他们估计到湖边散步去了。”

瞿恬脑袋似有电光一闪而过，她立刻转身头也不回地走掉了。

“喂，瞿恬！”皇甫云霞笑着喊道，“着急去打热水吗？”

瞿恬步履匆忙，头也不回地喊道：“我晚点回去。”

皇甫云霞双手环抱在胸前，眼底的笑意越发浓烈：“小样，终于知道着急了。”

假期里她和周辰一只有过几次简短的交流，他似乎很忙，有时直接会忘了回复消息。

她一路小跑到湖边，远远看到一对男女，正打算过去一探究竟，背后某人声音突兀响起：“好巧，夜跑吗？”

一个假期没见，瞿恬见到周辰一的瞬间心不自主一颤。

周辰一俊逸的脸庞上，嘴角微弯，眉目生辉：“我打你好几个电话没人接。”

“我出来忘带手机了。”瞿恬悠悠答，视线往周围看了看，并没看到叶岑伊。

莫非是云霞诓她？这家伙！

“气死我了……”

“你在那嘀咕什么？”

瞿恬哈哈一笑，赶紧转移话题：“你怎么在这里？”

周辰一淡淡道：“我过来看看会不会遇到你。”

瞿恬心里有几分欢喜，问：“你找我干吗？”

周辰一走近她。

温热的鼻息扑面而来，瞿恬的心跳快得就要蹦出来，想要撇开头又忍不住在他深邃的眼眸中沦陷。

“假期里你可有想好给我的答复？”

瞿恬含糊道：“唔……不着急。”

周辰一微微蹙眉：“我着急。”

“哈……哈……”瞿恬干笑两声，闭上眼，不敢同他对视。

周辰一眼中划过戏谑的笑意，说：“你在这种情况下闭眼睛，是想要我吻你吗？”

瞿恬一震，霍然睁开了眼眸，瞧着周辰一那张俊脸，粉嫩的唇瓣微微翕合，记忆里那是柔软如棉花糖的感觉。

她脑袋蒙成一片空白，没吭声。

半晌听不到她回答，周辰一冷夏眼眸，冷淡道：“没有得到答复的我，怎么会轻易让你如愿以偿。”

瞿恬脸颊发烫，听到周辰一的话，心中开始烦闷。

“我才不稀罕。”她一把推开他，转身背对着周辰一拍拍胸口，舒了口气。

她差点就忍不住扑上去了。

显然模棱两可的答复让他十分失落，整个假期的祈盼只等来尚且还在犹豫的结果。

“瞿恬……”

怕他再追问自己答案，瞿恬连忙打断他说：“你整个假期都在做什么，我给你发好多消息你都没回。”

这句抱怨让周辰一原本郁闷的内心开朗了几分。

“他让步了。”周辰一沉声道，“我父亲。”

没有什么比那个顽固冷酷的亲爹让步更加令人震惊的了，瞿恬呆愣了几秒，问：“你威胁他了？”

“怎么可能。”周辰一想要发笑，看着瞿恬怀疑的目光解释道，“难道我跟我父亲之间只有硝烟？”

“是战火。”瞿恬说，“他一直很想掌控你。”

小时候周锜对儿子严苛的程度到今天瞿恬仍无法理解，兴许是她算得上优秀，周父并没有阻止他们来往，说起来周辰一是个孤独的家伙，从小到大除了她真没有什么上得了心的朋友。

他像天空上的一个星星，遥远而孤独，吸引人的目光又让人触不可及。

周辰一停顿几秒，淡淡道：“我与他握手言和了。”

这下，瞿恬更是惊上加惊，彻底蒙了。

整个假期，周辰一按照父亲的要求看完了他布置的所有司法相关的书籍，最后做了一份试卷。

那份试卷上只有一道题，涉及的内容是一对夫妻——怀孕的妻子被丈夫带到国外旅游后推下悬崖，只为杀妻谋财。

问题有两个，如果分别为妻子和丈夫辩护，要怎么才能打赢官司？

瞿恬看着周辰一，问：“那……你答出来了？”

“是的。”周辰一淡淡道。

“这还辩护什么？！”瞿恬激动道。

“我没答。”周辰一苦笑道，“但我在那个问题下面写了个‘答’字。”

瞿恬一怔：“然后呢……”

“我父亲暴怒地把我踢出门，说我学了一个假期的司法，最后却没领会其中的含义。”他仰头深深吸了口气，“他说我这种人，要是进入这个系统也只是个辩护机器。

“我虽没答，但我确实思考过这个问题，试图去寻找一些漏洞。因为太想要得到我的所想，我失去了正义。”周辰一侧头看着瞿恬，一字一句道，“维护司法的公平正义，是维护社会公平正义的最后一道防线。”

瞿恬静默了几秒，突然竖起一个拇指，赞美道：“叔叔真帅。”

周辰一满脸问号：“我深恶体会总结出的怎么就我爸帅了？”

瞿恬眸色微敛，嘴角含着淡淡的笑：“叔叔慧眼识人，或许你该顺带问问他你适不适合开飞机。”

周辰一停了一下，唏嘘一阵，抬手戳了瞿恬的眉心，咕哝一句：“还不是因为你。”

报名似乎还是昨天的事，今天就进了考场，好像什么都准备了，好像又什么都没准备。结果最后考官们当场来一句直接面试，不用笔试，令人大跌眼镜。

秋阳杲杲，伴着金秋时节的飒爽微风，考生们穿着整齐的制服到教学楼大厅进行抽签。

“啊——”杨靖宇看着自己抽的签，生无可恋地站在墙根角，哆嗦道，“我咋倒霉得抽了第一个？”

阿青凑过头，说：“打好出关第一枪就靠你了，务必把东北方言带到国外发扬光大。”她笑着鼓励他，因为阿青知道他为了这天付出了多少努力。

杨靖宇很爱飞行，是打从心底里的那种执着热爱，虽然他平日里粗犷耿直，可对飞行的“细”从不马虎。

见她带点温柔，杨靖宇趁机贱兮兮道：“要抱抱。”

此举成功获得了阿青氏螺旋腿的奖励，以至于他进考场前还一瘸一拐地捂着屁股。

瞿恬握着手里的签号，靠在窗台上小憩，周辰一则站在一旁玩手机。眼下都到战场了，他不知道在跟谁聊天，女人的视力在这种时候大概都能目视三米，她微微抬头去看，聊天界面上整行字她只看到了三个字——“叶芩伊”。

说起叶芩伊，论起美貌，她自知不如，论身材，她沾了个边，现下认真一想，瞿恬顿时感觉十分郁闷，不自觉脑补出一段故事。昨天还甜言蜜语，今日便背后偷腥，男人的嘴，骗人的鬼。

周辰一侧头看她闷着脸不知道在想什么，抬手摸摸她的头：“别紧张。”

哪想瞿恬给他一记刀子眼。

周辰一：“……”

皇甫云霞也愣了一下，凑过问：“玩火了？”

周辰一挠挠鼻尖：“我想……我有很多问号。”

女生的心思像这场温情的秋风，时温时凉，难以猜透。

杨靖宇排号第一，瞿恬垫底，等周辰一从考场出来，正好看到瞿恬进了隔壁的教室。

面试瞿恬的考官是两个美国人，不过中途又进来了一个个子偏矮一点的中年男人，眉眼犀利，气场强大，光看着就令人头皮发麻。

场外唐鑫匆匆赶来，可是看到关上的门，他还是来晚了一步。

“小唐公子，你怎么来了？”皇甫云霞问。

唐鑫一脸焦急：“瞿恬呢？”

周辰一淡淡道：“进去了。”

唐鑫闭眼抹了把汗，面露担忧：“瘟神来了，瞿恬很悬。”

此话一出，众人惊愕。

气氛严肃的教室里，一段流利的英文自我介绍后，瞿恬神情紧张地站在原地，手心后背全是冷汗。她感觉自己像是被人摁在砧板上的鱼肉，任人刀俎。

教室里安静得压抑，个子稍高的美国考官把一张图纸递到她手上，是一张航图，她大致能看得懂。

“Wait a minute.（等一下。）”

刚松一口气，心又提到了嗓子眼。

戴着金框眼镜的中年男人打断了他们，冷着语调缓缓道：“I think we can change another question.（我想我们可以换个其他考核问题。）”

瞿恬心惊肉跳，是她做错什么了吗？而且这究竟是哪尊大佛，竟然当场换考题？

原本相对简单的航图描述临时换成了陆空对话，瞿恬脑袋嗡了一下，还没反应过来，男人便拿出手机放在桌上播了一段英文。更要命的是这段陆空对话完全就是塔台与机组现实版的对讲录音，里面夹杂着很多电磁干扰和简用术语。

男人语调冷冽道：“please repeat the content you have just heard.（请复述你刚才所听到的内容。）”

不得不感谢多年随身听英语早间新闻的习惯为这个“意外”做好了准备，瞿恬深深吸了口气，重新让自己镇定下来，从容而自信地重复道：

“塔台：Transflight 305，滑行 B4 C C1 到 22 跑道外等待。飞行员：滑行 B4 C C1 到 22 跑道外等待，Transflight 305……”

靠着最短时间内的快速记忆用英文复述对话，虽然有些听不清的地方她简化了，但并不影响整体内容的意思。

几位考官沉默下来，眼镜男盯着瞿恬看了半晌，她心头打怵，实在被这人无形的气场压制得不敢动弹。

突然，他打破了沉寂。

“Ok.First of all, I apologize for my assertiveness.（首先，我为我的武断道歉。）”

男人面露微笑，用英语说道：“男人和女人对意外事件的反应时间不同，作为飞行员，反应的速度会改变结果。你很年轻，也很冷静。虽然这段对话并不难，但我认为你前途无量。”

“未来可期”是瞿恬在这次考核里收到的最珍贵的四个字。

看到她从考场出来，唐鑫迎上去，关切问：“有没有为难你？”

“还好。”

唐鑫道：“JK 考官是星方总部一位不得了的人物，也不知今天怎么来了，据说这次出国培训可能会分成两个部分。

“也许是为了以后长期合作，准备选择合适的人去合适的航校。”

瞿恬停了一下说：“他犀利得让我发慌。”

皇甫云霞看了眼周辰一，说：“看把人小唐公子着急的，真真是羡慕。”

瞿恬抬眼看到周辰一黑着的脸，想到他入考场前还在和叶芩伊聊天，便故意往唐鑫身边挪了一下脚步，说：“革命友谊的关心。”

不料，这个举动戳中了周辰一暴怒的点，他完全不在乎有谁在场，盯着瞿恬不容置喙道：“需要我从那边把你抱过来吗？”

众人：！

周辰一黑眸冷冽，板着俊脸，抿着薄唇，样子看上去有点奶凶奶凶的。

瞿恬涨红着脸，却还硬磕：“你有什么好横的，抱不起来又要怪我胖！”

人生在世磨难多，还要被迫吃狗粮。

所幸救星来了。

皇甫云霞道摇摇手机说：“辅导员说下午放假，大家要不要一起去游乐场？”

先前一直被考试压得够呛，此刻终于能出来放松一会儿。

到了游乐园，没想到又被塞狗粮，比如说研究宇宙的小哥哥把研究星座的小姐姐扛走了，顺便宣布了一下他们早就交往的事实。

阿青哭丧着脸："我们寝是不是就我一个单身了？"

杨靖宇戳了一下她的胳膊："想去玩过山车吗？"

看着在旁空中疾驰的过山车，瞿恬沉吟几秒说："我不去了吧。"

闻言，周辰一声色淡淡："从小到大爬高上树，竟有你怕的东西？"

瞿恬被戳穿，死要面子说："过山车跟旋梯滚轮没两样，是我玩腻了的。"

然而，事实胜于雄辩。一圈下来，瞿恬败阵，其他人居然还去玩了第二趟。

周辰一将脸色铁青的瞿恬带到旁边的椅子上坐下："你在这里休息，我去买饮料。"

瞿恬窝在椅子上，感觉天旋地转，仿佛五脏六腑都颠倒了顺序，突然一个甜筒递到眼前。

周辰一手里还握着两瓶水，甜筒显然是特意去买的。

"吃点甜的估计会好过点。"

瞿恬看着手里的甜筒，问："你不吃吗？"

"我不是很喜欢吃甜的。"他拧开矿泉水的盖子仰头喝了一口，淡然一笑，"不像你，甜辣都喜欢，唯独不喜欢苦。"

瞿恬："苦的多难吃，特别是苦瓜，想想都害怕。"

"对，所以小时候你家里一做苦瓜炒蛋你就跑来我家蹭饭。"

周辰一笑出了声，他观察着周围来来往往的人，对她说道："以前我一直不能理解人类为什么会是群居动物，一个人生活不也会过得很好。"

瞿恬舔着冰激凌，顺着他的话回答："一个人多孤独啊。"

注视着她发亮的大眼睛，周辰一有一瞬间的失神。

瞿恬被他看得不自然，尴尬地笑了笑，不由得问："我……脸上有什么吗？"

男人的眼眸深邃有光，今日阳光尚好，瞿恬仍然觉得他很耀眼，令人无法移开目光。

他扬了扬眉毛，用那低沉悦耳的嗓音说：“你说话的时候真好看。”

这样的声音回荡在耳畔，瞿恬浑身的血涌上脸颊，连脖子都红透了。她“噌”一下从椅子上站起来，随手指了一个方向掩饰道：“我们去那边玩别的吧。”

周辰一起身，抬起他的大手，用力在瞿恬头顶揉了揉，把她的头发揉得没了形：“害羞的时候更好看。”

瞿恬尴尬地回头，这才发现自己指的方向是公共厕所。

“可是我还是想问，你的时光里……可曾有我？”

不知道画风怎么变成了这样，周辰一一认真起来瞿恬便没辙。

看她耷拉着脑袋，他笑得有些自嘲，说：“你的脑子里多半想的是飞行，然后是美食，最后是睡觉……哪还有地方留给我？”

这话听着不爽，瞿恬立刻反驳：“怎么没有，我现在都有多想你的一份。”

她继续说着，显然没觉得自己的话在对方听来是多么的暧昧。

“和你一起飞行，和你一起吃东西，和你一起……”

“睡觉？”他轻笑接话。

俗话说人是会变的，瞿恬怎么也没想到曾经躲在她屁股背后求照应的周辰一会变成如今这副令她无法招架的样子。

她不由得咋舌说：“时光催人老。”

“对，时光也见人心，多年不见，某人的心依然坚如磐石。”

对方的话配上那种微带睥睨语调听得瞿恬浑身不舒服，甚至有点隐隐的怒火在心头燃起，可是无法发作出来。她觉得自己有点底气不足，不过这话明明是在说她情商低吧？

瞿恬咬咬牙，说：“你说谁心是石头呢。”

周辰一蹙了蹙眉，嗓音低沉反问道：“这句话哪里不妥吗？你心要不是石头，为何迟迟不对我动心。”

瞿恬的心猛然一颤，像是被人戳了软肋，她不是没动心，是动过头了。

他就像出现在她人生中的一次大地震，击碎了她的铜墙铁壁，让她在他的面前变得柔弱不堪。她不是不想回答他假期前的那个问题，她是恐于打破曾经他们那种青梅竹马的平衡关系。

如果有一天他们分开，她会彻底失去他吗？

她的又一次沉默让周辰一心头一痛，对于任何事都刚毅果断的瞿恬，唯独对他总是犹豫不决。

“你还是……别对我太温柔吧。”瞿恬干巴巴笑出两声。

周辰一却不以为意地笑笑，用手指擦去沾在瞿恬嘴角的冰激凌，坚定道：“我负责贩卖，你只需要收集这份温柔。”

过山车上，唐鑫看着下方的两人，痛心地闭上眼睛，索性跟着他们大声喊叫。

有人乞求这份犹豫，有人斥逐这份犹豫，爱情总是让人心动又心碎。

期末课程一个接一个地接近尾声，当最后一门考试结束，在飞院本部一年半的理论学习终于画上了完美的句号，所有飞行学员的状态便是坐等分配上机，激动心情难以言表。

学校组织拍摄了毕业照，虽说只是理论阶段毕业，可许多人还是热泪盈眶。未来大家都在不同的地方飞，进度也不同，从此以后，天南地北，相聚很难。

与此同时，国外飞培的考核结果也出来了，被刷掉的毕绍诚抱着 ASR 少女组合的签名照哭了很久。

杨靖宇和周辰一被派到美国，而瞿恬和皇甫云霞则去了澳洲。

“怎么会这样？”阿青看着发布的文件通知惊讶问，“你们竟然不是一批去同一个地方！”

昕薇转着手里的铅笔，写下“保持单身”的地方画了一个叉，叹气道：“也许就跟唐鑫说的一样，公司总部要考核，所以分成了两批。”

皇甫云霞手指滑动着屏幕上的文件，想了一下说：“说实话，我一点儿都不担心瞿恬，我担心的是周辰一。”

昕薇：“哎……这家伙看上谁不好，偏偏看上瞿恬。”

阿青疑惑：“我们瞿恬怎么了，瞿恬挺好啊！”

两人丢给了她一个白眼：“对，很好。跟你一样舍不得说出真心话。”

阿青一头雾水：“我怎么了？”

瞿恬拎着零食从门外进来，看了看几人：“怎么了？”

阿青白她一眼：“让你赶紧说真心话！”

瞿恬眼神有些游移：“我哪有什么真心话可说。”

皇甫云霞沉吟片刻，道：“瞿恬，你当真不喜欢周辰一吗？”

瞿恬眸色微闪，她静静地凝视着舍友，停顿一下说：“对于失而复得的关系，你们难道不会害怕打破平衡吗？”

她咬了咬唇，眉宇微蹙：“我真的很害怕……再次失去这段关系。”

翌日。

飞培的通知刚出来不久，另一则通知也紧跟着下来。开完期末总结会，几人约到学校咖啡店里吃甜品。

“通知说，要去国外飞培的学员得把宿舍让出来给学弟学妹。”昕薇想了一下说，“不然我也出去租房子，反正下学期也要离校去场地学飞。”

阿青斜眼看她，说：“你确定是单纯地出去租房子？”

杨靖宇给毕绍诚盘子里加了点他喜欢吃的奶油，又惹得对方泪眼汪汪。

他赶紧收回手，继续话题道：“出去外面租几个月倒也不打紧，而且后面也一直等着出国前的培训通知，还可以出去玩一段时间。”

“话说你们还得办很多手续吧？”昕薇道，“等手续办完再回趟家吧，不然来回跑超麻烦。”

皇甫云霞把小吃上装饰的一块酸柠檬放进嘴里嚼，表情泰然自若：“我倒是要先回趟新加坡，等瞿恬把房子租好我再回来。”

话题落到瞿恬身上，见她神色慌张地看着手机，皇甫云霞启唇问：“瞿恬，你怎么了？”

“啊……我得去趟机场。”她连忙起身，“麻烦帮我跟宿管阿姨请个晚归假。”

“怎么了？”几人奇怪问。

“有个人回来了。”她心虚地看了一眼周辰一。

周辰一凝视着她，停顿了片刻，低沉开口：“是他吗？”

瞿恬点点头，离开的时候连她随身不离手的耳机都没拿。

“什么？瞿恬的初恋对象？”

众人炸开了锅，惊得下巴贴在桌面上。

“什么情况，瞿恬的初恋难道不是你？！”杨靖宇脑子有些疼，信息量太大他接受不了。

皇甫云霞唏嘘道：“总有一些邻家大哥哥是人生里的一颗星星。”

“周辰一，你不太行啊！”阿青提醒道，“你就让瞿恬一个人去？万一他们……你咋想的？”

话落，周辰一“嗖”一下起身，冷冷道：“靖宇，帮我请个晚归假。”

杨靖宇看着他奔跑的背影，喊道：“我哪有这种能力啊！我又不是唐鑫！喂！”

站在原地叹了口气，杨靖宇只能走到前台打包了两份小吃和几罐啤酒，准备去拜访一下已对爱情心灰意冷的小唐公子。

对于那个人，周辰一并不是很想回忆，在他的记忆里沈川寒总是一副很假的面孔。

他们上初中时，沈川寒已经上大学，在国内一流的学校，毕业后到国外读研，此时在国外已是小有名气的建筑设计师。沈川寒从小被标榜为优秀楷模，瞿恬十分敬佩他，那时院子里许多人都喜欢和他亲近，除了周辰一。

一是由于父亲的不允许，二则是他确实不喜欢这个人。

周辰一在寒风中奔跑，原本以为已经披荆斩棘，只需要稍加等待瞿恬的确认，而沈川寒的出现令他始料未及。

最担心的事情还是发生了。

他从不在意瞿恬身边会出现多少追求者，唯有这个人让他感到无形的压力。

成功地在离机场不远的某个地方捕获了瞿恬，周辰一注视着瞿恬有些慌乱的眼眸，停顿一下说："你很会选地点。"

瞿恬神色惊慌，天要绝她之路，毕竟她盘算过，若是周辰一追来，在这种地方碰上的概率微乎其微。可是，居然真的凑上了那么一丁点儿的概率。

"既然都到这个地方了，不如一起喝一杯？"

她从没想过周辰一会来酒吧，甚至不敢相信对方还邀约她一起喝一杯。

瞿恬担心事态发展，本打算拒绝，未想身边的人先她一步回答："你是周辰一？天哪，太多年没见了！是该还好好喝一杯。"

于是她成功地坐在两个男人中间，如坐针毡。

曾经很多次聚会上周辰一替她挡过酒，而这次他非常礼貌低给她点了满满一杯香槟。她没测过自己的酒量，大概也就……一杯便倒的量吧。

三人碰了下酒杯，瞿恬看着冒着细密气泡的香槟，头皮有些发麻。

"恬恬不会喝酒吗？"沈川寒沉声问。

瞿恬干笑了几声："会……吧……"

沈川寒孤疑地看着她说："女孩子家要是不会不要勉强。"

"我会！"

她话音刚落，周辰一竟轻笑一声，带着几分看戏的味道。

瞿恬自小逞强惯了，看着咕嘟咕嘟冒着气泡的液体，她"精神抖擞"，端起酒杯，屏住呼吸就是一大口。

周辰一眸色微变，嘴角却不悦地微微下拉。

此刻瞿恬一大口香槟咽下肚子，只感觉嗓子辣得快要冒烟，一股火从喉咙送到腹中，她连忙捂住嘴。

"恬恬你还真是深藏不露。"沈川寒眉眼一弯笑着说，"不过女孩子家还是要少喝点酒，对身体不好。”

瞿恬手摆成拳头，好不容易把这股酒劲儿压下，干笑道：“好的，哥哥。”

这一口一个哥哥叫得亲昵，周辰一脸如寒冰，突兀地起身吓了两人一跳。

“我去趟洗手间。”

看着他离开的孤独背影，瞿恬心头微微一颤。

周辰一拧开水龙头洗了把冷水脸，嫉妒让他快要发狂。为了那个人，她似乎愿意去尝试一切，甚至故意设难让她喝酒，都毫不犹豫地迎难而上。

洗手间的门被人推开，沈川寒走进来，站在洗手台前摘下腕表，开口道：“我这次回来是来带走瞿恬的。”

周辰一淡淡启唇：“抱歉，我们要去国外飞培了。”

闻言，沈川寒嘴角依旧噙着笑，却没有温度：“哦，正好，我的新设计项目在澳洲。”

周辰一放在水龙头前的双手一顿，听他继续道：“上天已经给我这种机会，难道我不应该抢夺她的心吗？”

“她不是物件，该怎么定应该由她选。”周辰一抽出纸巾擦擦手指，目光犀利地盯着沈川寒，“你小时候剥夺她的东西太多了。你为她决定报哪种学习班，报哪所中学，甚至未来要找什么工作。”

沈川寒笑道：“我是建议她，显然她都接受了我的建议……可惜她最后选择了飞行，而不是建筑师。”

周辰一：“人生都有意外，即使你是她心头那个完美的邻家哥哥，也不可能决定她的一生。”

空中碰撞出火星，沈川寒对视着周辰一心头有些意外，时隔多年他没想到周辰一会和他正面冲突。

“她喜欢我。”沈川寒倏地撩唇一笑，眼底没什么温度，“她从小就喜欢我。”

如果说周辰一像一条脾气不好的大狼犬，那沈川寒就是性情阴冷的狐狸。

“你忌惮我。”他伸手拍拍周辰一的肩膀，淡笑道，“周辰一，你要不是怕我何必装作那么柔弱，要瞿恬一直护着你？所以，出国前我跟她交谈了一下。

“我告诉她每个人都该有自己的选择，而不是跟风效仿，就算是报考志愿也是要与众不同。”

周辰一掏掏耳朵，幽深的眼眸中点燃怒火：“你这个家伙都说了些什么啊……”

沈川寒耸耸肩，轻笑一声：“虽然她没有选择建筑让我有点失落，但是……我得到了你们分开多年的结果啊。”

“你！”

话音刚落，只感觉耳边劲风一过，周辰一的拳头便钉在了沈川寒身后的墙上，离他的脸不过几厘米。

“呵！”沈川寒又是一阵轻笑，带着不屑，“我是为她好，某一天我发现她太容易腻着你了，所以出国前我必去清理一下。虽然你们又重逢，但是分开这么多年应该有很长的空白吧？而我，每年都会回来让她陪我过生日。”

周辰一收回拳头，通红破皮的骨节用力得“嘎嘎”作响：“你太自负了。”

沈川寒微怔。

“你是长辈口中的榜样。”周辰一甩甩胳膊，睥睨笑道，“也很会讨女孩子欢心。”

他微微扬起下巴，瞧着沈川寒的眼神十分不善：“但是……你说瞿恬喜欢你，哪儿来的自信？”

很久不见两人回来，瞿恬开始怀疑他们会不会在洗手间打架。

小时候周辰一看沈川寒就特别不顺眼，按周父的原话说“自负又虚伪”。不过，周母倒是很欣赏他。

又等了一会儿还没看到他们出来，瞿恬起身准备去一探究竟，正巧两人一前一后地走了过来。

“这么久？”

周辰一淡淡道：“他便秘。”

沈川寒一愣，拿起酒杯低头抿了一口，没有反驳。

瞿恬孤疑地瞧了他一眼，转而问：“哥哥这次回来多久？”

沈川寒眯眼一笑，没有立时回答，反而问瞿恬说：“听说你要去澳洲飞行培训？”

“嗯。”

“我过段时间也要去澳洲，可能……要去半年。”

“那挺久。”瞿恬笑着问，“是有新项目吗？哥哥真厉害，全世界都要看到你设计的房子了。”

沈川寒摇摇头：“可惜我的愿望只是想为心爱之人建一所房子。”

周辰一看到瞿恬对着沈川寒两眼冒星星，跟服务员叫了杯冰水搁在她面前：“醒醒酒。”

瞿恬：“我没醉。”

“不，你醉了。”周辰一低沉的嗓音微不可闻，几乎是贴着她的耳际说，“除了我，你的眼睛里怎么可以有别人？”

瞿恬心跳有些不稳，侧眸看着周辰一面无表情，赶紧回头看了下沈川寒，不知道他有没有听到他们的对话。

“该回去了。”他说。

原本相聚很难，才没聊多久就催促着回去，瞿恬不悦地蹙起眉头：“谁让你跟来的，要回去自己先回去。”

未想周辰一冷冷的声音从头顶传来：“要是不走，我会像之前一样当众吻你。”

这次这声音不大不小，恰巧够三个人听见。

沈川寒神色骤变，难以置信地看着瞿恬，而她的目光却集中在周辰一的身上，没有分出丝毫给他。

周辰一神色自若地凑过来，瞿恬的心却慢慢提起来，握着酒杯的手一紧，腾一下从椅子上起身，转身对沈川寒道：“我们该回去了，期末了宿管查得紧，改明儿我再约哥哥出来！”

沈川寒没想到瞿恬会这么说，神色微怔，直直地盯着她没说话。

瞿恬有点尴尬，转过头白了周辰一一眼：“看我回去不收拾你。”

“嗯。”周辰一喉咙里低低应了声，竟透着几分愉悦。

“那么哥哥，我们先回校了。”

她肩膀突然一沉，周辰一的手搭在了她的肩上，轻轻搂住了她。

还没等沈川寒回答，瞿恬便被搂着走了，只能仓促地跟沈川寒打了个招呼：“先走啦！”

返校的路上，瞿恬闷闷地坐在周辰一旁边，低吼一句：“这下你满意了？你太奇怪了，为什么那么讨厌沈川寒，别的也没见你讨厌谁。”

周辰一静默片刻，眸光一敛：“他是情敌。”

情敌？天哪，这个人脑袋瓜里究竟在想些什么？

瞿恬好笑又好气，说：“这是你脑补出来的吧。”

周辰一摇摇头，声音极淡：“反正青春期时你喜欢他比喜欢我多。”

“谁说的？！”几个问号冒在瞿恬脑壳上。

她这句惊叹却让周辰一露出了愉悦的表情。

“我妈知道我在追你。”周辰一继续不紧不慢地说。

一口老血卡在喉腔，瞿恬看着一脸人畜无害的周某人，怒上心头：“你怎么可以……”

“你家人也知道。”

“周辰一！”瞿恬怒上眉梢，赤红着脸手指哆嗦地指着周辰一，“你竟敢……”

说实话她真有点不懂周辰一了，难道他一点都不怕打破他们的关系吗？还是他认为这种失而复得的关系可有可无？

“你妈很开心。”周辰一的话打断了瞿恬的思路。

接二连三的炮弹炸得瞿恬有点儿蒙，她大脑还没有思考，脱口问：“然后呢？”

周辰一一摊手，叹了口气：“你爸把我拉黑了。”

“哈哈哈，不愧是我爸！”瞿恬仰头一笑，等等，好像有什么不对劲？

显然，她又掉进了周辰一的坑里。

地铁从一站到达另一站，行人来来去去，步履匆匆。

瞿恬的心思更深，难道他真的一点都不怕吗？

侧头瞟了周辰一一眼，英俊而倨傲的侧脸，瞿恬抿了抿唇，鼓起勇气问：“周辰一……难道你不怕打破我们熟悉的关系吗？”

周辰一静了一瞬，答：“怕。”

瞿恬心头猛然一缩，眉头紧皱，问：“那为什么还要这样？”

周辰一凝视着她，低沉的声音宛若潺潺流水般醇厚：“我的心不允许。”

Chapter 10
这颗糖甜掉牙了

这席话瞿恬走了一路都没有消化完。

她和周辰一这样发展，究竟是对还是错？他明明也害怕彼此的关系打破平衡，却一无反顾闷头扎了进去。面对这样的周辰一，她该如何回应？

回到宿舍，瞿恬接到了沈川寒的电话。听说她要搬宿舍，沈川寒主动提出要来帮她搬东西。

瞿恬找了一处还算不错的单身公寓，地点是昕薇推荐的，出国飞培的人大部分都去了那儿租房子。皇甫云霞在最后一场考试结束后便启程回了新加坡，昕薇和阿青也回了家，只剩她在公寓等待学校进一步的消息。

出国飞培要做的准备较多，实际上在真正出国之前他们还需要接受两个月的私照理论培训。

寒冬临近尾声，今年回暖很早，还没过年冬樱花已然灿烂枝头。

也怪自己没多问一嘴，以至于出现眼下这种尴尬局面，相邻的两间公寓，门口分别出现了准备搬东西进屋的周辰一，和才从电梯门口出来的瞿恬。

杨靖宇看着瞿恬旁边的陌生男子，低声问：“这就是那位邻家大哥哥？”

沈川寒推了下透明的眼镜框，笑着打招呼：“真巧，你们今天也搬寝吗？”

瞿恬张皇失措地站在原地，看着周辰一嘴角的温度一点一点地降了下来：“你没告诉我你今天搬寝。”

“我……”瞿恬挠挠后脑勺，“怕麻烦你。”

周辰一冷冷道：“那你也不怕麻烦他。”

沈川寒露齿一笑，柔声说：“我不怕麻烦，恬恬需要的时候我都在。”

瞿恬感觉脊背发毛，第一次听沈川寒这么亲昵地喊她的名字，是要做什么？

周辰一不再多言，拎起行李箱进房间，“啪”一下关上了大门。

杨靖宇蒙住，半天才回神喊道：“喂！周辰一！你把我关在外面了！”

冤家路窄，怎么偏生做了邻居。

更令瞿恬意外的是，这房型的设计两家阳台居然紧密相邻，所以她刚到阳台晒东西，又看到了靠在阳台上喝水的周辰一。

他拧了一瓶矿泉水，仰头喝了几口，上下滚动的喉结让瞿恬的视线不自觉跟着往下走。她记得衬衫之下那结实的肌理，也记得它的触感。

瞿恬不自觉地咽了口唾沫，他明明早该发现她，却没有回头看她一眼。

“周辰一。”她喊道，“我……”

“恬恬。”沈川寒的声音从屋里传出来，“你快来看看这些东西要放在哪里，我帮你收拾好。”

“哦……来啦！”瞿恬看着周辰一那双深邃的眼眸，带着几分她捉摸不透的情绪，而这样的情绪让瞿恬难以忽略，只想探入他的内心。

转身走了几步，瞿恬想了一下侧头说：“我是怕东西太重了！”

周辰一不答。

“呃……我的意思是不想让你当搬运队！”

周辰一还是不答。

瞿恬一跺脚，红着脸说：“你让我心慌意乱，我想冷静两天。”话落，她跑进了屋子。

终于，周辰一面无表情的脸庞上宛若春风破冰，融化了一湖春水。

由于沈川寒临时接到项目更改的通知，不得不去一趟北京，计划直接从北京回家过年，到时再和瞿恬见面。

瞿恬这两日宅在家里研究国外航校的资料，看到凌晨夜航的帖子时，她焦虑了。白天一点夜晚十一点，按她一到点倒头睡的习惯，这种情况，她该如何完成夜航？

都说强扭的瓜不甜，高三时瞿恬也试过强行熬夜，结果可想而知，多熬半个小时，第二天保准能睡到中午。

惨了。

她拿出手机开了群视频，昕薇正在马场，阿青在逛街，云霞好像在处理文件。

阿青吃了一口牛肉串，问道：“瞿恬，要去国外飞培的话有夜航，你确定你能行吗？”

只要到点准时闭眼雷打不动，这么下去就是淘汰的命运。

昕薇一身骑马装，手臂搭在马背上，道：“照我说你应该赶紧寻找一个解决办法，不然估计很难办。”

皇甫云霞“哒哒哒”在键盘上打字，停顿了一下说：“上次我们去海边出租屋玩你不是很清醒？”

“那是……”

周辰一磨的咖啡？！

一瞬间清醒了，瞿恬回想起那一天的情况，白天一点她很清醒地在玩游戏，晚上十一点她又很清醒地躺在床上发呆。

“瞿恬，稀奇了，那天你居然没睡。”皇甫云霞轻笑道，“莫非是因为周辰一煮的那杯咖啡？”

昕薇把马鞍放到马背上，回忆道：“我记得周辰一的咖啡是他自己清洗晾晒，发酵磨制后现煮的吧……”

阿青接过话：“是吗？他可真有才。”

瞿恬瘫在床上，听她们你一言我一句地说着，最后想了一下说：“不然我今天再去跟他讨杯咖啡喝了看看？”

正说着，阿青突然岔开话题，八卦精上线：“你那个倾慕已久的邻家哥哥呢？”

瞿恬被口水呛了一下，咳了几声：“咳咳……说什么呢，我只是敬仰他。”

“反正在周辰一眼里，你们是有一腿。”阿青一阵唏嘘。

一席话让瞿恬陷入了沉思，莫非在周辰一眼里确实是这样看待他们的？要真是这样，可就错得太离谱了吧……

昕薇忽然凑近脑袋，对着电话喊道：“瞿恬，你最近运势确实不怎么好，容易惹怒人。”

昕薇的运势一贯很准，瞿恬听完头皮发麻，哭凄着脸：“那怎么办？”

“你发我八十八块钱的红包，我为你解答。”

“哈哈哈——”

视频里一阵欢笑，瞿恬黑着脸，冷冷道：“昕薇，你是疯了吗？还是宇宙小哥哥没把你喂饱？”

昕薇不以为意，继续道：“瞧瞧瞿恬，你现在冷冰冰的口气跟周辰一如出一辙，他应该很生气。”

“喂……”

“不过恬恬，薇薇说得没错。”皇甫云霞合上笔记本电脑，凑到镜头前看着瞿恬说，“自从那个邻家哥哥回来，周辰一的火气一直挺大，你别总往枪口上撞，要殷勤点儿。”

这下，瞿恬露出了愁容。

皇甫云霞继沉默了一下，发问：“瞿恬，你究竟喜不喜欢周辰一？”

瞿恬闻言，看着屏幕那边袭来的三道目光，沉吟片刻，缓缓说：“喜欢……吧……应该。”

阿青吹了个口哨：“哟！这算是承认了？！”

瞿恬涨红了脸，说：“承认什么啊！我胡说的！”

看她抓狂的样子，皇甫云霞深深地叹了口气，说：“喜欢就是喜欢，即使你想否认这种感情也是真实存在的。”

瞿恬：“我……”

昕薇点点头补充说：“瞿恬，喜欢一个人并不是什么坏事。打破一层关系的同时，自然有新的关系产生。”

瞿恬心蓦地颤了一下，脑袋里反复回想着昕薇的这句话。

皇甫云霞见她已经心领神会，于是提醒道：“话说你什么时候回家过年？好好找个机会跟他坦白吧。”

“嗯……”瞿恬迟疑几秒，“打算买这个月底的机票。”

阿青：“跟周辰一一起吗？”

瞿恬：“呃……我没问他。”

“啧，你这样不行啊。”阿青一副嫌弃满满的样子，“你不是想要周辰一的咖啡吗，得讨好他啊！”

瞿恬“嗖”一下从床上起身，难以置信地喊道：“我讨好他？！我脑子糨糊吗？不就一杯咖啡，我喝别的一样行！”

其实说这话时她十分心虚，毕竟学生时代她已经试过很多种咖啡，完全不管用。但是现在不一样，现下时代进步了，又出现了很多新产品，她就不信找不到那款能治愈她犯困的咖啡。

视频里另外三人同时沉默了几秒，随后同时挂断了视频通话，留下瞿恬独自一人。

“真过分……”她嘟囔了一句，点开了和周辰一的聊天界面，犹豫了半晌还是没发出一条消息。

“我还真不信了！”她随即起身，去了趟超市。

货架上没试过的咖啡瞿恬统统拿了一份，似乎即将献身一次伟大实验。

暮色渐沉，瞿恬住的楼层稍高，太阳的尾巴还能从窗沿滑进去一点儿，她已经在客厅桌子上摆好了战势，等到十一点她就开始见证奇迹。

不过对于前两日的事她打算给自己留条后路，思考着要不要去跟周辰一道个歉，之前给他发消息也没回。她踟蹰好半天，才去敲了隔壁的门，结果没人应门。

没在家？

瞿恬有点失落，两个大男人晚上能跑哪儿去？

悻悻回到屋里，想着夜晚要大干一场，瞿恬煮了碗排骨面，顺便看了两集《名侦探柯南》。饭吃得正香，突然她听到隔壁有动静。

心头猛然一跳，瞿恬从沙发上下来，光着脚丫就跑到玄关口，把耳朵贴在门上。隔壁有人开了锁进了屋，然后关上了门。

是谁？周辰一还是杨靖宇？

她伸手要拉开门又停住了动作，要是这样急切，周辰一会不会觉得她一直在等他回来？

想到这里，瞿恬转身去了厨房，端了一杯橙汁去了阳台，假装小憩。

她踮起脚瞅了瞅隔壁，客厅灯是亮的。她感叹道：“嗯，天气不错！”

然而，隔壁没有动静。

过了片刻，她又大笑道：“哈哈哈，这个视频好好笑！”

隔壁依旧没动静。

最后，她无语地嘀咕：“这人是耳朵聋了吗，有动静也不出来看看……”

“你在说我？”低沉的嗓音打断了瞿恬，她霍然回头看到站在阳台上的周辰一，不由得在心头骂了一句。

耳朵该灵时候不灵，背后骂人的时候又出现！

“呃……”瞿恬挠了挠后脑勺，撑起一个笑脸，“吃过饭了吗？”

周辰一：“吃了。”

瞿恬想了想，说：“怎么不见杨靖宇，他出去啦？”

揣摩着她那一脸笑容背后的深意，周辰一蹙了蹙眉：“他跟毕绍诚他们到网吧开黑去了，你找他有事？”

“没有！”瞿恬立时否认，“我只是随口问问。”

周辰一冷笑一声，语调有些怪：“看样子你关心杨靖宇比关心我还多，让我不得不开始怀疑自己的为人。”

他怼得瞿恬半天接不了话，一耸肩准备回屋里。

“你等一下！”瞿恬喊道。

周辰一侧头看她一眼，等着她发话。

瞿恬涨红着脸，扭捏了半天从牙齿缝隙里挤出三个字：“对不起。”

周辰一冷淡的俊脸上不起风云，唇边吐出一句问：“为哪件事？”

“我感觉你不喜欢沈川寒，所以尽量让你们不要接触。”瞿恬说。

周辰一声没吭，只是静静地看着她。

瞿恬被他看得浑身难受，要知道为了避免他们擦枪走火，她可是用尽心力，可老天偏生不尽如人意，总让她被逮个正着，导致矛盾进一步升级。

沈川寒去北京后忙得不可开交，但每晚还是会给瞿恬打视频电话，于是在他们二人僵持不下时，瞿恬的手机不合时宜地插了进来，响起了微信视频的铃声。

“有人找你。”周辰一淡淡道。

瞿恬掏出手机，一看是沈川寒，瞬间不敢接了。

见到瞿恬的反应，周辰一登时蹙眉：“怎么不接？”

瞿恬：“呃……”

周辰一说：“是怕我听到你们之间的甜言蜜语吗？”

瞿恬硬着头皮解释：“我和他不是你想的那样。”

“那你拒绝。”他的声音斩钉截铁，眉眼凌厉，没有部分玩笑。

“周辰一……”

“你还是接吧。”话落转身，他决然地关上了阳台的玻璃门。

瞿恬从没觉得周辰一会这么难搞，换句话来说，她觉得此刻周辰一好像没人疼爱的小媳妇，敏感又多疑。

她搞不清楚，心头烦躁不安，最后索性进屋做了一百个仰卧起坐。

深夜降临，她昏沉欲睡，身子端坐在茶几前，眼皮不由自主地往下沉，手心上握着泡开还来不及喝的咖啡。

太困了。

即使凭借坚强的意志睁开眼睛，眼皮还是在下一秒关上了心灵的窗户。

果然，市面上没有一种咖啡可以陪她熬过漫长的夜。最后一杯咖啡余温尚存，她已经倒在沙发上入了梦乡。

早晨，瞿恬醒来脑袋痛得厉害，可能是摄入咖啡因过多的后遗症。她脑袋昏昏沉沉，感觉头重脚轻，嗓子也火辣辣的。在沙发上呆坐了一会儿后，她决定还是去找某人。

摁了摁门铃，瞿恬站在门口有些忐忑。

周辰一推开门看见瞿恬怔了一下，见她脸颊通红，头发凌乱，眼神呆滞……

“你怎么了？”

瞿恬不想说话，头有一阵没一阵地疼，她眯眼看着周辰一说：“你泡咖啡吗？”

周辰一抬手摸了一下她的额头，道：“你发烧了。”

“发烧？”瞿恬抬手摸了摸自己的额头说，“没有啊。”

周辰一不由分说地将她扯进屋里，让她坐在沙发上，转身到家用医疗箱里面找药。她有些紧张地左看右看，客厅干净整洁，没有见到杨靖宇的身影。

“杨靖宇呢？”

“他昨晚通宵开黑，在屋里睡。”

瞿恬“哦”了一声，坐在沙发上用手背摸摸，又用手心摸摸，难道昨晚睡在沙发上她着凉感冒了？

“周辰一，你煮咖啡吗？咳咳——”她话音未落，只感觉喉咙发痒，一阵咳嗽。

“咖啡对感冒病没有效果。”他的声音冷冷递过来，神情有点无奈，举着手电筒说，“张嘴我看看。”

瞿恬一惊：“干吗？”

“叫你张嘴。”

瞿恬心头一跳，迫于他的淫威，乖巧地张开嘴，扁桃体一片红肿，她吞口水都火辣辣地疼。

他冷峻的脸柔和了几分，轻声说：“你这是背地里好吃的东西吃多了。”

瞿恬捏着嗓子，悄声说：“我可能嗓子发炎了。”

即便已经喝得嗓子发炎，瞿恬心里仍惦记着周辰一的咖啡，再次询问：“你煮咖啡了吗？”

周辰一双眼冷得就像要结冰，不悦道：“都这样了还想着喝咖啡？”

“我不是这个意思。”瞿恬低声解释说，“我是……我有求于你。”

当初心高自负有多决绝，今日打脸便来得有多疼。

某人听完，嘴角淡淡扬起：“我记得你说过不会有求我这一天，看来快到世界末日了。”

瞿恬心头纵然懊悔无数，让周辰一赢了这一战，但比不上未来前途失利的痛心。她继续示好说：“培训有夜航训练你知道吧？”

“听过。”

“我飞不了夜航。”瞿恬说，“但是你煮的咖啡可以让我神清气爽。”

周辰一闻言，不以为然道：“不见得，所有咖啡都一样，让你清醒的不是我的咖啡，而是咖啡因。”

“不，我试过了。”瞿恬摇摇头，立刻反驳道，“我昨晚喝了很多种咖啡。”

周辰一面无表情地看着她，脸色不太好看：“瞿恬，我记得你是学霸吧？学霸处理起问题来都如此独树一帜吗？”

被他这么一损，瞿恬心中气得要死，却不敢发作，乖顺得像只小猫，连忙示好。姐妹们一致提议让她多献点殷勤，有助于取得成功。虽然已经很火大，可依旧耐着性子说：“我不想回答你，虽然不知道什么原因，但你的咖啡确实对我有用。”

这个举动让周辰一有些诧异，以瞿恬的性格居然没有发火，可见她真是为了达成目的“不择手段”。

周辰一眼底含笑：“我的咖啡是种植在红色的酸性土壤里，酸度特别好。从清洗去壳晾晒发酵到成品，最后研磨煮沸，均是我手工制作。

“或许让你清醒的不是咖啡因，而是我的心意。”

她心怦怦直跳，目光不自然地游移开，转而道：“我怀疑你的咖啡会上瘾。”

周辰一默然。

绕来绕去，终究绕不出他的圈子，很多年以后瞿恬才明白，并不是咖啡成瘾，而是她戒不掉周辰一。

“你就说帮不帮我吧。”

她露出一副楚楚可怜的样子央求他，让周辰一心中一震，她什么时候学会这种技法了？

眉眼一弯，他笑道：“看你表现。”

瞿恬柳眉倒竖：“你简直是小人得志。”

“瞿恬，现在不一样了，是你有求于我。”周辰一微微弯腰靠近她，“你应该对我殷勤点儿。”

瞿恬看着他靠近的脸庞，脸颊微微发烫：“我请你吃饭！行不行？！”

话音还未落，他的唇便贴上了她的额头。

瞿恬脸贴着他的衬衫，心头微微一荡。她感觉从鼻腔到整个脸庞都充斥着周辰一的衣服上淡淡的香味，还有一点点体温。

她无所适从，却又不想打断这一刻。

“果然在发烧呢……”

周辰一温柔的声音在她心中荡起涟漪，泛起丝丝点点的甜。微凉的指尖拂过她的额角，顺着她脸颊的轮廓，落在了她的下巴上。

周辰一垂眸凝视她，说：“等你病好了，我给你煮咖啡。”

心动的感觉，瞿恬知道，自己完了。

有一种力量正在试图打破某种平衡，即便她压抑着自己，那种力量依然如海浪向她席卷而来。

她真的，喜欢上了周辰一。

可是……她也真的没法松口，起码现在说不出来。多年朝夕相处如影随形，一旦打破原有关系，总感觉怪怪的。

“我先去给你煮点面，吃了再吃药。”周辰一起身进了厨房，独留下瞿恬在客厅里发呆。

电话一个接一个地响起，瞿恬掏出一看，果然是沈川寒，看到已经十多个未接和 N 条消息，他一定急坏了。昨晚睡得太熟，完全没听见。

她看了厨房里周辰一忙碌的背影，起身去阳台回了个电话。

“喂……”

一个解释还没说出，对方的怒火便撒了过来：“瞿恬，你怎么一直不接我电话？！”

“我……”

沈川寒怒吼道：“你以后不准不接我电话！”

瞿恬蒙了一下，沈川寒命令式的口吻令她感到非常不悦。他这是怎么回事，不过是没接到电话，况且正常人也不会深更半夜几个电话打过来吧。

“半夜两三点不睡觉吗？”瞿恬问。

“我都没睡！”他怒道。

瞿恬愕然，第一次觉得这个人很可怕。也对，他又怎么会知道她睡眠的习惯，或者说他又何曾真正了解过她。

瞿恬本不是省油的灯，自然一点就燃。她冷下语气：“哥，我觉得你是不是有点过了？虽然我没有立刻接到你电话，但我看到就立马回你了。”

沈川寒沉默几秒，叹了口气缓和语调：“我是担心你，为你好，这不是青春期的叛逆。”

瞿恬不悦：“我好像已经过了青春期吧。”

“你不懂。”沈川寒继续道，“每个人都有自己的人生轨迹，是不能走错的，我看到自然是要及时提醒你。”

也许是她只记得儿时的仰慕，只记得看到的那些优秀，从没深刻地了解过这个人。这一天，她突然发现一直仰慕的人在很多方面与她不合。沈川寒从不许别人反驳他，违背他的意思，小时候他给过她很多建议，可现在回头想想，许多时候都是强行压着她按着他的建议做决定。

因为信任优秀的他，瞿恬从没怀疑过。

“你是不是跟周辰一在一起？”电话那头的人冷冷道，“你别跟他在一起，他不是你人生轨迹上该有的人。”

话到这里，她握着手机，想了片刻说：“我从来不喜欢别人制定我的人生。”

说完，摁断了电话。

往年沈川寒回来找她，他们相处得非常愉悦，他会给她讲许许多多国外新鲜好玩的东西，鼓励她去完成心中所想。在她心中，沈川寒是优秀的象征，是完美人生的样本。

可是这次，为什么不一样了呢？他变得武断、自私自利，露出了一副她从没想过的样子。

“你在做什么？”周辰一站在玻璃门前道，“过来吃面。”

瞿恬看着他，心头一顿，是因为多了一个不一样的人吗？

饭饱神虚，钟表马上要到正午一点。

困意袭来，一点都没有延迟。

“要睡进去屋里睡。”看着瞿恬困顿的样子，周辰一也打了个哈欠。实际上他昨晚因为一个梦失眠了，梦里他见到瞿恬跟着沈川寒一走，再也没有回头。

瞿恬没回声，等周辰一定眼一看，她呼吸均匀，已经沉沉地睡去。

他无奈地摇摇头，走过去抱起她放到了卧室的床上。

靠在她旁边，周辰一眼眸柔软，这个让他又气又喜欢的人，到底盘了些什么心思？

时光在渐渐移动的光晕中溜走，等瞿恬醒来时已是下午三点。她从蒙眬睡意到脑门清醒不足三秒，周辰一居然睡在她旁边！

他睡得很熟，睡相不差，不像她，一晚上起来可以从床头睡到床尾。瞿恬不敢大声呼吸，她盯着周辰一俊逸的脸庞，浓密的睫毛，硬挺的鼻梁，淡色的嘴唇和刀削的轮廓。他唇形极好，有令人想要亲吻的冲动，瞿恬的心扑通扑通跳得很快，脑海里不自觉回想起与他接吻的画面。

瞿恬抿抿唇，伸手想要去摸摸他柔软的唇瓣，手才去到半空又觉得不妥，红着脸立马收了回来。

只听一声无奈的叹息在卧室里响起，有人嗓音低沉道："接吻可以分解为三个动作。"

"伸手，凑上去，亲。"周辰一睁开了眼眸，看着脸蛋早已经红透了的瞿恬，语气带着不悦，"怎么不一次性做完？"

瞿恬身子震了震，一巴掌拍在他的肩膀上："你以为都像你一样嘛！"

闻言，他只是静静地看着她，但笑不语。

她红着脸，像一只煮熟的虾子，内心感觉到了一丝危险，下意识地向后缩了缩。表面冷淡的周辰一，原以为是一只乖顺的猫，想不到内心住着一只野豹。

他还带着几分睡梦里未清醒的慵懒，撩起瞿恬脸颊旁的一撮秀发，轻叹一声："哦，原来你不是想亲我？"

瞿恬像是触电一般，弹跳而起："我才不是想亲你！我就是看看！"

原本心里没有那么想，她这脸一红心一跳，好似被人戳中了心思，有些欲盖弥彰。

“真失望。”周辰一盯着她，黑色的眼眸噙着亮光，显得极其认真。

屋内陷入沉寂。

瞿恬无法抑制心跳的节奏，手紧紧攥成拳头垂在身体两侧，脑海里一直在不停地反问：他是什么意思？他……不会是真想让自己亲他吧？

“我……”

似乎等了半天也没有听到她要说的话，周辰一淡淡看她一眼，语气稀松平常：“别杵在那儿了，回答我的问题。”

瞿恬皮笑肉不笑，冷哼一声：“这个问题无法回答。”

周辰一伸手去捉她的手，一副担忧又颇为无奈的表情：“你心底究竟盘算着什么，没想过跟别人创造个爱情故事吗？”

看着他询问式的目光，瞿恬翻了白眼，坦白道：“我没有可创造的对象。”

就这样接着她的话，他握住她的手，墨色的眸子里闪着令人惊心动魄的光：“跟我。”

瞿恬认真反应了一会儿，确定刚才周辰一说的那两个字是什么意思……有毒！这个男人有毒！

周辰一的毒，大概是带了罂粟的属性，温柔又致命。十指交缠，瞿恬注视着他的眼睛，手心泌出了汗，晕红的脸颊狂跳的心，她好像真的陷进去了。

这一刻，她真的忍不住松口，她嘴角动了动，一个“好”字刚好想从嘴里溜出来，却被周辰一一声叹息打断。

周辰一松了手，打了个哈欠从床上起来，只见他一边走出屋子一边自顾地纳闷道：“奇怪了，难道你不正常？刚才那种情况下不会想亲亲吗？”

刚才要是动心，现在就是动气。

“周辰一！”瞿恬提着枕头几个大步跨上去，她仰头望着他，说话吞吞吐吐显得没底气，“你、你的意思是我没趁你睡着的时候偷亲你是不正常？”

他的手轻轻地搭在门框上，低头看着她，上下打量了一番，摇了摇头：“我可没有这么说。”

瞿恬冷哼一声。

他顿了顿继续说：“常人面对美色不都难以自持，还是说你其实是个圣人？”

“你管我。”

“哦……”他淡淡应了一句，“可惜我是个俗人。”

瞿恬跟他抬杠，学着他把手搭在了门框上：“也对，你们男飞哪种美女没见过，挑个空姐随便一站，都美得跟天仙儿似的。”

周辰一肯定地点点头，长眉轻挑：“对。”

闻言，瞿恬脸一沉，表面继续含笑道：“那你去找她们呗，叶苓伊你不是挺喜欢！”

他微愣，看着瞿恬憋屈的脸，忍不住继续逗她：“嗯，伊伊是个非常温柔的姑娘，也很善良。”

看到瞿恬脸色更丰富，周辰一继续道：“她最近还约我去旅游。”

瞿恬静了一瞬，破口而出：“你答应了？！”

周辰一倒也不隐瞒，如实回答：“还没有，我在考虑，或许你会想要约我。”

她死不承认，咬咬唇：“我没想过约你旅游。”

看着她有点紧绷的小脸，周辰一伸手戳了一下她的眉心：“真的？”

瞿恬摊手：“不然呢？”

他不知为何笑出了声，顺势捏了捏瞿恬的鼻子，边走向客厅边说：“我早上不是还说要请我吃饭？”

瞿恬赏他一记白眼，却被他接下来这句话逼出了内伤：“你再努力殷勤点儿，我会考虑给你煮一杯咖啡的。”

瞿恬脸颊 烧，心里十分窃喜，嘴上却道：“白日做梦。”

两人有一搭没一搭地说着，瞿恬跟着他走到客厅，脚尖没注意，踢到沙发角落。重心突然一个不稳，她心头一惊，身体已经直直向前扑去。

“啊——”

周辰一闻声回头，却有一个人撞进怀里，身体磕在地板上闷咚一声巨响，后背剧痛的同时，幸好他牢牢将人抱在了怀里。

“啧啧……”

第三者的声音打断了两人，齐齐回头一看，杨靖宇双手环抱在胸前咋舌：“我做错了什么，一起床就要吃狗粮。”

瞿恬气红了脸，却未想到周辰一与她异口同声说道：“那你把眼睛闭上。”

杨靖宇：“……”

充分听取了姐妹们的建议，瞿恬决定使出“快准狠”的策略，尽快实施行动，落实获取咖啡计划。

她给周辰一打电话说晚上请他吃饭，吃什么任他选。

周辰一欣然答应并提出要吃日料，瞿恬捂住钱包，一咬牙，竟然应允了。

冬日夜晚的风冷飕飕，她拢了一下毛呢大衣，里面穿了一条针织的连衣裙。

周辰一选了一家环境不错的料理店，瞿恬站在店铺门口看着犹豫了好半天，转身站在落地窗前看了看玻璃上自己的影子，怎么看怎么奇怪。她不知道自己最后为什么选择穿一条裙子来见他，总有一些期待约会的嫌疑。

深深吸了口气，瞿恬蹑手蹑脚地进了餐厅。

染黄的灯光特别有味道，周辰一坐在最角落靠窗的位置，微微侧着脸，衬衫领口解开一个扣子，浑身散发着禁欲冷凝的气质。明明没有太多肢体语言，偏生就和电影里演的般那么好看。

他回过头看到瞿恬，唇角浅勾：“裙子是特地买的？”

瞿恬拉开椅子在他对面坐下，淡淡道：“想穿什么就穿什么，还需要挑日子？”

周辰一笑了笑，眼神看似礼貌，但又颇有几分侵略的意味："你穿裙子很好看。"

瞿恬闻言耳根一热，连忙移开视线。

周辰一招呼服务员过来点菜，瞿恬端着一杯白开水，静静看着他。

轮廓分明，睫毛浓密，是让人看一眼就难以忘掉的类型，气质又带了几分将收未收的沉敛。

"你想吃什么？"

对方抬眼问她，她握着水杯却像是看痴了一般，完全没有听到他的话。周辰一嘴角一挑，透出一丝不易察觉的宠溺，继续对服务员说了几句话，才合上了菜单。

"你这种神情会让我错觉你很痴迷于我。"他淡淡启唇。

从美色中缓过神，瞿恬手里握着的水杯差点被她碰倒，眼里是被戳穿后的慌乱："菜单呢，我要点菜！"

"刚才问你不吱声，我就帮你点了。"

"你知道我要吃什么？"

"肉。"

这算得上是一段毫无意义的对话，抑或是被人识破恼羞成怒的遮掩，反倒弄巧反拙，越演越能明白。

瞿恬轻咳两声，最后道："我跟你出来吃饭不是约会，毕竟之前答应要请你吃饭。"

"嗯。"

她继续道："你可别误会了。"

"嗯。"周辰一伸了手臂，十指交叠，笑容淡淡，"不是有求于我才献的殷勤吗？"

瞿恬红唇一抿，承认说："是又如何？"

周辰一轻叹了口气，深邃的眼眸里染上了困惑："我以为无所不能的学霸不会有求于人。"

小心思一戳即中，瞿恬反倒忸怩起来，她这辈子最无法阻挡的大概便是那准点而来的睡意，这样情况下怎么飞好夜航。唯有周辰一亲手磨的咖啡，能让她欣赏正午的太阳和十一点半后的夜。

服务员先后给两人上了菜，桌上的料理都是她爱吃的。瞿恬见对方皮笑肉不笑，于是又问了一次：“我有求于你怎样？”

周辰一用筷子蘸了一点芥末放嘴里：“我有一个要求，但我的要求会让你像吃了芥末一样。”

瞿恬听着他的话，一种不祥的预感在心间腾升起。她握着筷子，吞了一口唾沫幽幽问：“什么……要求？”

“想听？”周辰一笑了笑，沉磁的嗓音不紧不慢，“对我再殷勤一点儿。”

瞿恬一气，学着他的样子夹起了一坨芥末放嘴里，辣哭了。

幸好这顿饭是有效果的，回到家瞿恬成功获得了一杯咖啡。不过她在高兴的同时也后悔，半夜两点她仍精神抖擞，毫无睡意。

看着天边渐渐泛起的鱼肚白，瞿恬算是明白，周辰一是故意整她。终于挨到了“药效”过的时候，她胡乱给周辰一发了一通谩骂，把手机往床头一扔，倒头睡去。

下午从床上醒来，瞿恬收到了群里的通知。公司考虑学员到航校跟不上进度，年后需先去星洲紧急培训一个月的私照理论，是全英文教学。

靠在床头，瞿恬仰头看着天花板发呆，从踏入飞院到即将启程去国外飞培，她似乎离自己的梦想更进一步。手机消息振动打断了她的思绪，她拿起手机一看，心头腾起一股难以言喻的情绪。

沈川寒：以前说好带你去游乐园，我去接你。

去游乐场？他从北京回来了？不是要过年直接回家？

脑子里是一连串的问号，瞿恬向上拉了一下页面，这才发现原本早上发给周辰一的消息，居然阴错阳差发在了沈川寒那里。

脑子不清醒！果然是一夜没睡的连锁效应！

上次的事后，瞿恬时常想起一些儿时的过往，她依然认为沈川寒是她求学道路上的一个榜样标杆，只不过现在她清晰地有了自己的方向。

怕他又说自己不回消息，瞿恬打开回信息的界面，礼貌回应。

“不去了，昨晚一夜没睡，想休息。”

回完消息门口便传来一阵急促的敲门声，没想到一开大门便看到了沈川寒。

“去年答应带你去的，要不是提前回英国也不会错过。”

看到回来的沈川寒，瞿恬有些蒙，奇怪地问：“你怎么回来了？”

沈川寒回头，眼神冷冷地看着她说：“不回来要看你整天跟周辰一在一起胡闹？”

瞿恬紧抿着嘴唇，摇了摇头。

她怎么胡闹了呢？是不是在沈川寒眼中，她永远是一个长不大的邻家小妹妹，需要呵护，需要指引。

“我想睡觉，不去了。”

沈川寒丝毫没有在意，拽住她的手腕冷冷道：“你在生我的气？因为我前天打电话凶你？”

“是的。”瞿恬毫不隐藏，“我很生气，而且搞不懂你怎么好像什么事情也没有发生似的。”

沈川寒愣了几秒，道：“先去游乐园。”

他的语气很生硬，在瞿恬记忆中，沈川寒一直都是邻家暖心的大哥哥，如今蛮不讲理的态度和先前天差地别。

瞿恬试图挣脱沈川寒的禁锢，语气有些不好：“我不想去。”

“为什么？”沈川寒冷着脸，阴沉得很是吓人，“怎么，又跟周辰一那小子有约会？”

瞿恬彻底被激怒了：“是又怎么样？”

沈川寒脸色冷若冰霜：“不准去！”

闻言，瞿恬一股火窜上了脑袋，这人真是奇怪，她爱跟谁出去就跟谁出去，什么时候要他来管？

“我爱去哪儿去哪儿，去哪儿都不去游乐园！”

“为什么不去？”沈川寒冷呵一声，“你以前从来不会拒绝我！”

他强行拉着瞿恬进了电梯，瞿恬感觉手腕痛得厉害，使劲挣扎反被沈川寒拽到胸前：“我在试图跟你缓和关系，你一定要这样？”

瞿恬闻言一怔，反驳道：“这算是哪门子缓和关系？逼迫我做不愿意做的事情？”

“跟他在一起什么都愿意，跟我怎么就不愿意？”他怒吼一声。

她望着满脸失望的沈川寒，心里十分委屈。他从国外回来，她本是喜上眉梢，可这次沈川寒好像变了个人，专横而且不可理喻。那些年他对她有所照顾，她可能有过一丝憧憬，可也清楚仰慕和爱慕之间的差别。

“我不生气了，你也别生气。”瞿恬退让一步，“但我不想去游乐园，我真的很困。”

变了，一切都变了。

在周辰一没有出现的那几年，每次回来他都能和瞿恬一起度过一段愉快的时光。她的眼里永远映着他的影子，而不是周辰一。她不会拒绝他，更不会反驳他，他应该一直在她心里占着一个不可逾越的位置，究竟是什么时候让周辰一这小子捷足先登！

他无法原谅！

沈川寒静默了几秒，一字一句道：“你没有选择。”

瞿恬无计可施，“叮咚”一声电梯门开了，一张清俊而略显冷淡的脸庞出现在眼前。

沈川寒蹙紧眉头，冷冷道：“今天小恬必须跟我走。”

周辰一沉默了一会儿，竟然侧开身子让道说：“请便。”

周辰一的漠视在瞿恬的意料之外，她瞪大眼睛不解地看着周辰一，却换来友好一笑。

“我想回去睡觉！”

站在一旁的周辰一但笑不语，静静注视着黔驴技穷的瞿恬。

瞿恬努力想要挣脱沈川寒的禁锢，然而对方握着她手腕的力度又多加了一分，拉着她准备走出电梯。未想周辰一上前一步挡住了他的去路，沈川寒蹙了眉，眼神不善。

“哦，抱歉，我以为你要走另一边。”他淡笑，主动移开了步子，转身走进了电梯。

瞿恬回头看着周辰一，眼神充满惊异和无助，莫非周辰一是想看她的笑话，所以才故意见死不救？

不，是她太自以为是了，她有什么理由要求他在这种时候伸出援手？在她放弃挣扎的瞬间，一只手忽然被人拽紧，狠狠向后一扯。借助惯性，她脚下一个急转，在电梯门即将关上的刹那，略过了沈川寒恍惚惊然的神情，紧接着落到了一个厚实温暖的臂膀里。

“安全落地。”

沉磁的嗓音低沉悦耳，四个字说得干净利落又透着几分轻快愉悦，以及他独有的倨傲，令人着迷。

趴在周辰一怀里，耳朵贴着他的胸膛，温暖的胸口传来了有力的心跳声。他的衬衫上是淡淡的清香，随着起伏的胸膛，透着令人稳稳的安心。

“拒绝你心心念念的邻家大哥哥，你确定？”

电梯已经上到八楼，瞿恬从周辰一怀里离开，冷淡道：“我不想去。”

“何必。”周辰一轻笑出声，“现在下去他要是还在那里，你也可以求我再抢你一次。”

这语气听上去有点傲慢，瞿恬好半天才憋出了三个字：“少臭美。”

原来他看出了她的求助。

周辰一语气淡漠：“他看上去真的很生气哦。”

“我以前不够了解他。”瞿恬沉吟片刻缓缓开口，“可能让他有所误会。”

周辰一侧眸看着她沉闷的脸庞，说：“你的模棱两可确实能让很多人有所误会。”

电梯门打开，瞿恬拦住周辰一的去路，停顿了几秒说：“我邀请你进屋喝杯果汁，赏脸吗？”

周辰一没有拒绝，跟着她走到玄关门口，看到鞋柜上放了很多时尚男模杂志，是皇甫云霞从新加坡寄回来给瞿恬的。

瞿恬没注意他的视线，心想邀请周辰一进屋喝果汁，不料一抬眼看到凌乱不堪的客厅，这才回想起她已经好几天没整理过内务。

“等一下！”她霍然回头制止周辰一走进屋，赔笑说，“不然……下次？今天有点……不方便。”

周辰一没回答她，翻看着手里的杂志，全都是露着躯体的男模，肉体精壮结实，曲线完美醉人。

“你喜欢看这些？”

这个问题比沙发上的凌乱更让瞿恬难堪。

她倏地抽回杂志，面红耳赤道：“我就喜欢看怎么了！有腹肌才能做我男朋友！”

气氛安静。

一阵子的沉默后，周辰一微微撩唇：“哦，既然不方便那我先回去了，如果邻家哥哥再来，麻烦你不要打扰我。”

“喂……”

目送对方回屋无情关上了门，瞿恬很想捶自己脑袋一下。

沈川寒给瞿恬发了好几条长长的微信，是道歉的内容，说他下午回北京，想让自己冷静一下，也给彼此一点空间。

瞿恬没有回答，手指一滑，删掉了与他的聊天界面。

晚饭后瞿恬给杨靖宇发了条信息，打探一下敌情，哪知这家伙又跑出去跟人打篮球去了，公寓只剩下周辰一。

瞿恬浏览了一下机票价格，这两天订票比较合适，她想了一下，决定去问问他要不要买同一天的航班回家。

周辰一正在练平板支撑时门铃响了，似乎完全在意料之中，他缓缓走到门口看着猫眼外的瞿恬，问：“有事？”

门外，瞿恬一双大眼睛尽是诚恳，认真道：“我想问你……要不要买同一趟机票回家过年？”

门“咔嚓”一声打开，一个穿着背心短裤的男人站在她面前，露出精瘦而结实的胸膛。看着脸颊带汗的周辰一，瞿恬的视线自动下移，又猛然移开。

周辰一面容淡淡地看了色相上脸的瞿恬一眼，一边转身一边道："进来吧。"

笑了笑，瞿恬进屋径直走向沙发，乖巧地坐在沙发上，看着周辰一继续趴在垫子上做平板支撑，故作淡定地问："你每天都锻炼身体？"

周辰一均匀地调整呼吸，淡淡开口："差不多，期末考试的时候不练，没时间。"

他的语气冷冷清清，不太想搭理她的样子。

瞿恬沉默了一会儿，解释说："我没想到沈川寒会回来，我很诧异。"

见他没反应，她又继续说："他变得很奇怪，跟以往完全不一样。"

周辰一起身，淡淡回应："如果你是过来跟我讨论邻家哥哥，抱歉我没兴趣。"

瞿恬闻言立刻噤声，不再多言。

侧头看着她耷拉着脑袋，周辰一弯了弯眉眼，但下一秒又恢复淡漠的口吻："你刚才说要一起买回家的机票？"

瞿恬点点头："对。"

"我为什么要跟你买一趟航班？"

他爱答不理的样子完全戳中的瞿恬的奓毛点，她柳眉一竖，转到男人面前，道："哪有那么多为什么，一起回家有个伴儿。"

周辰一深邃的眼眸瞟了她一眼，拿起毛巾擦了把汗，默不作声。

他这是嫌弃跟她一起回家吗？瞿恬见沟通不成，索性上手，扯住周辰一举哑铃的胳膊，说："我们好好沟通一下。"

依旧沉默。

见周辰一无动于衷，她果断上手抱住了他的腰。

身上突然多了一个黏黏糖，周辰一重心不稳，差点没摔倒。他一边把哑铃移到一侧，一边抓住瞿恬的手臂，低呵道："你放开。"

瞿恬身形不高，脾气又倔，二话不说跳起来用双腿夹住了周辰一的腰身。腰上负重，周辰一没辙被迫放下哑铃。接着手臂一弯，就像揽过一只作怪的小猫，将瞿恬摆正在自己面前。

“别闹。”周辰一低沉的声音有点喑哑，落入耳畔诱人犯罪。

他又回到健身垫上做卷腹，瞿恬两只眼珠子盯着他想了想，跟着凑过去，蹲下压住他的双脚，眉眼一弯：“我帮你按压固定。”

周辰一：“……”

嘴上没说什么，他继续有节奏地做运动，但对于瞿恬来说，简直是一种暧昧的撩拨。每一次的起身，每一次温热的鼻息和深沉的对视，周辰一靠近一分，瞿恬的心跳就加快一次。她不敢大声呼吸，微微侧脸避开对方，不知道周辰一是有意还是无意，总感觉距离在一点一点被拉近。

“你在想什么？”他问。

“啊？”抬眼一瞬间，是淡粉的唇，带着腻死人的呼吸冲击着瞿恬每一个毛孔。

不等她回答，周辰一又说：“没什么事的话你回去休息吧。”

这是对她下逐客令呢？

别扭的小情绪涌上来，瞿恬嘴角一扯：“我有事！”

“什么事？”他又问。

瞿恬道：“让你跟我一起买机票回家过年啊！”

周辰一停住了动作，麋鹿似的眼眸半眯起，反问道：“沈川寒不是要跟你一起回家过年？”

瞿恬眼神坚定：“不是！他回他家，我回我家。”

周辰一：“那我也是回我家，你回你家。”

瞿恬闻言拉下嘴唇：“我说你这人怎么这么别扭呢啊——”

没等她说完，周辰一一个翻身将她压在了身下。

脑袋一片空白，瞿恬惊愣地看着眼前放大的俊朗的脸庞，呼吸停滞。

周辰一撩了撩唇，这样的笑容，瞿恬没有见过。

“你一直赖着不走，是想跟我一起做俯卧撑吗？”说着，他双臂撑在瞿恬脸颊两侧，幽深的瞳眸映着她惊慌失措的通红小脸，“不如先来二十个？”

他一边说一边俯下身，每靠近一寸，瞿恬的理智就崩溃一分。

纤长均匀的双手在她的耳际两侧，惑人沉静的眉眼，温热的呼吸，让瞿恬的思绪都跟着飘忽起来。

这还是她记忆里那个躲在他身后怕被女生纠缠的周辰一吗？

瞿恬视线不由自主地落在了他的唇角，她吞了口唾沫，攥紧的小手心里全是冷汗。不敢直视对方的眼睛，透亮的瞳眸里倒映着手足无措而又羞得满脸通红的她，瞿恬忽然抬手，推开了身上的男人。

老天！果然是这触感！

见她动作一顿，周辰一低沉问：“听说有腹肌才能做你的男朋友？”

瞿恬愣了几秒，红着脸一把推开了他：“好困！回去睡觉啦！”

她匆忙得有些跌撞的脚步，带着一股欲盖弥彰的逃避，映在对方的眼里是不敢正视自身的害羞可爱。

瞿恬轰然关上门，捂着自己的心脏觉得它快坏掉。

“冷静冷静。”怎么办，根本无法冷静下来……

她扑倒在床上翻来覆去，觉得有些口干舌燥，一闭上眼，就想到对方的健实的肉体。高颜值，好身材，她所痴迷的东西，在周辰一身上都存在，先前自己为何都没有发现？

瞿恬看着天花板，忽然意识到，周辰一早已在她心头经埋下的一颗定时炸弹，此时此刻“砰”一下炸了，而她，从来都没有做好防爆准备。

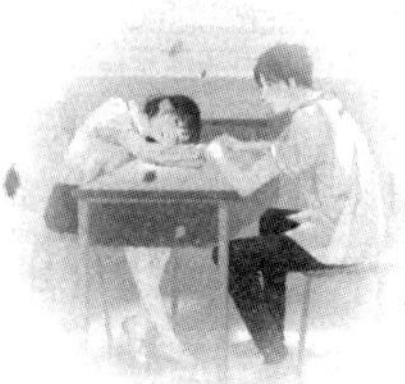

Chapter 11
周辰一，我可以

除夕临近。

离观河岸边夜风徐徐，河岸被灯光点缀，闪烁着令人沉醉的光晕。城市还没有苏醒，停机坪的灯光又亮了一整夜。

迷蒙的天气，青阳机场的跑道隐隐约约，看不真切。

为了赶飞机，瞿恬和周辰一起了个大早，下了机场大巴她仍昏昏欲睡。

办理完行李托运后时间尚且充裕，周辰一说带她到航站楼旁边的空地吹会儿风。这是瞿恬第一次发现这块视野极好的空地可以清晰地看到降落飞机的起落架，甚至是坐在驾驶舱里面的飞行员。

几个抬着单反相机的青年来来回回地在草坪上奔跑，异常兴奋。他们好像在追逐风，等瞿恬去到离他们不远的地方，才发现他们追得是一架架起起落落的铁鸟。

一个青年左手捏着手台，右手拿着相机，满头大汗地往空地跑来。

“快过来！ B7X74 要落 36 左跑道了！”

那边话音刚落，青年手上的手台也传来了一些对话。

“机组：J 塔台，下午好，星方 2020，36L 盲降。”

“塔台：星方 2020，J 塔台，下午好，修正海压 1025，地面风……可以降落。”

俊朗的青年笑脸盈盈，拎着两个沉重的相机冲向一个小土堆，占领了制高点，准备拍摄飞机着落的照片。

周辰一：“去看看？”

瞿恬蹙了蹙柳眉，跟着周辰一走过去。

青年们见有人走过来看，礼貌地打了个招呼。

瞿恬指了指他们手里的相机问：“你们是在拍飞机的照片吗？”

“对，我们是飞友。”另外一个稍胖一点的青年笑着回答，“飞友，追飞机的人，没听过吧？”

他哈哈一笑，脸上洋溢着幸福的笑容，感觉此刻做的事情是极其微小又幸运之事。

瞿恬未曾想过，终有一天，会切身体悟这一群人灵魂深处那种热爱而执着。

青年道：“国产 C919 首飞，不知道能不能有机会去现场拍摄。”

周辰一淡淡启唇接了话：“估计是明年五月份吧。”

“你也喜欢拍飞机吗？”青年问。

周辰一：“嗯，我喜欢飞行。”

青年眼睛一亮，笑问：“你玩模拟机吗？”

“我想应该会有很多机会玩吧。”

“哈哈！我们经常在家里用电脑玩，听说星方航空下月会有一次开放日活动，到时候民航爱好者们可以去体验。”

瞿恬听着他们谈论，心头泛起一点点激动，原来世界上还有这么一群人，期待着他们的起起落落，对蓝天和自由心怀憧憬。

她热爱飞行，与他们相比她得到了冲上云霄的机会，不知道当她手握操纵杆时，是否能成为他们镜头下那道亮丽的风景。

L 市到 S 市需要坐两个小时的飞机，下飞机时父母已经在机场到达厅候着。

得到女儿通过考核要到国外飞培的消息，两人又自豪又不舍，瞿恬才出现在视野，他们便冲了上去。

“妈妈！”瞿恬笑着跑上去。

“辰一回来啦！”结果瞿母上前拥抱的人居然是周辰一，一阵嘘寒问暖！

瞿恬：“？”

瞿父：“恬恬到爸爸这里来。”

果然还是要当贴心的小棉袄，瞿恬委屈地抱住父亲：“我妈怎成这样了？”

“瞿浩明，快把孩子们的东西拿上车。”

周辰一看到瞿父，礼貌地打了个招呼：“叔叔好久不见。”

只见瞿父一哼，冷冷道：“她妈同意我还不同意呢，想娶我闺女你还嫩。”

瞿恬脑子嗡嗡作响，周辰一这个家伙果然没骗她啊，这是早把底子交代清楚一点不含糊！

见周辰一投来目光，她毫不遮掩地翻了一个白眼。

一路上见周辰一跟老妈聊得合不拢嘴，瞿恬用胳膊肘拐了下周辰一，示意他收敛点。

周辰一不以为意地笑笑，对瞿母的任何问题，都解释得无比清楚。

“那你们是不是返校后就出国了？”

“不是，我们还得去星洲培训一段时间。”

瞿母点点头：“哦……你说这学校也真是的，还要你们分成两批，要是你和恬恬去同一所航校好歹能互相照应。”

周辰一笑笑，有点无奈：“也没想到会被分开，所幸瞿恬的舍友和她是同所航校。”

瞿恬一脸不乐意：“我自己能照顾好自己。”

“照顾什么？”瞿母当场揭她老底，“一个冷水煮白菜，面条能煮烟的人能照顾好自个儿？”

“妈！”瞿恬脸上挂不住，连忙伸手捂住瞿母的嘴。

周辰一眼底含笑：“瞿恬脑子快，学一学就会了。”

瞿母掰开瞿恬的手，继续戳她：“她那叫鬼精。话说辰一，你父母年三十才回来吗？”

周辰一：“是的，我爸手头上有个案子收尾，得到三十才能回了。”

一直沉默不语的瞿父突然插进一句话：“哈哈哈，很多赶年三十的运气不好会延误。”

“说什么呢！”瞿母戳了一下他的胳膊，轻骂道，“你以为演电视剧呢！”

瞿父瞧见妻子脸色，立马噤声，专心开车。

话到这里，瞿母顺势道：“要真是电视剧，那辰一就到阿姨家过年。”

瞿恬一听，急了：“我们不是回奶奶家老院子过，周辰一要是回去，街坊邻里不都看见了！”

“看见怎么了，辰一也是那个院子里出来的。”瞿母瞥了瞿恬一眼，“院子里谁不知道你们从小一起长大，好的时候能穿一条裤子。”

“妈！”瞿恬彻底烧红了脸。

瞿父连忙江湖救急：“好了好了，你也别老拿小时候说事儿，女儿都大了，会害羞的。”

瞿母翻了个白眼：“好好开你的车。对了老瞿，我听说今年沈家儿子也回来过年吧？”

瞿恬心突跳了一下，想起和沈川寒的事心头不由得烦躁起来。

瞿父：“好像是吧，几年不回来一次，过年倒是头一次。”

“那孩子挺优秀的。”

“优秀是优秀，但我不太喜欢，这孩子心思沉。”

“人要你喜欢了？”

瞿恬听父母有一搭没一搭地聊着，视线移到车窗外车水马龙的路上，突然她感觉有人钩住了她的小手指。

她难以置信地看着泰然自若跟父母聊天的周辰一，她真想一头扎进河里，给滚烫的脸颊降降温。然而也是这个小动作，让她烦乱的心绪平复了下来。

生活总比电影精彩，周辰一的父母果然延误了，要到年初一才能回到家。

本想在家里自己弄弄，一大早他便接到了瞿恬的电话，她的口气有些不乐意，不过还是亲自到家里接他去了老院子。

这院子已经住过三代人，现在政策好，很多人都搬进了新家，还住在老旧院子里的大多数上了年纪的长辈。他们从小生活在这里，有着深厚的感情。

瞿恬高三毕业时也搬了家，喜欢安静的奶奶则要求住在这里，老小区地处城市发展中心，虽不知以后会不会被改造成喧嚣闹市，但现在院里仍一片安静祥和。

“辰一，你爸妈这趟延误真不凑巧，好好一个新年，要在机场过了。”

“您别担心，他俩说不定已经下馆子去了，我妈不可能在机场跨年。”

瞿母笑脸盈盈：“好在明天也能到家了，今天你就在阿姨家过除夕。”

虽然很多人年轻一代已经搬进高楼大厦，可是到了年三十，他们还是带着家人回到了儿时长大的地方。大家一听周辰一回来，都纷纷跑到瞿奶奶家来看，一边感叹一边怀念，果不其然，许多长辈纷纷打听起他有没有处对象。

家里气候比L市暖和得多，瞿恬穿着拖鞋蹲在小竹椅上嗑瓜子，看着那些人变着法和周辰一套近乎，心里有些不舒服。

“辰一长这么大了，瞧这脸庞俊的。”

好像什么都变了，又好像什么都没变。

他这张脸，真是到哪里都受欢迎。

正说着，一辆保时捷开进了院子，众人面面相觑，看到沈家的人从车上下来。

“他家怎么今年回这里？”

“不清楚……”

沈川寒家的老宅子一直没有卖，虽然家里已经没有老人，但时不时还会有人回来打扫房屋。在院子里，他家的宅子算是最大的，前些年还重新翻修了一番，但从没见过他们回这里过年。

果然，车上下来的都是用人，听闻他家搬到了市区最繁华的地方，彻底和老家的人断了关系，想着沈家也是势利的人，倒也培养出沈川寒这么个优秀的孩子。

“长辈们好。”年轻的管家给院子里的人问了个好，说，“今年我们沈少爷要到老宅子过年，所以先过来收拾。”

沈川寒要回老宅子过年？！

这个消息确实有些惊人，都说他在外面成了特别出名的建筑师，几年都不回国一次。瞿恬听着长辈们你一言我一句，这才知道沈川寒那几年回国唯独只去了她待的地方，没有和其他任何人接触。

看着用人们搬了许多东西进宅子，周辰一侧头看了看瞿恬，走到她面前说：“没想到你邻家哥哥排场变得这么大了。”

瞿恬冷冷“喊”了一声，把手里嗑完的瓜子壳往垃圾桶一扔，拍拍手说：“人家有本事，摆摆场面怎么了？”

周辰一耸耸肩，淡淡说：“没什么，希望他不要当场宣布要跟你结婚什么的。”

瞿恬脊背一凉，一脸阴沉地看着周辰一，嘀咕道：“不带这么玩吧？”

她没往这方面想过，可听周辰一这么一说，她心里打鼓，细思极恐，觉得要是像之前那样，沈川寒还真可能做出这种事。

“怎么办？”瞿恬幽幽问。

哪想周辰一居然眯眼一笑，说：“那你现在宣布是我女朋友不就好了。”

一口老血卡在喉咙里，瞿恬手捏拳头，正打算给他一拳，只见沈家老宅的管家突然下了楼，往院心那边迎去。

沈川寒回来了。

他从高大的槐树那边走过来，身形颀长，透明的镜片泛着寒光，映在狭长的眸子里。

瞿恬的思绪有一瞬间的放空，她没想过会在这个院子里再见沈川寒，可是这个人的面庞和记忆中的重合在一起，变得十分陌生。

“各位长辈好。”他打了招呼，可是众人都看呆了，竟没有一个人反应过来。

还是瞿父率先打破了沉寂：“是沈川寒吗？都快不记得多少年没见了。”

沈川寒侧过头，语出惊人：“伯父好。”

伯……伯父？

瞿父还没回神，沈川寒继续道：“听闻今年恬恬要到国外飞培，特地回来一起过年的。”

瞿恬不悦地拉下脸：“沈川寒。”

瞿母连忙提醒道：“哎，川寒比你大得多，要喊人哥哥的。”

沈川寒看了瞿恬一眼继续道：“她要去澳洲飞培，正好我明年也在澳洲有项目，可以照顾她。”

此话一出，全场寂静。

父母疑惑地看了女儿一眼，这他们才知道的消息怎么沈川寒像知道了很久一样，连瞿恬去哪里飞行培训都一清二楚。

气氛有些尴尬，周辰一悄然地站在瞿恬身边，笑着说：“沈大哥难得回来一年，舟车劳顿，还是赶紧回去休息一下吧。”

管家反应过来，赶紧道：“真是怠慢少爷，快进屋休息吧，里面已经收拾好了。”

沈川寒默不作声地看了周辰一几秒，这才转身准备进屋。

“我一会儿再过来找你。”

他回头看了瞿恬一眼，留下一句话，引得众人开始猜测。

老院子有老院子的好，虽然是各自回家过年，可都会在门前院子里摆上年夜饭，乍一看还以为院子里办客。

老人们嬉笑盈盈，儿孙满堂，小孩子们收到红包，可都没有玩烟花爆竹来得开心，一个个笑得合不拢嘴。

沈川寒站在阳台上看着院子里其乐融融的画面，屋子里虽然摆满了山珍海味，可他没有一丁点儿胃口，只是端了杯葡萄酒，站在那里看着下面的人。

瞿恬和周辰一挨坐在一起，两人为了一个鸡腿吵得不可开交，沈川寒半眯起眼睛看着眼前这幅画面，寒霜略过眼底。

“把买回来的烟花给孩子们拿下去。”

“是。”

夜色已经浓稠，明亮的夜空中腾升起绚烂的烟花。

几人在院子里陪小孩放烟花。烟花是沈川寒买回来的，各式各样，形状多得离谱。孩子们往年没有见过这么多种好看的烟花，都纷纷跑到院里观看。

烟花照亮了夜空，星星点点，伴着欢笑声洒下炫目的光芒。

周辰一帮孩子点燃烟火后，站在一旁。炫目的光芒里他矗立在原地，视线凝望着夜空，身形高挑，神情认真，嘴角挂着淡淡的微笑。

瞿恬一瞬间失了神，如此熟悉的场景，触动着她的心房。好像往年的那些岁月，他们也曾在这里放烟火，吃年饭。

外表冷淡沉静的周辰一，像极光，像烟火，像太阳一样照亮了她的世界。

空气里弥漫着烟火的味道，周辰一点了两根仙女棒递给瞿恬，低沉的嗓音悦耳动听：“仙女棒配小仙女。”

瞿恬红着耳根接过烟花棒，火光映照着她的脸庞，在瞳眸里开出了花。

“刚才沈川寒找你说什么？”他问。

原以为没有人看见，瞿恬犹豫了一下，说：“也没说什么。”

方才沈川寒送烟花下来的时，瞿恬主动过去找他谈话。首先为之前的事情道歉，接着说了一些感谢的话，可是她没想到，沈川寒居然跟她表白了。

“他跟你表白了？”他说完这一句，忽然又停住了。

周辰一难道属蛔虫的？！

瞿恬露出惊讶的神情，心早已悬了起来，见周辰一淡淡的脸色没什么变化。

瞿恬抬眼看他，缓缓道：“我说我忙着学飞，没时间谈恋爱。”

在认真的和沈川寒交谈后，瞿恬明白了，她真的一点儿都不了解他，他们似乎变成了两条平行线，从高中她决定学飞开始，再是现在，或者未来，他们都不可能相交。

也许沈川寒是青春旅程中一个青涩的回忆，也是一段的成长经历，他虽然傲慢、专横，有极强的控制欲和占有欲，他也许曾影响她选择了一条错误的路，但她不想去恨他也不想去怪罪他，因为她现在觉得，一切已经不那么重要了。

听到她的回答，周辰一重新点燃一根仙女棒，语调波澜不惊：“呵呵。”

“你笑什么？”瞿恬皱着眉头。

“没什么。”周辰一笑着说，“就觉得这个理由很烂……但，很有用。是个聪明的答案。”

瞿恬听着，心头有一丝丝甜意划过。看着周辰一又把仙女棒递给自己，她伸手去接，又听他用略带郁闷的语调道：“我这里也有一个表白。”

瞿恬心头一颤，差点没接住他递来的仙女棒。

只听周辰一继续道：“可是她一直都没有答复我。

“虽然不知道她什么时候才会松口，我玻璃心，但我舍得给它碎，我愿意为她打破任何常规。”

他眉眼弯着，嘴角上扬，拿出一根未点燃的仙女棒，借着瞿恬手里点燃的火光，再次点燃了一根。

“友谊不见得就能永存，爱情兴许能天长地久。”他抬头看她，笑着问，“你觉得呢？”

瞿恬心跳狂乱如奔腾野马，立马移开了视线，红着耳根说：“也许会……吧。”

看着炫丽的烟花，瞿恬扬起恬静的脸庞，重复了一遍：“会吧。”

电视里传来了春晚跨年的倒数声，大家互相道着新年好，周辰一转身抬手温柔地揉了一下瞿恬的脑袋瓜：“过年好。”说着，他微微垂首，轻轻吻了一下她的额头。

瞿恬赶紧侧头看看，生怕有人瞧见般。

她皱紧眉头怒上眉梢，可在对上周辰一柔情似水的眼眸时，立时缴械投降。

片刻，她低低应了一声：“嗯，新年快乐。”

春暖大地，两家人约着去了一趟自驾游，假期过得自由而充实。

瞿恬返校时，皇甫云霞已经在公寓里收拾好了卫生。她穿了件短袖，脖子上挂了一条飞机形状的项链。这条链子瞿恬以前见过两次，因为是战斗机的形状，比较特别，所以记忆很深。

“假期过得好吗？”皇甫云霞调侃她，“你有没有跟周辰一好好谈谈？”

瞿恬面色羞窘：“……还没。”

皇甫云霞十分无语：“我的姑奶奶，你究竟要拖延到什么时候？”

“本来要说的……但是整个假期两方大人都在身边！”瞿恬找了个借口为自己开脱，“我根本不好开口！”

皇甫云霞瘪了瘪嘴，也不戳穿她，转而道：“哎，我还以为能有好消息听。”

瞿恬戳戳皇甫云霞的腰窝，道：“依我看你八卦的程度快赶上阿青了。”

提到阿青，皇甫云霞接过话：“你别说，虽然我们出国看似好，可阿青和昕薇已经去本部的基地开始训练了。”

瞿恬一惊：“这么快？”

“对啊，况且我们还得先去星洲培训两个月。”皇甫云霞叹了口气说，“说不定我们还没去国外，他们都进场飞行了。”

瞿恬打开手机日历算了算，觉得这种可能性很大。

“辅导员有通知我们什么时候去星洲吗？”瞿恬问。

“还没有，估计就这两天，我们可以稍微做下准备。”

瞿恬点点头，看着皇甫云霞的背影，她似乎瘦了一圈。

“云霞，你这个假期都在忙什么？”

“哦，也没忙什么。”皇甫云霞的眼底一抹不自然转瞬即逝，回答说，“帮家里瞎忙忙。”

皇甫云霞家中从商，有几次视频都看到她在电脑前忙绿。瞿恬也没再多问，两人收拾好屋子出门采购商品，顺带和房东交接一下房子的事宜。

空闲的下午，瞿恬窝在沙发上打游戏，空气中飘来一股淡淡的醇香，她转头问：“云霞，你在冲咖啡吗？”

皇甫云霞在笔记本电脑上飞速打着字，有些漫不经心地说：“没有，除非有必要，不然我不会喝那种刺激神经的东西。”

“我估计是周辰一在给你准备出国喝的咖啡。”

听完，瞿恬蹑手蹑脚走到阳台想确认味道来源，却瞧见阳台上晾晒着一些咖啡豆，此时香气越发浓郁。

瞿恬见杨靖宇哼着小曲出来，问：“周辰一呢？”

杨靖宇似笑非笑地看着瞿恬：“本来在给你磨咖啡，叶芩伊给他打电话，刚刚出去了。”

只听到“叶芩伊”三个字，瞿恬脑门立清：“去哪儿？”

“想知道自己问啊。”说着他目光一飘，突然指着院子的人，“喏，到楼下了。”

瞿恬竟然真拔腿跑下了楼，可又呆愣愣地在院子里待了一会儿，灰溜溜折返回来，始终没有追上去。

“啧，我真要给她跪下了。”皇甫云霞摇了摇头，“这还有什么可犹豫的？”

杨靖宇似懂非懂地答话道：“或许等周辰一跟叶芩伊走了，

她才懂。”

皇甫云霞扭头看着他故作深沉的样子，拆台道：“先搞定你自己吧。”

星洲很热，现在气温已经可以穿夏季的制服，私照的理论课是由航校的教员来授课，每天课程排得满满当当，令人透不过气。

天气闷热难耐，也为了节省洗漱时间，才到星洲的第二天，杨靖宇学着外教的样子给自己剃了个光头，站在太阳底下十分耀眼。瞿恬给阿青拍了一张照片，笑得阿青特地发了条朋友圈，说要高价售卖活体灯泡。

整个四月似乎都在考试，上完课随堂考，刚考完 paper test（试卷测试），又等着 oral test（口试），笔试口试交替着来，还没经历大风大浪的飞行学员感觉快要招架不住。

出国所需的证件也办理得差不多，课程学习之余大家会四处走走。这早瞿恬才从床上睁眼，听到窸窸窣窣的声响，起身一看吓了一跳。

“云霞你找什么？”

皇甫云霞满脸焦急，在屋子里四处翻找着。屋里乱成一片，东西横七竖八丢成一团，瞿恬从没见过她这样，记忆里云霞一向沉着冷静，从容不迫。

她额头溢出细密的汗珠，显然已经翻找了很久。

瞿恬从床上下来关切地问：“你在找什么，我帮你找。”

“不见了，不见了……”皇甫云霞嘴里一直重复说，“我明明记得昨天洗澡时候脱下来放在柜子上。”

“什么？项链吗？”瞿恬下床在书桌上帮她找。

看到她如此焦急，瞿恬往书桌上下翻了翻，忽地看到一个精巧的物件挂在桌上那盆仙人球盆栽里。

“哦，是这个吗？”

皇甫云霞急忙过来一看，像珍宝一般将项链握在手里：“还好没丢。”

瞿恬笑了笑，问："谁送你的项链哦，这么宝贝？"

皇甫云霞眸色一沉，停顿了一下才说："一位故人而已。"

嘴上这么说，可刚才她的慌乱瞿恬看在眼里，似乎远远不止故人那么简单。见她不太想谈论，瞿恬也没再追问。

皇甫云霞深深舒了口气，瞧见瞿恬又翻了两袋零食准备爬上床追剧，开口问："对了瞿恬，五一休假几天，你打算去哪儿？"

瞿恬手里拆着一袋猫耳朵，手有点滑，怎么也撕不开包装袋："不去哪儿，想好好休息两天。"

皇甫云霞一副恨铁不成钢的表情："周辰一……你答复人家了吗？"

瞿恬心虚地缩缩脖子，笑着打哈哈："啊……还没。"

"我可从来不记得你有拖延症。"皇甫云霞抬手捏了捏额头，从开始到现在她一直在旁边提醒，这个丫头怎么一点儿都不长进，"况且我们是在两个不同的国家飞培，一年多都没法见哦。"

瞿恬继续鼓捣手里的包装袋："哎呀，回来就可以见了。"

看来不使出点撒手锏还以为自己稳稳当当。

皇甫云霞昨晚从阿青那里得到了一个劲爆的八卦，本以为瞿恬自己已经上心，没想到她还完全没有一丝危机感。

皇甫云霞叹了口气，抬眼看着瞿恬说："别怪我没有跟你说哦，叶芩伊跑到星洲来找他了。"

"什么！""唰"一声，包装袋被用力撕扯成两半，撒了一床的猫耳朵。

皇甫云霞嘴角含笑，语调不疾不徐："他们要一起去清宁古镇旅游。怎么，你不知道？前面叶芩伊不是还到公寓找他了。"

瞿恬黑了脸。

皇甫云霞继续煽风点火："看来周辰一也不是什么都和你说啊，可能发现跟你说什么也没用，死心了吧。"

"唰"又一声，瞿恬把包装袋捏成一团，咬牙切齿："他爱跟谁去旅游跟谁去，跟我没关系！"

得，你就继续端着吧，看你能忍到什么时候。

果不其然，在假期前最后一天课程结束后，瞿恬在教学楼下看到了叶芩伊。她穿了一条碎花连衣裙，长发翩翩，安静而美好。

瞿恬趴在窗台上，见周辰一出了教室门，迎了上去。

“什么情况，那是周辰一女朋友吗？也太靓了吧。”

“是个空乘吧，啧啧。”

“我怎么没这好的艳福。”

……

男飞们你一言我一嘴，听得瞿恬心烦意乱，她一个回头怒道：“能不能安静一会儿！”

众人面面相觑，也不知自己哪里得罪了瞿恬。

“喂，杨靖宇，你们这个瞿学霸……”他没敢说完下面的字，只跟杨靖宇比画出一个大拇指的手势，意思是“太辣了”。

杨靖宇笑了笑说：“更辣的你是没见过，瞿恬这顶多算吃醋。”

众人大惊，原来此处有深意。

瞿恬气得瞪圆眼睛，一动不动地盯着不远处的两人，不放过一丝一毫。

渣男，简直是渣男！还说什么只对她动心，叶芩伊已出现还不是屁颠屁颠跑过去！

瞿恬这一气，直接连晚饭都没吃。三人到烧烤摊吃夜宵，周辰一不在，杨靖宇也不知道是不是故意来气她，说周辰一陪叶芩伊去吃小龙虾了，瞿恬差点没跳起来给他一拳。

皇甫云霞给瞿恬倒了杯冰可乐顺顺气，顺带给她夹了一只炭烤生蚝：“消消气，他们吃龙虾，我们吃生蚝！”

“我没气！”瞿恬拳头紧握搁置在桌上，杀气从上到下溢满全场。

杨靖宇见风使舵，插上一嘴：“他们好像明天就要去清宁古镇了。”

没想瞿恬一口干了可乐，气得走了。

“喂，瞿恬！”

皇甫云霞指指他，没想到笑着说了句：“干得好。”说完跑去追瞿恬了。

杨靖宇呵呵一笑，给自己倒了杯冰可乐，美滋滋地吃起了烧烤。

运动细胞发达的人一跑就是几公里，皇甫云霞实在没辙，骑了辆共享单车才追上她。

瞿恬坐在河边，夜风吹撒着漫天樱花，花瓣翩翩落了一地。

皇甫云霞叹了口气，走到她旁边坐下："你既然喜欢他就去跟他表白啊。"

瞿恬动动唇，说了一句话。

五月小长假，清宁古镇的点灯节吸引着各处的游人，点河灯、猜字谜、诉衷情，想到周辰一和叶苓伊一起去了清宁镇，瞿恬的心就窝着一团火。

"我明天要去清宁镇办事，要不要捎带你一起啊。"皇甫云霞故意试探说，"听说一同去那里点灯的情侣都能得到好结果。"

瞿恬立马转头问："准吗？还是旅游营销？"

都这种时候了她脑子怎么还能这么清醒？

皇甫云霞悠悠说："这个就不清楚了，毕竟清宁镇是文化历史古镇，流传下来的很多习俗都有据可寻，善男信女为爱情祈祷也不足为奇。"

见瞿恬半信半疑，又加上一句："估计有点效果吧。"

要知道皇甫云霞是什么段位，她说灵的东西自然不必再迟疑。于是瞿恬眉毛一凛，不乐意了："他敢！"

"你干脆跟我一同去，我去办事，你可以……去放松放松。"皇甫云霞避而不谈周辰一，怕瞿恬被看穿心思后害羞。毕竟一旦同周辰一扯上关系，任何情况下的极力否认是她的行事风格。

"那……也行。"瞿恬也知道云霞给她搭了个台阶，起身道，"那我们先回去收拾东西吧。"

看着瞿恬火力十足离去的背影，她轻笑摇摇头："当爱情来临时，直女也有开窍的时候。"

星洲离清宁古镇旅游度假风景区的路程不算远，一个小时火车直达，和皇甫云霞分开时已是夕阳西下。瞿恬找了家面馆吃了碗牛肉面，随后买票进了景区。

古镇内各种旅游设施一应俱全，从吃喝玩乐到衣食住行游，样样齐全。她在旅行攻略上推荐的那家客栈落了脚，收拾一番才出门。

杨靖宇说周辰一是早上八点的火车票，离此刻已经过了十二个小时，按她从阿青那里捕获的消息，此刻他们应该是在花灯会。

她一边逛一边观察，顺带买了个狐狸面具戴上，按兵不动，以免打草惊蛇。

突然，她看到了一个身影！

周辰一！

他和叶芩伊在一块，正亲昵地在一家糖人店铺前照相，瞿恬想也没想，拔腿就跑。可一晃眼，两人却消失在茫茫人海。

瞿恬穿梭在人群中，试图寻找到那抹熟悉的身影。

从小在体能训练方面的建树令她一贯心高气傲，可这次她感觉无论用多快的速度都远远不够，她恨不得使出浑身解数，立刻追到他们前面去。

喧闹的古镇夜晚，小桥流水，醉人的灯火让人沉迷。

然而瞿恬无心欣赏月色美景，盲目地在人群中奔跑，心中只有一个念想，她要周辰一。

她从没将周辰计划在自己的人生里，却在可能失去他的瞬间世界崩塌。她不想再去维持那种微妙平衡的友谊关系，内心的声音清楚地告诉她，如果失去了周辰一，她一定会后悔。

古镇的街道花灯点缀，灯上还附着灯谜，诗谜书于灯，映于烛，颇有点元宵佳节赏灯会的韵味。巷子里人头攒动，瞿恬绕了好几个巷子都没看到周辰一的身影。她尝试给他打电话，但都没有人接听，可见花前月下，某人真是好快活！

抬眼之间，她看到了游客中心，一咬牙，走了过去。

不一会儿，原本播放着优美古风乐曲的音响突然停止，工作人员的声音响起："从L市来旅游的周辰一小朋友，周辰一小朋友，听到广播后请迅速到古镇入口的游客中心，你的妈妈在这里等你。"

广播里重复了三遍，大家都在担心这位与母亲走散的小朋友，除了……

"辰一……"叶芩伊笑了笑，"想不到L市还有跟你同名的小朋友呢。"

周辰一抽抽嘴角，脸上的表情出奇地精彩，从小到大，她真是不达目的不罢休呢，什么招数都能使出。

正想着，叶芩伊的胳膊不经意间挽了上来，周辰一回过神，不动声色地避开叶芩伊的手，轻声道："怎么了？"

叶芩伊微微蹙起眉头，样子看上去楚楚可怜，让人动心。

"我有点冷。"

周辰一深深吐了口气，提议道："那你早点回客栈休息吧。"

叶芩伊先是面露红晕，随即眼底染上一抹错愕："我一个人？"

周辰一低低应了一声："是的，你早点回去休息吧，不是说明天还有事要办。"

"不是！"叶芩伊再次试图挽住他的胳膊，带着哭音说，"可不可以不要丢下我一个人？"

周辰一微微愣住，停顿片刻说："抱歉，我还要到游客中心领人。"

"周辰一？"她难以置信地盯着他的眼眸，确认他真的要抛下自己一个人。

"为什么？"叶芩伊声音有些颤抖，"为什么我不行？"

周辰一轻拍几下叶芩伊的肩膀，礼貌地同她拉开距离，沉声道："她占据我心脏的时间比你想象的还要遥远。"

即使这个答案叶芩伊早已经猜到，然听到喜欢的人亲口说出时，依然狠狠地在她心头划上一刀。

"干吗这么决绝，你可以给我发好人卡。"

周辰一笑了笑，放柔声音说："你付出过，不是该随意打发的人。"

温柔真是一味人间良药。

叶芩伊虽然哭着，可还是缓缓放下了手。

“我好嫉妒啊……”她抿抿唇，“但我也要及时止损了。”

她仰头看着他，温柔一笑：“我曾真心喜欢过你。”

焦急地靠在玻璃门上，每隔几秒便要走到大厅门口瞧瞧有没有某人的身影，瞿恬觉得自己真的太卑微了。想当年为了“保护”周辰一，她披荆斩棘创下佳绩，隔壁小区的人还以为她是女恶霸，天天抓着周辰一要钱。

其实……

“你带钱了吗？可以借我点买辣条吗？”

“那个小冰棍才五分钱，你带钢镚没？”

“先借我搞点奶宝巧克力豆，发达了翻倍还你。”

……

听到旁边的刺溜声，瞿恬的思绪被拉回，侧头看到来游玩的小朋友拿着棒棒糖吃得正欢。

瞿恬摸了摸口袋，没带钱，幸好可以手机支付。

等一下，手机呢？

她急得从上到下一通乱摸，熟悉的声音从背后递来：“手机又找不到了？”

瞿恬抬眼看到来人，对方径直走到她跟前，从她后背卫衣帽子里把挂手机的绳索理出来：“教了好几次先找手机挂绳，这么多年怎么还是不长记性？”

初中瞿恬丢手机的频率太高，让家里人直接给她买了个老年机，为了保住老年机，周辰一索性送了个手机挂绳给她，才让老年机顺利熬到了初中毕业。

瞿恬凝望着他的眼眸，抬手指了一下摆满零食的铺子：“你要不要吃东西？”

周辰一哼笑一声，彻底败给她了。

离开游客中心，瞿恬一脸不爽地走在巷子里，眼睛盯着周辰一手里的棒棒糖，不悦道：“你就只买一根棒棒糖？”

周辰一哂笑：“不然呢，我想吃什么自然买什么。”

“你也忒抠门了吧。”

她这副口气让周辰一禁不住笑出了声：“你这是哪个地方的方言呢？”

瞿恬拽住他：“你这样不行，跟你说正事呢！咋就不听呢！”

“杨靖宇听到这不正宗的方言估计会吐血。”

瞿恬不乐意了，一把甩开他的手，清清嗓子：“找我干哈？”

周辰一抬手指着自己，一脸莫名其妙：“是谁在广播里发寻人启事的。”

瞿恬有点不好意思。

“瞿恬，冒充我妈你也不怕我爸跟你讲法律。”

闻言她脊背一寒，心里过意不去，勉强解释说：“我这也不是……被逼无奈，无计可施。”

两人静了一会儿，周辰一忽然又不紧不慢地开了口：“这一次就算了，不过我希望你下次能用个别的身份找人？”

瞿恬转头望着他：“比如？”

他的声音略略低沉了几分：“比如从L市来的周辰一先生，您的妻子因为自己走失，跑到游客中心等您认领。”

瞿恬：“……”

看到她吃瘪的表情，周辰一也不继续说，唇畔挂着浅笑，静静等她接招。

令他大惊失色的是，瞿恬下一秒探过头去，轻轻在他脸颊落下一吻。

周辰一身子一颤，眼底透出震惊，他似乎反应了好几秒，才从震惊中回过神。

夜色已深，游客纷纷前往河边广场放孔明灯，浩瀚星空下无数孔明灯飞向天空，汇聚成灿烂星河。

阒寂的古镇巷子，淡淡的花的香味浮动在空中，瞿恬心跳变得不稳，她喉咙发紧，想说的话像一团火球堵在嗓子，十分难受。

周辰一静默片刻，启唇问："你不是说要在宿舍待着学习，怎么跑到这里来？"

"我……"她含糊道，"就……想来。"

周辰一看着她语气淡然："那么我们去广场那边放孔明灯吧。"

"等一下！"瞿恬猛地拉住他，抿抿唇说，"我……我刚才亲了你啊！"

某人神色泰然自若，继续淡淡道："我知道。"

"你怎么……没反应？"

"我吻过你。"

"不是！我不是在跟你 PK，我是……"

"是什么？"周辰一继续耐心引导。

瞿恬心一横，坦白道："告诉你个坏消息，我对你的思想已经不单纯了。"

周辰一故作吃惊，说："你想灭口？"

"周辰一！"她似乎要急得哭出来，眼眶微微发红。瞿恬是什么人，争强好胜要面子，能一路追来想必已耗费了许多勇气。

"就这样吧……"

他并不想勉强她，不料瞿恬竟上纲上线。

"我大老远跑来是有话给你说。"她眉眼一凛，严肃认真，"你不是一直想要听我的答复。"

周辰一向后退几步，倚靠在河边的栅栏上，示意道："你说，我听着。"

瞿恬双手捏成拳头，停顿一下缓缓道："我承认，起初和现在有很大的差别……防备的是我，深陷的也是我。"

周辰一眼底的光微微一变，听她说道："可现在对于我来说，千万种野心，最大是你。我们分开又重逢，对这段失而复得的关系我又喜又怕，我很开心能再见到你，又怕这段关系再次断掉。

"所以当你提出想要打破这种平衡，我……真的慌了。"瞿恬一字一句，将深埋在内心的话语全盘脱出。

她不善于表达自己内心的情感，周辰一听她一口气说了这么多，已然十分震惊。

“可事到如今，我不得不承认，这种平衡被打破了。”她凝视着他说，“我承认我喜欢你。”

这句话他大概也就等了二十几年吧，多年以来他幻想很多次跟瞿恬表白的场景，却从没有想过她会有主动的一天。高中突如其来的分别,大学蓄谋已久的相见,他所有步步为营只为她一句“我喜欢你”。

“啧。”他嘴角噙着笑，反问早已脸如红虾的瞿恬，“你在跟我表白吗？”

本质是想再听一遍，可惜学霸的第一反应竟是这人是不是脑子不灵光？

她看着周辰一呆了几秒，转而问：“你高考语文多少分？”

不知该哭还是该笑，周辰一黑眸里闪着光，问：“你想要我？”

瞿恬呼吸一紧，心想着说了说到这种地步了，还有什么可遮遮掩掩：“想要你的一切，包括……”她的视线缓缓落到他结实的胸肌上。

不怕学霸成神，就怕学霸开窍，才刚刚打开车门，便已加油上路。

周辰一瞥她一眼，淡淡道：“瞿恬，你这些都跟谁学的？皇甫云霞她们都把你教坏了。”

然而瞿恬轻笑一声，眼眸星光汇聚，口吻霸道：“从小就是优，要怎么从良？”

从小学开始，一旦是她目光确认的东西，她从不吝啬地倾其所有去得到。

此时此刻，他终于明白，他不是被命运囚禁了。

他是被她这个人的自信所囚。

突然轻笑一声，周辰一故作无奈：“早知道就给你糖了，省得你说那么讨好我的话。”说着他把兜里揣了很久的棒棒糖递给她。

她笑着伸手去拿棒棒糖，却被他抢先一步拽住手腕，一揽腰，得到一个吻。

她的脸颊再次烧红，心跳快要停滞，掌心搭着他的胸膛，欣喜若狂，想着“真是赚大发了”。不料她的失神换来了唇角一痛，好像在抱怨她的分心，于是对方变本加厉地加深了吻，瞿恬只能沉沦。

天空是孔明灯汇聚的耀眼星河，眼前是心心念念的期盼，情之所钟，得偿所愿。

无数的青年男女在水灯和孔明灯上写下祈愿，两人也跟风放了盏灯，随后到烧烤摊吃夜宵。

“这种场景不算大，有机会一起去泰国水灯节。”周辰一提议道，“看看所谓旖旎的恋恋风情。”

倏地，瞿恬停下脚步，视线朝着一个方向看了许久。周辰一顺着她的视线看去，黑乎乎一片，什么也没有。

“怎么了？”他问。

“有点奇怪。”瞿恬皱着眉头说，“我刚才好像看到祁振轩了。”

周辰一一愣，又仔细看了看，说：“花眼了吧，那家伙估计还在训练基地准备夜航呢。”

想到队里那严苛的训练，瞿恬认可地点点头：“嗯……我也觉得不太可能。”

眼下夜色已深，周辰一看了眼表问：“你一个人来的？”

瞿恬：“云霞同我一起，不过她去办事了。”

见周辰一没有继续说什么，瞿恬主动问：“你担心叶芩伊？”

“我已经打电话让她姐妹来接她了，她们刚才已经回到酒店。”周辰一回答说。

“哦……”虽然什么都被他安排好了，可是瞿恬心里还有一点点不舒服，他把谁都安排好了，唯独没有安排她。

似乎看出了她的心思，周辰一抬手刮了一下她的鼻尖：“我说这话的意思是，你今晚是要跟云霞住还是跟我……”

瞿恬连忙道：“我已经开好房了！”

原话本没什么毛病，放在现在的场景里容易让人想入非非。

周辰一怔了一下，笑道：“挺意外。”

他笑什么？瞿恬正疑惑，突然恍然大悟！

“不是！我的意思是我已经有住的地方了，你可以再去开上一间。”她火速解释一番。

周辰一若有所思地点点头，应道：“我俩不是一起住过。”

他指的是他们去西北的那次旅行。

瞿恬干巴巴笑了两声，说：“那是偶然发生事件，概率小。”

所以，故技重施。

周辰一抬手搂住她的肩膀，唇贴着她的耳朵低语：“我醉了。”

瞿恬身子不自觉一颤，小声问：“什么？”

“我们在机场附近吗？”周辰一压低声音继续道。

闻言，瞿恬四处看看，蹙眉说：“没有啊，到底怎么了？”

“可我一看到你就开心得想起飞啊！”话落，他忽地在瞿恬脸颊亲了一下。

“你！”

瞿恬烧红了脸，狠狠甩开身上的黏黏糖，没想周辰一像狗皮膏药一样挂在身上，甩都甩不下来。

他逗着她说：“我想跟你同床共枕探讨国外飞陪训练。”

瞿恬一凛眉，抬手赏他一记拳头：“我不想。”

轻风徐徐，拥夜入怀。

清宁古镇一家明信片店铺门里，皇甫云霞一身黑色皮装，坐在桌台上写明信片，她手边放着机车头盔，黑色皮衣间精致的坠子上战斗机熠熠生辉。

似乎感觉身后有人来，她也没回头，继续写着手上的明信片，淡淡道:“原来一直以来我都错了,或许不是瞿恬感情状态滞后……

“而是她把这个最特别的时期给了最重要的人。”

最近忙得不可开交，似乎又回到了学校期末的那段时间，不是复习，就是考试。

到星洲培训收获最多的大概是杨靖宇，剃头、烹饪、开飞机，几门技术压身不嫌多。按他的意思，要在出国前把这些技术都学精点，说不定还可以发展一下副业。

这两天瞿恬发现一件怪事，也没敢问，云霞视为至宝的那条项链不见了。

瞿恬有些慌，是不是又弄丢了，毕竟那东西小巧精致，稍不注意放哪里了很难找。她看着云霞若无其事的样子，更是心焦。

不对，其实并非若无其事，皇甫云霞最近话很少，除了学习很多时候都见她一个人坐着发呆，究竟出了什么事？是弄丢项链的原因吗？

幸好上次帮皇甫云霞找到时她拍过一张照片，瞿恬想了一下，决定到商场首饰店里看看能不能找到相似的。

瞿恬跑到星洲最大的商场，作为贸易三角的一个中心点，星洲贸易往来很发达，兴许能在商场里问道。

她一边走一边找，没有看前面的路，一不小心跟一个路人撞在一起，两人同时痛呼。

瞿恬揉着脑门正想跟人道歉，猛地地惊呼出声：“龚教官？”

“瞿恬？”

龚教官十分惊讶，自从大一军训结束，他们再也没有见过，当初也没有留下什么联系方式，只听说龚教官他们队的驻地是在星洲。

龚教官欣喜若狂，如同遇到多年不见的挚友：“你怎么会在星洲？”

瞿恬哈哈一笑，挠挠后脑勺：“我要出国飞培了，先到星洲来出国前培训。你们今天出来放风吗？”

“嗯，带几个新兵出来熟悉一下。”龚教官还是依旧一副犀利样，新兵都不敢正眼瞧他，他伸手拍拍新兵的肩膀，吓得新兵脚下一个不稳。

龚教官脸色一僵，又不好发作，瞿恬只能哈哈一笑，缓解气氛：“他们可能忙着看美女。”

龚教官笑着摇头：“有你这么自夸的吗？”说着他指着瞿恬

对新兵说，“你别看她这样，她能做的腹部绕杆比你还厉害。”

想起当初跟周辰一那一抬杠，差点没给自己吐死，瞿恬又尴尬又心虚。

龚教官见她挨家挨店的进去询问，似乎在找什么，于是问：“你刚才在找什么？”

“啊，这个。”瞿恬说着指着手机上的照片说，“我想看看商场里没有没有这种飞机样的项链，想送朋友，她之前有一个弄丢了。”

龚教官露出怀疑地神情：“你确信？”

瞿恬点点头。

“这东西外面买不着啊。”龚教官笑着说。

瞿恬一脸惊愕，半天才冒出一个字：“啊？”

龚教官拿过手机，把照片放大又缩小，仔细看了看：“这个确实是队里的，是空军的飞行徽章。”

“空军？”瞿恬算是蒙了。

龚教官继续道：“嗯……怎么说呢，这小东西很多时候会被当作信物送给喜欢的人吧。”

两人正说着，龚教官的电话突然响了，他的表情立刻变得严肃，在接完一个电话后转身对瞿恬说：“我们得先回去了，原本想约你吃饭呢。”

他叹了口气问：“你什么时候出国？”

“快了，考完试就去。”

“看来不知道什么时候再见了。”龚教官抬手拍拍瞿恬的肩膀，“好好学，好好飞！”

跟龚教官分别后，瞿恬给周辰一打了个电话。

“你在哪儿？”

“我来到商场门口了，你在哪里？”

“我在二楼。对了，我有一件事想让你帮问我个人。”

“问谁？”

“祁振轩。”

听到祁振轩的名字，周辰一顿了一下："什么事情想问他？算了，我先上来找你。"

挂掉电话，周辰一一个小跑，不一会儿出现在楼梯口："问什么？"

瞿恬拿出手机，指着上面的照片："就是这个，这种东西是他们佩戴的吗？"

周辰一看着相片，不过似乎是见过的，一时间有些拿捏不定："应该是吧……我好想见他戴过，但我不确定。"

瞿恬说："云霞之前戴了一条这种徽章的项链，后面好像弄丢了，她最近情绪不太好，我有点担心她。想问问祁振轩有没有什么方法……"

周辰一想了一下说："你把照片给我，我发给他看看。"

给祁振轩发了照片，周辰一顺带给他打了电话，不知道这次能不能接通。没想到这小子居然接了，原以为这个点他应该在训练。

"你小子干吗呢？"

"休整一下，怎么了？"

"我给你手机发了张照片过去，你帮我看看能不能帮我搞到一个？"

"哦……你稍等我看看。"

话落，那边便彻底没了声音。

"喂，祁振轩。"周辰一对着话筒喊道，"喂，你又紧急集合了吗？"

电话那边传来一阵叹息，过了半天祁振轩才缓缓开口："搞不到，这东西得有资格才能给，我没资格了。"

停机坪上斜阳落在山尖，一个男人坐在飞机舱里，阳光从窗户射进来，照在他胸前挂着的飞行徽章上，泛着点点金光。

他缓缓抬手握住了坠子。

由于是周末，购物广场人比较多。

"扶梯下行，请靠右站稳，握紧扶手，左侧通行，请照顾好老人，小孩……”

广播里一直重复提醒语，两人一前一后走到扶梯前，周辰一忽然转身对瞿恬伸出了手。

瞿恬脚下一顿：“干吗？”

周辰一并无多言，直接抓住了她的手，淡淡说：“没听到广播说吗，走扶梯要照顾好小孩。”

瞿恬：“嘁……”

站在周辰一旁边，感受到指尖传来的温度，瞿恬脸颊有点烧。

周辰一目视着前方，硬挺的鼻梁下薄唇微抿，看上去有几分冷淡倨傲。他面色不改，眼中波光流转，开口道：“你心跳得很快。”

瞿恬一怔，发现他的手指搭着自己的脉搏，一瞬间像电流击中一般迅速收回了手。

周辰一瞥她一眼，又道：“脸也很红。”

瞿恬的心仿佛一滞，捂着脸反驳道：“别胡说八道。”

怎么可能在这个男人面前承认自己害羞！

回寝时，皇甫云霞正在宿舍里看书，蓝牙音箱放着《喜欢你》。

瞿恬走过去把手里的酸奶递给云霞，问：“吃饭了吗？”

“吃过了。”

不知为何，两人竟不约而同地有了一瞬间的沉默。

皇甫云霞坐在书桌旁，手杵着下巴，手指把玩着一支笔，沉吟片刻开口道：“瞿恬，你信星座吗？”

瞿恬闻言，缓缓道：“信吧……昕薇那个星盘就没有说错的时候……”

皇甫云霞笑了笑，微微叹息一声，随后道：“只要提起某某星座，我一定会说巨蟹男一生黑，可是今天我突然想到，我恨他，恨这个星座，是因为我和他太像了。”

瞿恬蒙了一下，不知道她突然说这些是什么意思，转而一想，不是不明白，是云霞几乎很少吐露自己的内心。她是内心多么深沉的姑娘，能够绷不住吐露内心的声音，是该有多难过啊……

皇甫云霞颔首看着瞿恬，眼底竟泛起了水泽：“我与他处理事情，爱一个人的方式都很像，却不能同步，所以错过很多，对彼此伤害很大。所以，我现在想的是，我不恨巨蟹座的男生了，我逃避太久了，我要去面对，要去尝试与这个星座的人握手言和。”

瞿恬：“云霞……”

这次，她似乎再也忍不住，一把抱住瞿恬，哭成了孩子。

Chapter 12 相伴是此生皆你

万事俱备，唯有等待。

星洲六周的地面课眨眼而过，离别的这一天终于到来，青阳机场内上演一幕幕依依不舍的画面。

瞿恬和周辰一的父母都来送机。

没想到冷若冰霜的周父脸上竟然崩盘了，他身子站得笔直，紧抿薄唇强忍的样子和他的性格一样孤傲。

周辰一主动上前一步，将眼前“开战”多年的男人抱住，道：“老爸，我又不是不回来，您一个大男人哭什么啊。”

周锜唇角抽动，什么也没说，只是用力拍了拍儿子的后背。

瞿恬和父母拥抱，又抱了抱周辰一的父母，笑着说：“爸爸妈妈放心，等我们学成归来！”

这一走要一年半后才能再见，瞿恬和周辰一站在不同的登机口，回头看了一眼对方。瞿恬对他挥了挥手，先一步登记起飞。

周辰一耳畔萦绕着她最后的一句话：“你要好好学，我可不会先回来。”

在学习劲头上，真是一丁点儿都没变。瞿恬要求他务必好好努力，千万不要因为考核不过而被“遣送回国”。

抬头看着那一架架冲上云霄的飞机，周辰一微微扬唇，对未来充满了希望。

经过黑白颠倒十多个小时的飞行，瞿恬看着头顶墨尔本的斜阳，感觉头脑天昏地暗。

面对这座异国城市，她没有丝毫兴奋，急需补一个觉来缓解身体的疲乏。然而从机场到航校还有一段路程，瞿恬只能上了巴士继续倒头睡。幸好这一路有皇甫云霞在旁边保航，有时候瞿恬想，如果云霞是男孩子不知会迷倒多少女生。

云霞似乎已经恢复了往日的样子，好像那一晚号啕大哭的场面只是瞿恬做的一个梦。

国内和澳洲有两小时时差，她勉强睁开眼睛给家里发了条信息报平安，而周辰一此时应该还在飞机上，他们相差十几个小时，恐怕以后很长一段时间都是他迎来朝阳，她看到落日。

去到航校办理完手续，两人来到公寓休整，醒来时瞿恬收到了周辰一在洛杉矶拍摄的照片。

天使之城。

美国西部最大的城市，全球最著名的好莱坞便在这里。

可周辰一的目的地位于亚利桑那州，离天使之城还有一趟航班，一想到亚利桑那燥热的气候，瞿恬立时觉得喉咙发干，于是起床喝了杯温开水。

【多喝热水。】

她给周辰一发去四个字，对方没有回，大概也是累得在车上睡着了。

看着墨尔本的夜色与星空，还没有让瞿恬产生离家的感觉，可一到超市她立刻憋屈了。

没有辣条，没有干脆面，没有牛板筋，贵到发指的老干妈……

皇甫云霞单买了点水果便已皱起眉头，她思考了一会儿说："我寻思我们该好好回去做做攻略，特别是省钱的那种。突然好羡慕周辰一他们，起码杨靖宇会做饭。"

瞿恬抿着唇，有点儿委屈，说："我想吃辣条。"

凑合吃了点晚餐，两人买了些日用品和蔬菜面条回了公寓，没想到欲哭无泪的苦闷和欣喜若狂的疯癫只相差半个小时。

晚上整理衣物时，瞿恬在旅行箱最底层发现了一个包裹，里面放满了某人给她准备的各类小零食。

拆开一包辣条，瞿恬瞬间满血复活。

"我活过来了……"

"啧，我酸了行吗？"皇甫云霞眼底含笑，打趣说，"周辰一这心细得可以当妈了。"

瞿恬心头似糖甜蜜，拿出手机拍了张照片给周辰一发过去。

才到航校的这晚，她有了个好梦。

六月的凤凰城，即便到了晚上，厚重的热气仍压得人胸闷耐受。

周辰一拎着行李箱，抬手抹了一把脸上的汗，几人拖着疲惫不堪的身体，幸好有学长到机场接机，还为他们准备了晚饭。住宿的公寓还没网，周辰一只能蹭用学长的网络给瞿恬报了个平安。

睡了整整一个天，等到夜间稍微凉爽下来，初来乍到的两人才起床活动。

打开手机看到瞿恬之前发来的照片，她晚上煮了面吃，现在这个点应该睡得很熟。杨靖宇穿上早早准备好的花裤衩，站在镜子前面嘚瑟。

"瞧瞧，俊不？"

看着这富有魅惑的花色，周辰一笑问："阿青选的吧？"

杨靖宇惊恐："这你也看得出来？"

周辰一："这红花配绿色跟她性格一样开朗。"

杨靖宇脸上美滋滋，也不管周辰是不是故意笑他，只是说："反正瞿恬那么正经，是不会给你买这种好东西的。"

显然，等周辰一打开旅行箱时，两人瞬间噤声。

气氛有些尴尬，杨靖宇瞧见旁边黑沉的脸色，缓解气氛说："或许……瞿恬有别的艺术细胞？"

【听说那边很热，什么都不想穿，我送你一条裤子包住重点就好了。】

看到她留言的字条，周辰一耳根一红，默不作声地关上了行李箱。

一包零食换一条内裤，瞿恬的脑回路出奇新奇。

"算了，反正她总是令人意外。"杨靖宇拍拍他的肩膀，叹了口气说，"出去整点不？我看到院里还有篮球场。"

两人正说着，突然有人敲响了门，打开一看是学长。学长名叫陶冶，已经 solo（单飞）一段时间，眼下要准备最后的考核。如果顺利的话，便可以学成归国。

陶冶笑起来眼睛眯成条缝隙，说："走，带你们去熟悉一下环境。"

"看来你们准备得很充分啊，还知道来这儿日常只 hold 住短袖裤衩人字拖。"

相视一笑，换上好衣服跟学长出了门。

微风略燥，原想着吃完饭去篮球场玩，没想手机里各种教学安排就已经铺天盖地。陶冶淡笑说："这还只是个开始，什么异国旅游边玩边学，不存在的。"

两人看着学长略显消瘦的脸庞说："我们只是听说……很难。"

"压力最大的时候，我甚至有过不好的念头。"陶冶深深吸了口气，摇摇头说，"还好有家人和朋友的鼓励，我自己也硬扛了过来。"

他伸手拍拍周辰一的肩膀，问："听说你有女朋友？"

"是的。"周辰一点点头。

陶冶沉默了几秒，提醒道："如果飞培期间分手了，或许对你会更好。"

周辰一蹙紧眉头，心头有些不悦。

“别觉得我说话难听，曾经的学长也是这么提醒我的。

“到时候两个人只是有个名分，实际上过着单身的生活，整天抱着手机谈恋爱。”他眼底几分忧伤一闪而过，苦涩一笑，不再多言。

从公寓到航校需要坐校车，中午顶着四十多度的温度候车，差点让人晕过去。皮肤被太阳晒得很痛，两人决定明天去买防晒霜。

新的征程拉开序幕，同期培训的飞行学员们来自各个航空公司。一开始会有四周的理论学习，结束后是FAA的理论考试，只有通过这个考试后，才能进行场地飞行训练。

课堂第一天领的书堆满了桌子，只用箱子扛回宿舍，按陶冶的话来说，一次理论不过不算什么，要是两次不过基本就是停飞退训。

菲尼克斯闷热的夏天。

酷热的室外与室内成了鲜明的对比，然就算身处室内，燥热的空气依然不听地从窗户涌入。

生涩难懂的专业课，即使每天有十几个小时在学习，仍然远远不够。

还没有进场地训练，理论知识已经让人精疲力竭。课间休息，周辰一趴在桌子上，听杨靖宇在教外国同窗学习东北话。

“Peter，I heard that your girlfriend is the first in your school.（皮特，我听说你女朋友在你们学校是第一名。）”

皮特是周辰一的英文名，起这个名字的原因是源于《壮志凌云》的主角，而眼前这个金发蓝眸的同窗并不是善茬。

Daniel是AM航空的飞培学员，AM作为世界上最大的航空公司之一，Daniel引以为傲，一旦他出现的地方总感觉自带背景音乐。

听陶冶学长提过，Daniel是一个在飞行特别有天赋但又自傲的人。由于以往国内其他学校送来飞培的学员在成绩方面略低于国外的飞行学员，导致现在只要是国内到航校送来训练的学员，时常受到冷嘲热讽。

周辰一没有和他有过太多接触，但是Daniel似乎早已将他视为对手。

“Actually……It’s me.（实际上，是我。）”

自从上次和瞿恬在图书馆打赌后，为了追求瞿恬他确实考到了学院第一。

Daniel脸色微微一变，冷嘲一笑，看着周辰一的眼神充满了怀疑和不屑，对他做了一个挑衅的手势。

这似乎是一届又一届学员留下的刻板形象，周辰一突然觉得，来到航校除了学飞成功，还需要做一些改变，为他们自己，为接下来所有可能来到这里逐梦的学弟学妹。

远在异国他乡，真正验证了那句话——自己动手丰衣足食。

再也不想吃面包和泡面，周辰一开始和杨靖宇学习烹饪，他在味道方面大概很有天赋，短短几周时间已经超越了师父。宿舍里轮着做饭，吃完晚饭就开始准备明天带去学校的午餐，也可以节约出更多学习的时间，于是宿舍从聚众练腹肌变成了聚众学烹饪。

“靖宇，照我说你把他们东北话都教会了，我们就不用跟他们说英语了。”何旭道。

方源吃着碗里的面条，用力点点头：“何旭说得对。”

何旭和方源是国内另外一所航校的学员，此时跟他们组成一个宿舍和学习小队，杨靖宇捏着下巴深思良久，觉得这确实是个好提议。

周辰一把锅里的糖醋里脊倒进盘子里，淡淡道：“普通话都没攻克的难关要让给东北方言了？”

看到周辰一手里端着的菜，方源眼睛放光，从椅子上腾一下站起：“快点，快点拿过来！”

周辰一把菜放桌上，说：“你看到食物的样子让我想起一个人。”

方源夹了一块肉放嘴里：“谁？你女朋友？”

何旭接话说：“听说澳洲那边已经进场地了，而我们这周才理论考试。”

方源：“多多少少有点不一样吧。”

何旭叹了口气，幽幽道：“美国航校普遍是私人驾驶，仪表等级，商照多发，还有高性能四个阶段。至少二十五小时飞行时间，这个时长时是国内民航局规定的。

“私照一共五十三个小时，大约在飞行二十几个小时后会有一次单飞。

“第一次单飞得选个好天气，最好没有风，没有低云。我们航校规定是要做三次起降，之后还会有一次三小时的长距离转场飞行。”

说到这里，杨靖宇凑近周辰一，问道：“长距离飞行转场我们可以自己选地吗？”

周辰一侧头看了他一眼说：“我怎么知道，我又没飞过。”

杨靖宇表情有点小兴奋：“如果是我的话，我一定要飞加州。”

何旭学着他的口吻，问：“有啥意义？”

“啧。”杨靖宇白了他一眼，“听着《加州旅馆》飞到加州，再来点牛仔朋克的，你不觉得超带感？”

“看把你给能的。”

周辰一用筷子敲敲杨靖宇还满满的饭碗，道：“我觉得你还是赶紧吃完饭去看书背题，被遣送回国可就去不了加州旅馆了。”

杨靖宇瘪瘪嘴：“真扫兴，赶紧吃你的吧。”

几人边吃边看手机直播，可是网络还是不给力，索性吃完立马跑到活动中心去看电视，感受了一次 ABC 直播。

理论考试结束的这天，周辰一收到一张明信片，是瞿恬和一只胸肌健壮的袋鼠合照。

杨靖宇探过脑袋，看着这张合照，抬手摸了摸自己的胸：“你说它咋就能练成这种魁梧的形状？”

周辰一笑了笑：“不练成这种怎么跟同类单挑？”话落，周辰一走到一旁给瞿恬发了个视频电话。

南北半球的距离让他们偶尔的通话显得更加珍贵。

晚上偷偷喝了周辰一给她磨好的咖啡，才让她勉强撑到了跟他约好的时间点。夜色已深，澳大利亚虽然时差与中国只有两三个小时，但是季节却完全相反。

此刻瞿恬已经穿上了长袖睡衣，揉着惺忪的睡眼，跑到阳台上跟周辰一视频。

“还好吗？”

听到他的声音，瞿恬心里涌出一阵思念：“还行，你呢？有没有进场地了？”

聊天背景上周辰一顶着烈日，蓝天万里无云，瞿恬继续说：“你们那边要热到什么时候啊……”

周辰一哈哈一笑，说：“大概热到冬天也还在热吧。”

话落，两人有了一瞬间的沉默。

瞿恬觉得她有点凄凉，好不容易才谈起恋爱，原以为也会跟电视剧里来点甜甜的日常，可是才剥开糖纸，异地恋就上线。

很多时候，她感觉有一肚子话想跟周辰一说，但又不知从何说起。

“你可要好好学哦。”瞿恬说，“少看点露长腿的外国美女。”

说到这儿，他拿出瞿恬寄来的明信片指着说：“你才是少看点胸肌腹肌，连袋鼠都不放过吗？”

瞿恬被他逗笑了：“哈哈哈，是不是超帅，特有味儿。”

“瞿恬。”周辰一突然沉声叫了一下她的名字。

瞿恬一怔，听他缓缓道：“我想你了。”

秋风徐徐划过耳际，瞿恬柔声道：“我也是。”

“一想到我还要熬十五个月才能见到你，我有点呼吸不畅。”周辰一把脸凑近屏幕，“这边天气燥热，我的嘴巴实在太干了，谁来亲一口救救我。”

“嘁，你太会贫了吧。”虽然如此，瞿恬还是红着脸对着屏幕上亲了一下。

“快去睡觉吧，我们得去看考核结果了。”

“好。”

挂断聊天，仰头看着漫天繁星，瞿恬总感觉心里空落落的，是一种说不出道不明，想装作不在意却又令人无法忽略的感觉。

异地恋都会这样吗？

瞿恬深深叹了口气，回屋躺在床上，失了眠。

顺利通过了理论考核，明天将迎来人生首飞，心中热切而期盼。

周辰一看着日程安排上是凌晨五点的航班，不过两点就得起床，在兴奋之余最大的希望就是不要飞吐了，这是来自学长的温馨提醒。

然而明天还要检查公寓卫生，几个大男生到了晚上还在打扫，掐指一算只能睡四个小时。原以为脱离母校的半军事化管理，没想去到哪里都一样。

凌晨伴着月亮出发，到了五点天空已经泛起了鱼肚白。

在航校训练时，学员们单双发训练是两种飞机型号。一个教员带两个学员，周辰一和杨靖宇一组。飞行前的检查都已完成，心头愉悦和激动的情绪正交织在一起，却被华丽地取消了。飞行取消的原因比较尴尬，学校没给他们发飞行时使用的耳机……

来时神采奕奕，走时垂头丧气。

杨靖宇欲哭无泪地蹲在地上远眺着场地上的“坐骑”，却被何旭跑过来猛拍一巴掌。

“走啦！再怎么看今天也飞不了。”

“容我再看看……”

何旭啧啧嘴：“Dorm inspection.（宿舍检查。）”

杨靖宇愣了一下，更是要哭了：“又来？”

赶在检查前又打扫了一个下午，等有空歇下时周辰一才看到手机上瞿恬已经给他发过好几条消息，大概是想问他首飞的情况，最后说了句晚安。

她已经睡下了。

周辰一似乎想到了，转而问杨靖宇：“你来之后跟阿青有联系吗？”

正在晒衣服的杨靖宇一愣，脸颊微上红晕：“联系。”

“几天联系一次？”

杨靖宇想了一下：“你这么说的话一两天总会联系一次的。”

闻言，周辰一蹙蹙眉，笑道：“我怎么感觉你们俩在谈恋爱？”

“没有！”杨靖宇立刻否认，眼神有些回避，“就……纯聊天。”

周辰一淡笑着点点头，没有再说什么。现在想来纯聊天的人都比他们联系得频繁啊。

“我觉得我和瞿恬联系得很少。”

杨靖宇说：“那还不多联系联系？你们应该还在热恋期才对，搞得这么冷清容易出问题。”

听他说得头头是道，周辰一不由自主地皱起了眉头：“你和阿青……”

“我们都抽空联系啊！”杨靖宇笑笑，“若真的想跟那个人说话，上个厕所的工夫不也能说上好几句。”

不知为何，杨靖宇的话令他久久难以释怀。

休息日瞿恬没有赖床，约着皇甫云霞到附近的小镇休闲游。小镇靠近码头，两人租了自行车去码头看海鸥。

空气中带着海水的咸腥味，海天连成一线，偶有船只驶过，耳畔是海鸥的叫声。许久没有这么放松，瞿恬迎着海风展开双臂，做了个深呼吸。

“好舒服。”

皇甫云霞摘下墨镜，凝视着远方，缓缓道：“来澳洲这么长时间，感觉你跟周辰一的联系越来越少。”

瞿恬怔住，半天才从喉咙里挤出几个字：“好像是的。”

“吵架了？”

“倒也不是。”瞿恬仔细思考了几秒，“就……很多话说不出来。”

皇甫云霞眼中精光一闪，叹息道：“你真的很不会表达自己的内心啊。”

瞿恬秀气的眉头皱了皱，像是在竭力思考着答案。

皇甫云霞继续道：“想他就可以说想他，爱他就说爱他，很难吗？”

瞿恬脸色一红，沉吟几秒：“这……简直难以启齿。”

皇甫云霞轻笑几声，摇着头说：“我懂了，原来你说不出口。”她又长叹了口气，“那就写下来。”

瞿恬诧异地看着皇甫云霞，惊呼道：“写信吗？”

“不管科技多发达，手写书信永远是表达感情最好的方式。”皇甫云霞凝视着瞿恬的眼眸，绽出一抹轻松的笑容，“在这个感情太过于稀薄又太过于碎片的时代，书信或许能够保持恰到好处的完整。

“你得明白，如果没有持续的真诚和付出，爱情就会消失，仪式感也是为了保持爱情的感觉。

“对于难以言表的爱意，书信也许是个不错的选择。”

瞿恬闻言，笑着揉了揉眉心，心头也轻快了几分。

事实上她很担心周辰一，很想念他，也很想告诉他发生的一切，而她又总担心说出来显得矫情，也恐于占用他本就稀少的时间。

“怎么样？要不要写一封？”原以为瞿恬终于开窍，皇甫云霞扬了扬下巴，示意瞿恬前面正好有邮局。

“不要！太矫情了吧！”瞿恬耳根一红，佯装淡定，骂骂咧咧地走了。

皇甫云霞一时语塞，哎！

“瞿恬，写一封吧！”皇甫云霞笑着追上去，“告诉周辰一‘我爱你’！”

“不要！”

瞿恬的脸更红了。

“写吧！”

“说了不要！你不要再说啦！”

……

对于周辰一而言，六月的倒数第四天是个值得纪念的日子，成功首飞。上机时他试探性地摸了摸前方的操纵杆，凝视着各种仪表，一切又意味着一个新的开始。

气温升到到了 48℃，沙漠上巨大的仙人掌竞争向上。明明坐在飞机上已经浑身湿透，没想回到宿舍整个人却干了，方源为了给大家庆祝首飞，特地做了牛排。

“我想知道今天你们有谁飞吐了没有？”

杨靖宇哈哈一笑，目光投向周辰一：“或许你可以问问周辰一。”

周辰一有些尴尬一笑。

正说着，手机嗡嗡响了起来，周辰一接起电话，脸色突然一沉。

“你等我一下。”他起身离开餐桌，去到楼梯间打电话，“怎么了，哭成这样？”

这是他第一次听到瞿恬哭，听筒里传来的声音仿佛撕裂他的心，无法为她做任何事的无力感，紧紧将他包围。

“我今天……飞得特别差……”瞿恬坐在墙角，不知道为什么，原本只是想跟周辰一说说话，可一听到他的声音，眼泪就跟决堤似的涌出来，“是我学得不精，教员说得对。”

“瞿恬……”

瞿恬抹了一把泪水，靠在墙上调整自己的情绪。她忽然觉得在她最需要拥抱时，他们却相隔十八万千里，难道这就是所谓的恋爱吗？

周辰一深深吸了口气，柔声安慰道：“我们本来就是学员，又在学习阶段，一两次飞不好没关系的。”

瞿恬静静地听着，心里难过的感觉并没有减轻，她甚至感觉此时此刻周辰一是无法与她感同身受的。

“先这样了。”说完，还没等对方回答，她便挂断了电话，抱头抽泣起来。

皇甫云霞从外面买冰激凌回来，看到瞿恬的样子吓了一跳。

“怎么了，恬恬？”她把冰激凌往桌上一扔，跑到墙角去抱住瞿恬。

瞿恬放声大哭，抱住云霞哭着说："云霞，我坚持不住了，太难了。"

"不怕不怕，我们慢慢来，这才刚刚开始，而且今天的操作本来就难。"她轻抚着瞿恬的头，柔声说，"想想凌晨三点的早起，想想你在飞机上见到的朝阳……不是说好的吗？出来就要做好置之死地的觉悟。"

崩溃的情绪稍微得到缓解，瞿恬抱着皇甫云霞沉默几秒说："云霞……我想分手。"

接连几天瞿恬都没有接周辰一的电话，站在窗边看着手机屏幕再次暗下来，周辰一面色沉重地看向远处。

他们长期不在一起，不清楚对方的世界，现在竟连打电话也没有共同语言。她伤心的时候，他没法陪在她的身边，瞿恬或许想要的仅仅是一个拥抱，却连这么简单的愿望都实现不了。

此刻，周辰一似乎体会到了初来乍到时陶冶学长对他说的那席话。

"周辰一，你在那儿琢磨个啥。"杨靖宇站在教室门口，指指手腕上的表，"该上课了。"

"来了。"他把手机塞进书包，进了教室。

凤凰城的热度与快节奏的生活连早上洗头的时间都显得珍贵，两人索性剃了寸头，午饭时间大家都在比拼各自宿舍做的爱心便当。

见周辰一默不作声，时不时舀一下米饭，始魂不守舍的样子，杨靖宇皱眉问："咋地了？"

周辰一淡淡启唇："没事。"

杨靖宇："跟瞿恬吵架了？"

何旭瞥了一眼周辰一说："看吧，这就是我不谈恋爱的原因。异地恋？多费精神。"

方源用胳膊肘拐了一下他："别哪壶不开提哪壶。"

周辰一蹙蹙眉，没有说话。

瞿恬一定是非常难过才会给他打电话，可是他什么都做不了。都说距离产生美，这里肯定没有包含异地恋，他甚至已经被异地的无力感击得节节败退。

周辰一焦躁地放下手中的筷子，杨靖宇睨了他一眼，把餐盒里的鸡腿夹在了他碗里。

“我给你加鸡腿了，你得争气。”

几人正说着，何旭突然轻咳一声，大家顺势看去，Daniel 又意气风发地走来。

“Hello，Peter.”他抬手拍了一下周辰一的肩膀，邪魅一笑，“Long time no see.（好久不见。）”

何旭蒙着嘴小声嘀咕：“明明天天阴魂不散。”

周辰一淡淡启唇跟他打了招呼。

Daniel 嘴角一勾，说：“什么时候有时间，我们比试一下？”

周辰一仰头盯着他，淡笑说：“最近忙学习，不闲。”

Daniel 无声地笑了笑，向他投来睥睨的目光。

正午，四十多度的停机坪热得令人发晕。

每天头昏脑涨地起床，匆匆吞下早餐赶校车，打卡签到后去跑练习平衡与载重，又马不停蹄地奔到停机坪等候场地训练。

连续四天凌晨四点多起床，一直奋战到下午三点半，周辰一感觉精力被抽干。今天训练降落在高帅富机场 Scottsdale，机场停放的都是私人喷气式飞机，旁边尽是私人别墅、泳池，还有一个高尔夫球场。

杨靖宇抹了一把汗：“我怎么感觉我们像小丑一样在给这些富豪做飞行表演？”

周辰一笑着捶了一下他的胸口：“加紧练习吧。”

正午十二点的飞行是一天最热的，开了风扇和空调，后机舱的温度才勉强从五十摄氏度降到四十多摄氏度。升空后遇到热力乱流，颠簸中杨靖宇不尽如人意地吐了。

整日排满的枯燥训练，公寓外的篮球场成了他们释放压力的地方。

结束一天的训练，周辰一正和杨靖宇正在投篮比赛，一个篮球不合时宜地砸进场子，打乱了他们的节奏。

周辰一一个急转拦下了闯进“战场”的篮球，回头看到 Daniel 和几个外国校友走进场地，嘴里嚼着口香糖，有些来者不善。

周辰一手里拿着篮球，看到 Daniel 站在他对面，微微分开双脚一副防守的姿势。

周辰一沉默了几秒，运球进攻。

“Hey！”Daniel 同行的人吹嘘嘲讽，还做出了鄙视的粗鲁手势，气得杨靖宇脸色发青。

“你说什么呢！”杨靖宇一把甩掉手里的篮球，走上前用胸撞了一下对方，怒道，“骂谁呢！你算什么东西！”

只差最后一个球，原本防守篮筐的周辰一受到了干扰，他侧头去看杨靖宇，喊道：“靖宇！”

未想 Daniel 趁机一个三步上前，用身体狠狠撞开周辰一，一个重心不稳，脚下一崴，向后跌倒下去。

“周辰一！”

脚上的剧痛让周辰一双眼紧闭，咬牙切齿，不一会儿，脚踝竟肿了起来。

杨靖宇怒不可遏：“What’s wrong with you？（你有什么毛病？）”

眼看几人就要动起拳头，周辰一急忙喊了一声：“靖宇，先扶我起来。”

杨靖宇被他分了心，勉强压下怒火，焦急问：“还行不？”

“先回宿舍吧。”话落，他看着 Daniel，冷冷道，“I thought you were a man.（我以为你是个男人。）”

闻言，Daniel 神色微变，看着周辰一一瘸一拐地离开了篮球场。

回到宿舍，何旭和方源也围了上来。

“什么情况这是……”

“没什么，给我拿点冰块吧。”

看到杨靖宇气急的样子，何旭到厨房拿冰的时候路过阳台看到篮球场上 Daniel 一行人正在玩投篮。

何旭：“他们又来找麻烦？”

周辰一没有回答。

方源担心地看了看说：“要不要去医务室看看？”

周辰一轻轻摇了摇头，即使此刻脚踝很痛，可第二天早上四点半还要进场飞行训练。

“没事，先敷一下。”

月色朦胧。

他靠在床头翻看微信朋友圈，手指滑到瞿恬的动态时他微微怔住，打了那么多个未接电话，她竟一个也没有回复。

周辰一犹豫了片刻，拨通了瞿恬的电话。

“喂。”

听到她的声音，周辰一嘴角动了动，启唇问：“吃过早饭了吗？”

那边的人静了一会儿，应道：“吃过了。”

“你这两天在做什么？”

“训练。”

这段对话平平淡淡，冗长的静默仿佛成了一根刺，一分一秒地扎在彼此的心头。

隔了半晌，周辰一再次打破寂静：“瞿恬，我们……”

“我要进场了，再聊。”

她匆匆挂断电话，没有给他再说的机会。

墨尔本今日天阴，厚重的云层压在天上，宛如她此刻的心情。

她不敢跟周辰一多聊，生怕他的下一句话会令她心碎，她忐忑不安，似乎像所有异地恋的情侣一样开始担心那个问题。

她不想他们是这样的结局。

如果最后等来的是分别，那她曾经鼓足勇气打破平衡关系的结果，她无法接受。

另一头，周辰一握着手机，轻声叹了口气。

他本想告诉她自己脚崴了，也想装装可怜求求爱，或许……

她都不太在意了吧。

为了不影响训练进度，晚上简单处理后，周辰一第二天用绷带缠上脚便去飞了。

天色太早，教员没有注意到他的异常，四个小时后训练结束后，签派看着满头虚汗的周辰一，这才发现他不对劲。

“Are you ok，Peter？（你还好吗，皮特？）”

“I’m fine.（我没事。）”

签派怀疑地盯着他一瘸一拐的脚，想看看情况，没想被他一口回绝。

“Are you kidding？（你没在开玩笑吧。）”

脾气暴躁的签派立马脱了他的鞋袜，绷带下肿胀的脚踝淤血已经在脚底变成了黑色，让人皱起眉头。

周辰一抱歉一笑：“对不起。”

结束训练的 Daniel 站在不远处，将这一幕尽收眼底，他神色微微一变，看了好一会儿，才转身离开。

七月的最后一天，凤凰城下起了瓢泼大雨，从六月份的晴空万里到现在的电闪雷鸣，沙漠终于迎来了雨季。

少许的降温，让人稍稍舒了口气。

白天飞行，夜晚刷题，也没有时间抽空给家里打个电话，废寝忘食，终于熬到了单飞。每天拖着疲惫的身体去学校飞，看着缓缓升起的朝阳，才感受到奋斗的意义。

清晨日月，朝阳晚霞，在教员 Scott 的陪伴下，周辰一完成了人生第一次单飞。

下飞机后，Scott 用剪子把周辰一衬衫后面的一部分剪了。这是一个传统的仪式，早在第一次世界大战，飞机是单排前后座并且没有耳机，教员坐后面靠拉扯前排学生的衣服提醒他们。所以当那时的学生单飞时，教员就把他们衣服的后部分剪了，意味着独立。

将剪下来衬衫递给周辰一，Scott 笑着说：“I like tradition.（我喜欢传统。）”

周辰一：“So do I.（我也是。）”

让杨靖宇帮他拍了一张照片给瞿恬发过去，告诉她已经单飞的消息，顺带配了一段文字。

【The man who took me to the sky and solo me.（这个将我带上天和放我单飞的男人。）】

到了晚上瞿恬也没回复他，意外的是皇甫云霞反倒给他发了几条信息。

周辰一拿着手机翻开和瞿恬的聊天页面，看了很久又关上了屏幕。他们已经两个星期没有通过话了，再这样下去恐怕真就 say goodbye 了。

“等过了私照终考，休息日那几天我想去趟澳洲。”

杨靖宇正在刷牙，被周辰一的话呛得一口吃掉了牙膏：“去找瞿恬？”

“嗯。”

带了几秒，杨靖宇对他竖起了拇指：“牛。”

周辰一沉吟片刻说：“云霞给我发消息说瞿恬 PPL final 的考试挂了。”

两眼惊奇地看着周辰一，杨靖宇又一口水呛到：“开玩笑呢？！学霸还有挂科的时候？！”

周辰一没继续话题，转而问：“你想家吗？”

杨靖宇淡淡一笑：“有句话说得好，再铁血的战士也会为他心底的故乡，保留那一丝温存。”

周辰一叹了口气，缓缓道：“我也想快点毕业回家，这样就能天天待在她身边了。”

杨靖宇打了个冷噤：“……酸死了。”

“我也想快点毕业。”杨靖宇拿起桌上摆放的日历，每完成一次考核测试，他便在日历上划掉一杠。

私照考核这天，两人凌晨一点便到学校做准备，庆幸喝了一罐红牛才抵抗一丝疲倦。五点口语测试，七点飞行考试。

整个过程周辰一格外严谨认真，飞机降落滑回停机坪后，侧头看着考官冷清的面容，周辰一紧张地抿抿唇。

“Congratulations，you're a private pilot now！（恭喜，你现在是个私人飞行员了。）”

终于，他可以如愿去见她了。

在进入仪表夜航阶段前可以休息一周，简单收拾了行装，周辰一立刻奔赴澳洲。

年轻时总会有一些疯狂的举动，如果这次也算的话，周辰一每一次疯狂都有瞿恬的参与。第一次逃课，第一次反抗父亲，第一次为了一个人选择改变人生轨迹。

他没有告诉瞿恬要到澳洲去看她，因为他不知该如何开口，也担心瞿恬会反对。自从到美国飞培，他从未睡过一个好觉，这趟旅途反而让他在飞机上睡了个饱。

澳洲已进入深秋，秋风有劲，凉丝丝地扎过来。道路两旁的枫叶通红，周辰一站在树下，给瞿恬打了个电话。

“有事？”她的语调冷冷清清，跟秋风似的。

周辰一轻笑一声，问：“你们公寓外面可以看到枫叶吗？”

瞿恬愣了一会儿，随口道：“大概吧，不是很清楚。”

她的冷淡在周辰一的意料之中，他停顿一下，说：“帮我确认一下吧。”

听他这么说，瞿恬蹙了下眉，还是耐着性子从沙发上起来，跑到阳台上去看。

倏地，世界安静了。

红艳艳的枫叶被秋风吹得哗哗作响，瞿恬的心也乱作一团。树叶的响声好像心跳似的翻滚在胸腔内，那个站在枫树下穿着白衬衫的男生，背着一个单肩包，嘴角含笑，远远地在跟她招手。

静默半晌，瞿恬抿抿唇，压低声音：“你真的疯了。”

周辰一轻笑出声：“又不是第一次疯，我已经想你想得发疯了。”

瞿恬在阳台上站了几秒，一个转身消失不见，紧接着奔跑的身影出现在楼梯口，她朝他飞奔而来，周辰一伸出手紧紧抱住了她。

怀里是他心心念念的人啊……

瞿恬将他勒得很紧，甚至让他有点喘不上气，他伸手轻轻拍着瞿恬的后背，用低沉悦耳的嗓音说："没关系，我来了。"

公寓客厅。

"饿吗？给你温杯牛奶吧？"

看到周辰一在自己面前晃荡，瞿恬才敢肯定，这并不是在梦里。听他这么问，确实有了饥饿感，瞿恬脑海里想着，不知嘴上怎么就说了出去："干脆煮顿饭吧。"

周辰一刚把外套放在了沙发上，侧头看她。等瞿恬意识到自己说了什么的时候，他已经卷起袖子进了厨房。

城市的天色缓缓暗了下来，外面的风已经没有先前的冷冽，好像随着一个人的出现，多出了一丝令人沉溺的柔软。

夜晚淅淅沥沥飘起了小雨，这样的季节容易惑人迷神，就像被水汽沾染的橱窗门内，忙碌的朦胧身影。

厨房里飘出了诱人的食物香味，瞿恬摸了摸咕咕直叫的肚子，蹑手蹑脚地进了厨房。

"好了吗？"

周辰一身形挺拔修长，腰间系了围裙，手里拿了汤勺，刚想尝味道就被瞿恬打断，索性伸出手递给她："你尝尝咸淡。"

他煮了蔬菜排骨汤，看来在航校飞培的日子他练就了一番手艺。

"还……挺好喝。"

周辰一的手艺令她有些意外，他闻言眉眼舒展几分，嘴角微弯，看得出心情很好。

瞿恬看着他清峻的脸庞，试探问："你来几天？"

"后天回去，是不是该感谢一些时差给我多余了好几个小时？"

瞿恬想了想，嘴里兜着一句："你这人真奇怪。"

周辰一捏着汤勺的手往锅里搅了搅，平静道：“哪里奇怪？”

瞿恬眼神有些游移，红着耳根：“没想你是这种人！”他居然想留宿两天，怪不得皇甫云霞一早说要出去外面玩两天！

周辰一半眯起眼睛，细长的眸子噙着光。

“哪样的人？”他反问。

周辰一见她半天不答话，关了火倚靠在厨台上，环着手臂，好整以暇地等着她。

瞿恬被他看得心弦微颤，捂着肚子转移话题：“可以吃饭了吧，我好饿。”说着，她走过去拿起碗打开电饭煲准备盛饭。

不料耳边轻风一带，她瞬间被困在对方两臂之间，后背紧紧贴着周辰一的胸膛，衬衫上淡淡的冷香触发神经，她紧张地向后一缩，两人反而贴得更紧。

瞿恬心脏猛然漏了一拍，身上的每一个细胞都开始叫嚣起来。

周辰一将双臂很自然地放在她身体两侧，没有多余的动作，仿佛自己的所作所为并不会给对方造成任何困扰。瞿恬盛饭的手就那么僵在半空中，只感觉后背传来有意无意地摩挲，头顶上温热的呼吸也有意无意地接近。

周辰一低下头，嘴唇快要贴上她的耳朵：“说吧，我在你心里……究竟是怎样的人？”

明明贴得这么近，他口吻却轻描淡写，瞿恬思绪翻江倒海，隔了半晌才悠悠开口：“男的。”

“噗！”周辰一清冷的俊颜上化开了一抹笑，他的手指撩起瞿恬的一小撮头发，别到了耳根后。

这一连串的动作在触碰到瞿恬的耳垂后彻底被引爆，她手一滑差点摔了碗，但被周辰一迅速接住。

“耐力不够就不要学人练臂力。”

这话显然是对她的奚落。

瞿恬一恼，想要反驳却半点也动弹不得。

“我给你盛好了。”周辰一把她揽在臂膀里，拿过饭勺去盛饭。

他修长的手指握着饭勺，光泽圆润的米饭舀在饭勺上，在灯光下相比，周辰一的肤色显得更加白皙。

她不敢抬头看他，可是又很想看他，便抬眼飞速一瞥，只瞧见了那形状极好，微带粉色的唇。

“谢谢……”她喃喃道。

周辰一静默几秒，问：“谢什么？”

“谢谢你来。”瞿恬抿抿唇，“我感觉自己活过来了。”

闻言，他没有多言，侧头吻了吻她的秀发：“那就好，这两天我都会陪着你。”

瞿恬沉吟片刻，往他怀里靠了靠，然后说：“好。”

夜航与寂静的夜空相伴。

在飞机上欣赏着迷人的城市夜景，偶尔会有流星划过天际。

从澳洲回来，周辰一便一门心思地投入了仪表的学习训练，和瞿恬几乎是留言式聊天。每天伴着夕阳出发，披星戴月回家，四个月的努力终于迎来了戴杠这一刻。

过镜转场飞了整整三个小时，周辰一降落在凤凰城荒郊野外一个没有塔台管制的野机场，这里风景秀丽，是个能让人静下心的地方。

飞行途中他想起了祁振轩，终于理解为何他对蓝天如此向往，在这万里无垠的深蓝色苍穹下，没有什么能够阻挡对自由的追求。

然而在返场过程中，有一架飞机直接从他头顶飞过，频率里也不报话，GPS 上也没有显示，吓得他倒抽凉气。对方在空中玩各种奇葩的特技，周辰一对它敬而远之，没想对方追了上来，定眼一看，似乎是 Daniel。

搞什么？

虽然早听说 Daniel 在飞行方面颇有天赋，自负又自傲，可是空中训练不是小事，周辰一不由得为他捏了把汗。

“我不敬畏蓝天，我只想征服它。”

这是第一节课 Daniel 在讲台上自我介绍时说的话，一直深深刻在周辰一脑海中。

冷教员曾说过一句话：“要找到和蓝天相处的方法。这个世界上有勇敢的飞行员，也有老的飞行员，但是没有勇敢的老飞行员。”

如果年轻意味着勇敢，那也意味着自负和轻狂，成熟的老飞行员永远对蓝天保持着一种谦卑的态度。

降落后将飞机推回位置，周辰一站在停机坪上等人，看到Daniel从自己身边走过，周辰一蹙起眉头，叫住他：“Daniel.”

Daniel站住脚步，冷笑问：“What？”

“You smoked in the cockpit？（你在驾驶舱里抽烟？）”周辰一露出复杂的神色，“You should respect flying more.（你应该更敬畏蓝天。）”

Daniel凝视着他，片刻冷嘲一笑：“It’s none of your business！ Coward.（关你啥事，懦夫。）

“Although I think you’re a nice guy, I didn’t let you boss me around.（虽然我认为你是个不错的人，但没让你对我指手画脚。）”

看着他离去的背影，周辰一皱着眉头没再多言。

十二月，美国遭遇极端寒潮。一股极冷寒流从北冰洋抵达美国，中部以及东北部的几个州遭遇大量降雪，气温都比平常低了十多度。纽约州汉堡市的伊利湖湖面已经变成了个一望无际的冰场，岸边的围栏和长椅上也都无一例外地挂上了长长的冰棱，甚至有的地方气温创下了-36℃的纪录。

在加州，由于要给飞机除冰，某天早上机场取消了将近九十架次航班。美国国家气象局说，未来几天，地区极寒天气的势头难以扭转。很不幸，这股寒潮同样席卷了原本气候温暖的亚利桑那州，只不过相比其他州，这里要稍好一些，气温维持在1℃。

杨靖宇起了个大早，昨晚熬夜做好了飞行计划，早上却兴奋得连刷牙都在唱歌。他终于能单飞加州，天气还算不错，有点小冷，但并不影响飞行。

“我一定要去喝碗蛤蜊浓汤，再吃个蟹饼。”杨靖宇笑着说。

周辰一才从床上爬起来，睡眼惺忪：“这么爱？”

杨靖宇噘起嘴唇，深情款款：“我爱飞行。”

虽然如此，两人还是认命般地穿上秋裤。周辰一的飞行计划排在杨靖宇之后，空中风云变化莫测，耳麦频率里能听到 Daniel 在里面调笑，甚至在玩螺旋失速俯冲。

按计划两人降落后去吃了哈利浓汤和加州卷，没想到 Daniel 今天也跟他们一条线。餐馆里 Daniel 正和一个金发妹妹聊天，手里还拿着一杯啤酒。

见他飞行时喝啤酒，杨靖宇难以置信道：“他竟然违反学校规定，太疯了！”

周辰一侧头看着 Daniel，淡淡道：“他不会听的。”

两人正说着，Daniel 举着一杯啤酒走过来，打了个招呼：“Cold beer.（冰啤酒。）”

杨靖宇看不下去，呵斥道：“Daniel，you can’t drink.（你不能喝酒。）”

果不其然，Daniel 冷冷一笑，举杯和他们示意了一下，跟着金发妹妹出了餐厅。

空中风起云涌，变化莫测。

由于气象的骤变，进出港的航班开始放慢速度，杨靖宇还在跑道上等候，Daniel 已经起飞返航。

机舱里放着《加州旅馆》，仪表数据一切正常。他一边打着口哨一边道：“The chosen one.（我是天之骄子。）”

窗外的风云变化有些快，不一会儿飘起了小雨，令人意外的是不知道从哪儿蹿出一股寒流，搞得机身一阵颠簸。Daniel 稳住了飞机，心中正得意，意外却出现了。

塔台频率里卡卡顿顿地传来他的呼叫：“N886PA：We are experiencing mid air ice conditions request to return to the base ！N886PA！（这里是 N886PA，空中结冰，申请返航！）”

他手忙脚乱地做着处理，降低高度返回加州机场，然而又一阵寒流逼过来，他只能被迫升高，可是细碎的冰层竟从机翼尾翼的前缘蔓延到了发动机叶片上。此时升力降低，操纵性能也受到影响。

Daniel 头上溢出冷汗，他似乎从微醺的状态瞬间清醒过来，寒风撕扯着他，急流颠簸着他，他浑身颤抖，看着曾经平静的蓝天变得面目可憎，心头瞬间涌出一阵恐惧。

“Come！ Come！ Come！”

大概是进气道前缘也开始结冰，发动机推力受到影响，Daniel 试图降落在加州机场，然而因为速度下降太快，冰层突然碎裂，冰块被吸入了发动机……

杨靖宇还在跑道上等待，空中的云层似乎和刚才有了细微的变化，他不由得在心中祈祷，希望不要影响返航。下午他约了阿青视频，可以给她直播吃加州卷。

突然，频率里响起刺耳的声音，紧接着他听到了一个人绝望的呼喊。

“NO……No！ No！ No！ No！ （不！）”

杨靖宇坐在驾驶舱里，侧头看着那架坠落的飞机俯冲向自己，瞳孔猛然紧缩，脑袋一瞬间空白。

“杨靖宇。”阿青的笑脸突然浮现在眼前，清泉似的声音悦耳动听，“等你回来。”

国内闷热的下午，阿青从睡梦中醒来。

她好像做了一个噩梦，却又想不起梦到了什么。

她感觉胸闷心慌，起身打算去倒杯水喝。这种莫名的不安领她难以控制，她大口大口喘息着，走到桌前颤抖着手倒了杯凉白开。

然而心前区突然一阵一阵传来针刺般的剧痛，她用手捏紧胸口，疼痛却丝毫没有缓解。

怎么回事……

额头上溢出细密的冷汗，阿青喝了口水自然觉得喉咙紧得难受。

不安的感觉越来越强烈，突然昕薇推开门神色焦急地喊她：

“阿青！”

她豁然回头，手碰到了水杯，玻璃杯“嘭”一声，砸在地上碎了一地。

加州的上空依然飘着小雨，却灭不掉漫天火海，滚滚浓烟。

救护车，消防车的声音响彻云霄。

周辰一仓皇奔来，看到奔跑的医务人员，紧急疏散人群的工作人员，整个现场乱成一团。空气中弥漫着浓浓的烧焦味，消防车将长长的水柱喷向烈火燃烧的残骸。

“靖宇……杨靖宇！”

他发疯似的奔跑过去，然而现场已经被包围住。有人试图阻挡他进场，他用力反抗着，大喊道：“我朋友在里面！放我进去！”

长长的烟柱飘荡在加州机场的上空，与阴沉的云层混在一起。周辰一撕心裂肺地喊着，突然他看到医务担架上抬出一个人。对方浑身是血，他看不清对方他的面容。

“杨靖宇！”

然而另一个担架上已经蒙上了一层白布。

“不、不……不可以！”周辰一眼睛通红，彻底崩裂了，发疯似的冲上前去。

周辰一脑海里浮想起杨靖宇的笑脸，回想起他眼神中对蓝天和飞行的执着热爱，想起他一次又一次的鼓励。

“不可以！”周辰一跪倒在地上拦住担架，担架上垂下的手上熟悉的手表让他微微回神，“靖宇……杨靖宇！”

不知什么时候，小雨变成了小雪簌簌而落。

耳畔的声音竟然被雪的声音覆盖，他希望能听到一丝微弱的呼吸声，可嘈杂的现场却变得这般安静。

医务人员推开他，将担架抬上救护车。

周辰一连忙起身，帮着医务人员将杨靖宇送上急救车：“求求你们救救他！救救他啊！

“他家里还有人在等他回去！

“别让他死！”

他已经语无伦次，甚至不知道自己在说些什么，空中风云依旧，不一会儿下起了鹅毛大雪。

国内除夕临近，这场暴风雪从加州的上空飘到了正值夏季的澳洲……

国内电视上播报着新闻，美国一架航校训练的飞机在加州上空遭积冰坠毁，虽然发出求救信号，但短时间内与控制塔失去联络。飞机坠落在距离加州机场跑道尽头，残骸滑行与另一架等待起飞的飞机撞击在一起，造成一死一伤。

身受重伤的飞行学员脸部、头部受重创，被直升机送往医院急救，目前仍处于昏迷状态。

据了解这名飞行学员是航校6月份送到亚利桑那接受飞行训练的，事发前状态良好，但恐怕在这次意外后需要接受开颅手术，日后难以再当飞行员……

走廊的灯光很明亮，空气里是带着消毒药水味儿。

站在重症监护室外，周辰一已经一天没吃过东西，没喝过一口水。这两天他日夜守在杨靖宇身边，希望杨靖宇能尽快醒来。

杨靖宇从加州机场医院被转到了洛杉矶Alex医院，这家医院是皇甫集团门下的，医疗水平在国外属于顶尖。皇甫云霞一听到消息便把医院里最好的医务人员叫来，负责救治。航校已在协调，让杨靖宇的父母尽快赶到美国。

心电监护仪上不断跳动着数字，玻璃墙上映着周辰一憔悴的脸庞，下巴出现青色的胡楂，眼神却空空洞洞。

他目睹了撞击的瞬间，看到了挚友置身火海，这份恐惧深深印在他的脑海，让他双手止不住地颤抖。

看着躺在床上的杨靖宇，他不止一次地想过，如果出事的人是自己该怎么办？

此时此刻，他似乎又闻到那烧焦的味道，嗅到血腥，看到那冰冷的白布。

“呕——”感觉胃里一阵扭曲，周辰一捂着嘴跑到垃圾桶旁边吐了。

他浑身无力，颓然地滑坐在地上，抬头看到天花板上围着等乱窜的飞蛾，最终撞在灯罩上，掉落到地上不动了。

等到航校的教员带着杨靖宇父母赶来，周辰一才被迫被带回了航校。

这是浑浑噩噩的两个月，周辰一不知道自己是怎么训练的商照，连续两次的考核失利，心中的恐惧让周辰一无法再操作驾驶杆，然而最后的考核也即将来临。

幸运的是负责周辰一考核的教员和考官似乎都理解他这样的原因，他们试图帮助他走出阴影，但效果并不明显。

航校开始和国内沟通让他停飞的事宜，周辰一只是默默地站在停机坪上发呆。

澳洲连夜暴雨。

电话那头一直没有接听，瞿恬垂下眼眸看着手机，直到黑屏。然下一秒屏幕突然亮了起来，她心头猛然一顿，可惜来的是条气温播报。

菲尼克斯已是40℃的高温，手机上显示的数字让瞿恬的内心宛如火烤帮焦灼。异地恋似乎隔了一座巍峨的高山，她无法猜透周辰一的心思。

他曾经提起飞行不是很顺利，高强度的训练令他喘不过气，然而瞿恬知道周辰一的心结是因为出了事故的杨靖宇。

他无法走出来。

她想要像之前周辰一帮助自己一样关心他，可周辰一却将她拒之门外，一个人默默忍受这撕心裂肺的痛苦。她不理解周辰一为什么非要这样，为什么要独自承受这些。

“又没接？”皇甫云霞抱着两本摄影杂志从屋外进来，皱起眉头问，“这样下去也不是办法啊……”

瞿恬一抿唇，道：“我去请假。”

“别犯浑。”皇甫云霞制止道，“虽然我知道你想到周辰一身边去帮他，可考核在即，你我都自顾不暇。”

闻言，瞿恬黯然垂下了眸。

“瞿恬，我们来这里磨砺一年多，为的什么？你以为你现在去他身边，他会接受你的帮助？”

瞿恬忍不住红了眼眶。

皇甫云霞叹了口气，把杂志放在桌上，给瞿恬倒了杯水。

“他现在是 PTSD（创伤后应激障碍），我已经委托了认识的心理医生去美国，比较擅长催眠疗法，希望能在周辰一停飞之前找到解决方法。”

听到“停飞”二字，瞿恬的心不自觉打颤。

“管用吗？”

皇甫云霞回身，将水杯放在瞿恬旁边说：“这种事很多时候要靠他自己，医生只是辅助治疗。”

瞿恬沉默了几秒，喝了口水，随手拿过放在桌上的杂志。这里面有皇甫云霞喜欢的一个华人摄影师，拍的照片都很有故事。她翻开两页，突然被一张照片吸引住了。

“这是……”

皇甫云霞凑过头看了一眼，道：“哦，这好像是摄影师前段时间到国内拍的，大西北的雪景。”

记忆被瞬间拉回了那天，天地一片雪白，空中飘着小雪，被雪花精雕细琢的苍老胡杨，他们站在雪地里聊天。

然而照片上男孩似乎亲吻了女孩，成为这醉人雪色中的绝色。

那天，他果然！

瞿恬抿了抿唇，忽然鼻尖一酸。想起曾经周辰一无时无刻不守在自己身边，那些琐碎的小事，那些小陪伴，那些不放弃，才得以让他们心心相印。

沉默了许久，瞿恬抬眼看着云霞，红着眼眶说：“云霞……我有件事想拜托你。”

皇甫云霞搬了个凳子坐在瞿恬对面，认真道：“说吧，我能帮的一定帮。”

瞿恬深深吸了口气，隔了半晌才缓缓开口：“你那里……有祁振轩的联系方式吧。”

皇甫云霞身子猛然一震，没有说话。

凤凰城夏季的夜晚吹的是热风。

周辰一一个人坐在篮球场上喝啤酒，方源和何旭陪着他。即使他们知道自己的帮助可能微不足道，但他们还是要代替杨靖宇守在他身边。

“究竟为什么学飞呢？”

今天去做了心理治疗，没想到医生居然问了和冷教员一样的问题。

当初他思索了很久才找到了答案，他因为瞿恬学的飞，可是……现在似乎已经不仅仅是这样了。

为什么？

面对前所未有的迷茫，周辰一看着夜空找不到方向，他开始思考自己究竟为何选择这条道路，是不是把一切当成儿戏，在放弃和坚持的念头之间苦苦挣扎。

起初是因为瞿恬，但他也真真正正地热爱着蓝天，向往着冲上云霄。

“辰一，你在想什么？”

周辰一随即道：“你们为什么学飞？”

何旭想了一下说：“梦想吧。”

他轻描淡写的三个字却让周辰一心头颤动，脑海里想起了杨靖宇。

忽地，他冷嘲一声：“因为梦想而丢掉性命吗？”

方源垂下眼眸，喝了一口啤酒：“飞行本就如履薄冰，自由与风险并存，有的人为自己的自负付出了生命的代价，而有的则希望有人能替他实现梦想。”

周辰一看着身边的舍友，缓缓闭上眼眸。

梦想？这两个字现在对他来说真的太沉重了。

“辰一，你觉得……如果杨靖宇醒来，他还会不会继续选择学飞？”

这话像铁锤一般在周辰一心头狠狠敲了一下。

正说着，他的手机嗡嗡响了起来。

见他迟迟没有动作，何旭提醒道：“你电话响了。”

周辰一沉默了几秒，才拿出手机，没想是祁振轩竟然打来了电话。他缓缓起身，走到路灯下接起了电话。

“怎么有空打给我？”

祁振轩顿了一下，说：“有人打电话跟我求助，让我问问你的音信。”

周辰一愣了一下，轻笑道：“她竟然找到你那里去了吗？”

祁振轩也笑了两声，说：“你知道接到我前女友电话的概率有多低吗？比我飞机出错率都低。”

两人同时沉默了下来。

片刻，祁振轩主动打破了寂静：“辰一，飞行……我其实坚持不住了。”

周辰一淡笑：“能理解。”

然而没想祁振轩接下来竟说道：“我训练的时候战机出了事。”

周辰一瞳孔猛然缩紧，心似乎被人狠狠捏住，让他差点喘不上气。

“你没事吧？”他焦急道。

“我很好，你放心。”

听着那边传来疲惫的声音，周辰一握着电话的手又不自觉颤抖起来。

“我差点以为自己回不来了，也做好了赴死的准备，可是有幸活了下来。”

祁振轩的话似乎给了周辰一重重一击，他站在路灯下，投出长长的影子，看着地上自己的影子，他有了一瞬间的恍惚。

停了几秒，祁振轩的声音再次响起：“可是，纵使面对生命的威胁，我依然不会放弃军飞这一条道路，我清楚地知道有些责任必须担，有些经历必须有，有些事不得不做。

“我选择，我无悔。”祁振轩一字一句铿锵有力，“自由空战夺得‘金头盔’就是我的梦想。

“你能明白吗？”

周辰一心头猛然一跳，瞪大了双眸，微风四起，卷起地上掉落的枯叶，飞向了满天繁星的夜空。

似乎过了一个世纪那么漫长，电话这头的人突然笑出了声。

“怎么办呢……”周辰一眼里泛起水泽，嘴角却挂着笑，“我好像被你军人的血性折服了。”

“辰一，你应该感谢瞿恬，她从没放弃你。”

“我知道。”

祁振轩笑了笑，沉声道：“总会有人成功的，那为什么不是我们？”

周辰一给教员打了个电话，便飞奔去了航校。

夜色已深，而他的教员却早已换好制服站在停机坪上等他。

教员面带微笑：“想飞夜航吗？”

周辰一喘着气，一步一步地走到飞机下方。冰冷的金属一点也不柔软，却能像柔软的翅膀带他们冲上云霄。

他没有话说，双手颤抖地抚摸着飞机上的每一处零件，机头、机翼、引擎……明明是冰冷的金属，却似有了温度般，让他的心慢慢热了起来。

几滴滚烫的泪掉在他的手背上，他不知道自己为什么哭，他只是不停地摸着，颤抖着手，仿佛想记住飞机的每一个零件，每一个螺丝。

终于在握上操纵杆时，他手不再颤抖。

这一刻，周辰一释然了。

学者刘瑜说过：真正的绝望跟痛苦、悲伤没有什么关系。想要从绝望中重生，就要俯身下去，朝着幽暗的自己伸出手。

引擎轰鸣的声音传入耳际，他们在凤凰城的夜色里航行，脚掌下方是辉煌灯火，头顶上方是璀璨星河。

周辰一忽然明白，纵使杨靖宇现在从病床上爬起，对飞行的热爱依然不会减少。他们都要面对生命的抉择，祁振轩保家卫国，自己同样要为每一个乘客的生命肩负起责任。

“Peter，How do you feel？（皮特，你感觉如何？）”

“I love flying.（我喜欢飞行。）”

休息日，周辰一到医院探望了昏迷的杨靖宇，他的情况比之前好转许多，周辰一坐在他身边紧紧握住了他的手。

“我要去飞了，带着你的那份一起。”一直隐忍的周辰一终于抑制不住地哭了。

“别担心，我连同你的那一份一起努力下去。”他痛哭出声，又试图压抑自己，“快醒过来吧，不是说好要一同冲上云霄的吗？”

戴着氧气面罩的杨靖宇一动不动，可似乎有一滴眼泪从他的眼角滑落了下来。

加油啊！

回到航校，周辰一主动联系了一直处于冷战状态的瞿恬。

“喂？”

“我不会放弃的。”

听到他的声音似乎恢复了往日那般有力，瞿恬站在停机坪看着初升的朝阳绽放出笑容。

“我不会放弃，希望你永远陪着我。”

微风吹拂着她的秀发，肩上的徽章似乎在阳光下熠熠闪光，瞿恬沉默了几秒，认真道：“我会一直陪着你。”

终于迎来了最后的考核，没想到周辰一居然被通过率最低的教员 Jason 监考，然而一次又一次的磨砺让他的心理慢慢变得强大，按考官的话来说，他终于在艰难困苦中完成了自我救赎。

拿下了在美国的最后一个飞行考试，商照到手，戴上了梦寐以求的两道杠。

异国的一年整，从白板，黑板，带杠再到双杠，白色的制服衬衫上东西越来越多，责任也越来越重。

在一个风和日丽的下午，飞完人生最后一次单飞，他们毕业了。

戴上毕业帽的这一天，有一个人拄着拐杖一瘸一拐地走进了教室，周辰一看着他的脸庞，热泪盈眶。

这届毕业学员晚上组团开了个 party，瞿恬事先没告诉周辰一要从澳洲过来，等瞿恬到的时，他已经有些醉了。

街上灯火通明，他看着站在面前的瞿恬，灯光晃眼，几乎要分不清是影子还是现实。

“怎么，感觉在做梦？”瞿恬笑问。

周辰一轻笑一声：“不太像你的风格。”

这次，瞿恬上前亲昵地揽住他的腰说：“祝贺你。”

她很少主动，周辰一怔怔地看了她好一会儿，随后伸手紧紧将她抱在了怀里。

他的拥抱像凤凰城的风一样温暖热烈，瞿恬虽然被他勒得有些难受，可心头浮起了丝丝甜腻。她盼了多少个日夜，才跟周辰一这样面对面的相拥，此时此刻，曾经受过的磨难苦楚，都不那么重要了。

周辰一贴着她的脖颈，嗅着她的气息，低语道：“谢谢你……我多么庆幸，此生遇见你。”

瞿恬伸手拍了拍他的肩膀，他这才放开她。

凝视着他漆黑的眼眸，她缓缓抬手轻抚他的脸颊，说：“到底是长得好看，说起情话杀伤力更强。”

周辰一握住她的手，轻笑反问：“仅仅是这样？”

瞿恬笑而不答。

见周辰一的脸庞凑过来，她心头一跳，紧张得想立马缩回手，不料被他紧紧攥在了手心。

“别逃。”他的声音有些沙哑，不知道是不是酒精催化的缘故，声音落到瞿恬的耳里，让她浑身有些发软。

周辰一托住她的后脑勺，把额头抵在她的眉间，温热的呼吸像是火一样炙烤着她。

瞿恬紧张道："有人在看呢。"

"外国人不会在意这些。"他的声音比先前还要低沉，目光紧紧锁着她。

话音刚落，灼热的呼吸不容拒绝地压了下来，他吻得很用心，让她从身到心，彻底沦陷。

吻了一会儿，他才放开她，微微喘息着说："所幸，我们都挺过来了。"

她边喘气边哼哼道："毕竟……周辰一，我可以。"

周辰一惊了一下，随即笑着再次吻上她的唇。瞿恬主动勾手环住他的脖子，加深这个吻。

她喜欢他，早在西北那个蜻蜓点水的吻之前。

如今他们熬过了异地恋，熬过了孤单艰难的时日，穿越了迷茫黑暗，携手走过了低谷崎岖，就像海浪永远会来，但苦难终会挺过去。

"我真的很喜欢你，长长久久。"

"好巧，我也是。"

遇见你爱意汹涌，看时间万物，都浪漫心动。

曾以为学校毕业后能够获得自由，未曾想刚进公司的那一天再次遇见噩梦。

冷教员气势不减当年，对于新进学员的训话，依然不客气。

阿青头皮发麻，小声对瞿恬嘀咕一句："不是说是个超 nice 的教员吗？"

昕薇抿抿嘴说："可见阿青你自从离开航校，情报经常有误。"

皇甫云霞站得笔直，说："都别贫了，不怕他罚你操场 5000 米？你看人周辰一和瞿恬，大气都不敢出。"

阿青翻了个白眼，道："你要是站在冷教员面前敢出气吗？"

"说什么呢？！"冷秋豪一声怒喝，全场寂静。

杨靖宇在门外不远处站着，唐鑫悠悠走过来，笑问："最近学习得怎么样？”

“小唐公子。”

唐鑫穿着一身机务的工作服，套着反光背心，显然是才从停机坪过来。

杨靖宇认真道：“谢谢你帮我，让我有机会在机场工作。”

“少来，你以为签派不是技术活吗？学得还要更多，你赶紧抓紧时间学习吧，别考核挂了给我丢脸。”

两人相视一笑，听见冷教员的怒吼又从不远处传来，不由得齐齐一哆嗦。

“我看我还是到停机坪热乎着，这里太冷了。”唐鑫转身开溜，“他们结束了给我打电话。”

杨靖宇：“好。”

没想唐鑫刚走几步，杨靖宇便看到他和一个空管的辣妹子吵了起来，对方一个翻转给他一个擒拿手，痛得唐鑫当场直呼。

“啧啧……这性格，一定是四川的。”

场内，阿青忍不住打了个喷嚏。

看着在场的飞行学员们即将成为真正的飞行员，冷秋豪缓了缓语气，沉声道：

“人在每一个阶段有每一个阶段的梦想和追求，军飞梦想能够驾驶飞机保卫祖国的蓝天，而我就希望能够飞好每一个航班，保证所有旅客的生命财产安全。

“从今天开始，我希望你们用最严的标准要求自己，在飞行过程的每一个阶段处处高标准、严要求。

“确保飞行安全没有什么窍门，靠的是精湛的技术、扎实的理论、过硬的作风、良好的心理，靠的是一杆一舵，每一个起落积累起来的丰富的经验，只要看准一点，做对一点，落实一点，就可以做到遇到任何情况都可以心中有数，从容处置。”

号角已吹响，又一个新的征程，又一段新旅途，奋斗的路上你永远是少年。

训话结束后，几人本约着到附近吃西餐，皇甫云霞的手机嗡嗡振动了一下。

“你们先去吧，我有点事。”还没等大家反应，她翻身骑上摩托车，扬长而去。

众人一蒙：“什么情况？”

周辰一淡淡一笑，搂住瞿恬的肩膀说：“没事儿，有谱。”

瞿恬反手拍了他一巴掌，冷冷道：“让你毛手毛脚。”

摩托车在马路上疾驰，皇甫云霞用力拧着油门加速，戴着的头盔之下，她的嘴角微微向上扬了扬。

祁振轩：我到明都机场了。

苍穹万里，三万英尺，非你不可。

搏击长空，金盔荣誉，护卿喜乐。

遇见你和爱上你，多么微妙，多么荣幸。

· 正文完 ·

Extra 01
一封小情书

圣诞夜那天瞿恬直飞西雅图，夜里下了小雪。

国内马路的树上装饰了很多彩灯，挺有气氛。周辰一这夜休息，没想家里居然停电，他点了两根蜡烛，靠在沙发上看着烛火出神。这冰冷的雪夜啊，那个没心肝的竟然跟着皇甫云霞去酒吧蹦迪，连一通电话也没有。

他手指还停留在瞿恬发的朋友圈动态上，突然觉得自己成了孤家寡人，就像冬日里别人有热奶茶，他只有一杯白开水。

“瞿恬，你在国外玩得挺嗨。”他终于忍不住，主动发了条语音控诉，可等了半天，她竟只给了他一个表情包。

“敷衍。”谁说恋爱之后男的态度转变得快，瞿恬这才是快得离谱。

这时门铃响了，周辰一取了包裹，发现是从菲尼克斯寄来的，正疑惑着，一通电话打了进来。

周辰一看到来电，很惊喜地接起：“听说你最近在学中文。”

“我说得还好吗？”

来电的是周辰一在凤凰城的首飞教员，看他推特的动态，正在努力学习中文，计划明年到中国旅行。

“我想你今天应该收到包裹了。”

周辰一看了一眼手上的包裹，笑着说：“是啊，我正奇怪国外有谁能惦记着我。”

“这是几年前有人寄给你的，我不过是物归原主。”

周辰一十分诧异，反问说：“寄给我？”

“大概是寄到航校被遗漏的，前几日收发室装修，在柜子底找出来了。”

周辰一听完，忍不住调侃：“质量真好。”

“是从澳洲寄来的。”

闻言，周辰一心头一震，停顿了很久才道：“谢谢你寄过来。”

“好，你先看吧。对了，Merry Christmas.（圣诞快乐。）”

窗外飘着小雪，在彩色的街灯下纷纷扬扬，周辰一看着放在桌上的盒子，犹豫了几秒才拆开。

包裹的箱子应该是教员多加的，里面放了一架航校的飞机模型和一封信。模型上挂着教员的祝福，周辰一把它放在了电视柜的储物架上。

然而，那封有些微微发黄的信，让周辰一的心不自觉被烫了一下。

瞿恬的字清秀工整，落笔的日期让周辰一不自觉地想起凤凰城那炎热干燥的气候和每个彻夜难眠的日夜。

他小心翼翼地打开，看到第一句话时嘴角忍不住向上扬了扬。

亲爱的周辰一：

我最近做了一个幸福的梦。

我以为睡着了就不会想你，可是醒来才发现梦里都是你。我不想你记住我的好，我要你知道我也糟透了，但是你依然离不开我。

成人的世界总是有很多负累。

每次花时间做自己喜欢的事，无论是拍照、看书还是看视频，开心或感动，惆怅或伤感，内心都有一个声音告诉我：你在努力生活。

之前看到那么一句话，我记在心里已经五六年了，可能会一直记得。

“我的起点这么低，所以这个过程才会无限长，永无尽头，想到这一点也就踏实了。”

所以，我一直都觉得，什么都会好起来，就在不久的以后。只要我们竭尽所能，尽了自己的努力去做。

今天，我又看到一个喜欢的偶像说他向往的生活。说，希望有一段美好的婚姻，能够有孩子，有狗，能够白发苍苍的时候与老伴携手看夕阳。

我希望——这个人是你。

我希望能和你在一起，一直做自己喜欢的事，一直到老到死。

有美好的婚姻，有自己喜欢做的事。

也许我不太擅长表达自己的内心，特别是对于喜欢你这件事。云霞说，生活需要仪式感，才会让人无论在低谷高峰都能无所畏惧，狗粮也好，蜜糖也罢。

说来说去，我也不过是想告诉你一句话：此生，皆你。

你的 小甜心

落地窗外的雪越下越大，很快街上游玩的行人纷纷奔走，只留下白净的雪地。

周辰一抬手捂着胸口，禁不住笑出了声：“差点被你搞得心脏骤停。”

他手中紧紧攥着这封信，像是握着一件珍宝。

或许对他而言，久别重逢和失而复得大概是这个世界上最美好的两个词了，他真真切切感受到了被人坚定选择的感觉。

“嗡嗡——”

“怎么了？我的小甜心？”

电话才接通，瞿恬被他第一句话就搞蒙了，沉吟了半晌，才悠悠问：“我就问你吃饭没。”

“没吃，我独守空房……”

瞿恬呵呵笑了笑，故意用嗲嗲的声音说：“等姐姐回来陪你！”

周辰一闻声冷不禁打了个寒噤，低声说：“正常点说话。”

“行吧行吧。”瞿恬乐了一会儿，又问，“对了，你看新闻没有，最近好像有什么流感，好像挺严重了。”

周辰一皱起眉头：“家里停电，我只在微博热搜上看到一些。”

“嗯。”

两边同时沉默了一下，周辰一率先打破了寂静，说：“快些回来吧。”

瞿恬疑惑反问：“怎么了？”

“没事，我就是想你想得发慌。”

“知道啦，我后天的航班……”

雪越下越大，度过寒夜，春风即将敲响新年的钟声，然而，年后春日的夜晚却也像极了冬日冰冷的寒夜。

2020年1月，新冠疫情爆发。

空的，都是空的。

街道是空的，车站是空的，整座城市是空的。一切仿佛被按了暂停键，不可思议地停了下来。

青阳机场行人步履匆匆，面色沉凝，机场大厅的服务柜台的前人声嘈杂，是无数被迫退票滞留机场的乘客。

那些被口罩遮蔽的、看不见的脸庞，露着的眼眸清晰地透着焦虑、躁动和惊恐。

各种情绪盘综错乱，瞿恬靠着玻璃围栏，把矿泉水瓶里剩余四分之一的水一口气喝完，准备过安检上飞机进行飞前检查。

“副驾，走了，机长在等。”一位年轻的空姐催促着。

“哦。”瞿恬把空瓶子扔进垃圾箱，她对同机组的空姐应了一声，转身走向安检通道。

"嗡嗡——"手机响了。

"喂。"她接起电话，冷清的脸庞上神色微变，"你在哪儿？"

接完电话，她匆匆往另一个方向一路小跑，那抹身影快两个星期没见，她只能隔着长长的玻璃走廊寻找着熟悉的身影。

终于，她趴在楼上的围栏边，看到楼下已经要去起飞准备的周辰一。

"你先别走！"

周辰一停住脚步，听着电话那头急促而担忧的语调，仰头看着面露焦虑的爱人，沉声问："飞哪儿？"

瞿恬凝视着他，缓缓道："湖北，送一批医务人员上'战场'……你呢？"

周辰一扬唇一笑，说："接收上级命令，去接滞留海外的同胞回家。"

"嗯。"在这种时刻，明明有好多话想说，可是看着他刚毅的脸庞，瞿恬只有想冲下去紧紧拥抱住他的冲动。

这是一场没有硝烟的战役，举国上下同仇敌忾，齐心抗疫。

"别放弃，和祖国一起加油！"感觉到了她的不安，周辰一放软了语气，柔声安慰。

瞿恬点点头，给他打气："加油！"

她本想挂断电话，又听他声音响起："瞿恬，路上小心，注意安全。"

"嗯。"她鼻子有些发酸，想快些结束这次通话，生怕一不小心哭出来，惹得他一路担心。

"瞿恬。"

"又怎么了？"

周辰一仰头看着她，一字一句交代着："戴好口罩，做好防护。"

"嗯。"她眼睛湿润。

"瞿恬。"

"你有完没完？"瞿恬有点小怒，不耐烦地呵斥一声。

周辰一带着微笑，眼里敛着万千繁星，让人醉入星河：“疫情结束后我们结婚吧。”

她愣了一会儿，心跳已如擂鼓，握着手机的手微微颤抖，不能再与他灼热的目光对视，于是故作潇洒地撩唇一笑，挥手再见。

然而飞机推出前，瞿恬收到了一条短信：此生，皆你。

她弯弯嘴角，侧头看向窗外，期逢三月艳阳天，静待春风拂面来。

携手同赏，春暖花开。

· 全文完 ·